*Konzert für Spion und Orchester*

Uri Adelman

# Konzert für Spion und Orchester

Roman

aus dem Hebräischen von
Ulrike Harnisch

Eichborn.

*Für Assaf und Adi*

1 2 3 4 5 05 04 03

Originaltitel: Concerto le-Meragel we-le Tismoret
Originalverlag: Keter Tel Aviv

Umschlaggestaltung: Christina Hucke
Foto © Garo Nalbandian
aus dem Buch »Bethlehem 2000« vom Mitri Raheb und Fred Strickert,
Heidelberg: Palmyra Verlag 1998
Lektorat: Iris Konopitz, Doris Engelke
Gesamtherstellung: Fuldaer Verlagsagentur, Fulda
ISBN 3-8218-0869-1

Verlagsverzeichnis schickt gern:
Eichborn Verlag, Kaiserstraße 66, D-60329 Frankfurt am Main
www.eichborn.de

# VORWORT

*Konzert für Spion und Orchester* war mein erster Roman. Ich begann, daran zu schreiben, während ich auf meinen B. A.-Abschluß am Institut für Musikwissenschaften der Universität Tel Aviv hinarbeitete. Diese Tatsache ist kein bloßer Stichpunkt meiner Biographie; hätte ich nicht dort studiert, wäre das Buch nie entstanden. So einfach ist es. Dort entwarf ich das Grundgerüst der Handlung (und dieses Gerüst ist weitaus realistischer, als es scheinen mag).

1991 stellte ich das Manuskript fertig und schickte es unverzüglich an beinahe jeden Verlag in Israel. Genauso unverzüglich erhielt ich von jedem Verlag eine Ablehnung. Nun – von fast jedem. Ein Verlagshaus – *Keter* – nahm das Manuskript an. Amnon Jackont, der bei Keter die Thriller herausgibt und noch dazu ein phantastischer Autor ist, war von dem Buch beeindruckt. Er erklärte sich bereit, das Risiko eines Erstlingsromans auf sich zu nehmen.

Und das Risiko machte sich bezahlt. *Konzert für Spion und Orchester* fand seinen Weg in die israelische Bestsellerliste und hielt sich dort drei Monate lang. Ich hatte immer daran geglaubt, daß das Buch gut sei, aber das war ein Geschenk!

Und nun, neun Jahre nach seiner Veröffentlichung in Israel, ist mein Buch ins Deutsche übersetzt worden. Angesichts des zeitlichen Abstands scheinen ein paar Bemerkungen zum Hintergrund und zu den Schauplätzen angebracht.

Bedenken Sie, daß die Handlung Anfang der neunziger Jahre spielt. Damals war Israel in vielerlei Hinsicht ein vollkommen anderer Ort (und in mancher Hinsicht wiederum recht ähnlich, doch damit wollen wir uns jetzt hier nicht auseinandersetzen). Allein das erklärt einige Dinge, die sonst anachronistisch erscheinen mögen. Nur zur Einstimmung: Es gab noch keine Mobiltelefone. Es gab keine CDs – die Figuren in meinem Buch hören immer noch die guten alten Vinyl-Schallplatten. Versuchen Sie mal, heute eine zu finden … das können Sie glatt vergessen.

Was ist mit den Schauplätzen? Nun ja, Jerusalem ist immer noch religiös, unnachgiebig und nachtragend, und Tel Aviv (nur eine Autostunde entfernt, wenn man zur richtigen Zeit fährt) ist das genaue Gegenteil, Gott sei Dank (ups, ich vergaß – Gott hat ja mit Tel Aviv gar nichts am Hut, er lebt in Jerusalem!).

Doch genug damit. Zurück zum Buch. Im großen ganzen erhebt es nicht den Anspruch, den Leser vor Rätsel zu stellen. Es gehört nicht zu *dieser* Art von Büchern, und lassen Sie mich hinzufügen, es handelt sich auch nicht um diese Art von Autor. Ich habe nie versucht, die Intelligenz meiner Leser oder meine eigene zu testen. Das Buch erzählt einfach eine Geschichte – eine realistische –, und das ist alles. Eine Geschichte, die von Menschen handelt. (Für einen Moment wäre ich fast der Versuchung erlegen, das Klischee »gewöhnliche Menschen« zu verwenden, doch das wäre falsch. Einige der Charaktere sind ziemlich gewöhnlich, andere sind es nicht.)

Zum Abschluß möchte ich mich bei zwei Frauen bedanken, die diese deutsche Fassung ermöglicht haben. Zum einen bei meiner fabelhaften Herausgeberin Doris Engelke vom Eichborn-Verlag für ihren unbeschreiblichen Sinn für Humor (genau den, den man braucht, um nicht dem Wahnsinn zu verfallen), ihre Effizienz und Umsicht. Zum anderen bei Ulrike Harnisch, die die nicht ganz leichte Aufgabe übernommen hat, das Buch aus dem Hebräischen ins Deutsche zu übersetzen. Auch sie hat sich dabei die gute Laune nicht verderben lassen und das ganze zähe Unternehmen hindurch eine Menge Takt bewiesen. Danke Euch beiden!

Und ich danke Ihnen, liebe Leserin und lieber Leser, für Ihre Zeit. Viel Vergnügen beim Lesen.

Uri Adelman
Givat-Chen
November 2002

P. S. Übrigens habe ich diesen B. A. in Musikwissenschaften nie abgeschlossen. Einige Jahre später habe ich das an der *Rubin Academy of Music* in Tel Aviv im Fach Komposition nachgeholt. Dieser Tage schreibe ich an meinem fünften Roman und studiere im M. A.-Studiengang. Beide Dinge auf einmal zu meistern hält jung.

Eine letzte Bemerkung noch: Wenn Sie mir Ihre Leseeindrücke mitteilen möchten, zögern Sie nicht. Schreiben Sie mir einfach eine E-Mail (in englisch, bitte!) an adelman@zahav.net.il. Ich verspreche Ihnen, jede zu beantworten.

# EINLEITUNG

## Jochanan

Offensichtlich war ich zu spät gekommen. Um das Grab drängte sich eine kleine Trauergemeinde und hörte einem Redner zu.

»… ein Symbol für uns alle …« Wortfetzen verloren sich im Wind. »Er war ein Held, ein Vorbild. Ein Muster an Mut und Entschlossenheit.« Einige trockneten ihre Tränen. Unter den Trauergästen waren auch fünf, sechs Offiziere, aber ich erkannte niemanden. Mir wurde plötzlich bewußt, daß ich Amnon nie privat begegnet war; hatte er überhaupt Familie oder Freunde?

»Amnon Lev hat zwei wesentliche Kapitel in der kurzen Geschichte des israelischen Verteidigungsministeriums mitgeprägt. Viele von uns kennen ihn noch aus seiner Zeit als mutiger Panzerkommandeur …« Der Regierungsbeamte ließ seinen Blick schweifen und machte eine kleine Pause, um seinen Worten Nachdruck zu verleihen. »Was das zweite Kapitel betrifft, so werden einige Jahre ins Land gehen, bevor wir dessen Geheimnisse lüften können. Fest steht, es ist ein ruhmvolles Kapitel, auch wenn wir heute darüber schweigen …«

Alex berührte mich am Arm. »Ich dachte schon, du kommst nicht mehr.«

»Ging nicht früher.« Weiter drüben entdeckte ich jetzt Dov, der sich, auf seine Krücke gestützt, leise mit Micky unterhielt.

»Und nun, Amnon Lev, nehmen wir Abschied. Du wirst in die ehrenvolle Reihe der Kämpfer aufgenommen, die ihr Leben dem Vaterland geopfert haben. Wir werden dich nicht vergessen.«

Auf keinen Fall, dachte ich, keine Chance.

Der Regierungsbeamte legte an dem frischen Grab einen

Kranz nieder, und daneben bettete eine Uniformierte einen zweiten Kranz mit der Schleife der Panzereinheit. Der dritte Kranz kam vom Generalstab.

Die Trauergemeinde löste sich allmählich auf.

Dov kam langsam zu mir herüber. »Fährst du nach Jerusalem?« fragte er.

»Ja, morgen früh, ich habe ein paar Dinge zu erledigen.«

»Dann komm vorbei«, sagte er.

»Hast du denn jetzt überhaupt noch Zeit für mich?«

Dov lachte. »Komm einfach.«

»Ich hatte noch gar keine Gelegenheit, dir zu gratulieren«, sagte ich.

Dov verzog das Gesicht. »Es ist eben passiert ...«

Auch Micky gesellte sich zu uns. »Wie geht's dir, Jochanan?«

»Gibt's was Neues?« fragte ich.

»Nein.« Micky war unrasiert und lächelte müde. »Secharija arbeitet rund um die Uhr. Ich auch.«

»Laß es ruhig angehen, sonst machst du es nicht mehr lange.«

»Und ich dachte, Amnon spielt heute hier die Leiche«, entgegnete Micky trocken.

Alex begleitete mich zum Ausgang. »Und jetzt«, fragte er, »hast du was Besonderes vor?«

»Ein paar Dinge erledigen.«

Draußen, nicht weit vom Friedhofstor, stand ihr Auto. Auch Alex bemerkte es.

»Bin schon weg«, sagte er taktvoll. »Sehen wir uns im Büro?«

Ich wartete, bis er weit genug entfernt war, und ging dann zum Wagen. Die Scheibe auf der Fahrerseite glitt langsam nach unten.

»Irith«, sagte ich.

# 1

# Irith

Ich sah auf meine Armbanduhr und ging zum Plattenspieler – bis zum Ende der Vorlesung blieben noch knappe fünfzehn Minuten. Einige Studenten protestierten schwach, als ich den Tonarm anhob.

»Tut mir leid, aber ich werde fürs Reden bezahlt«, begann ich nach einem kurzen Blick auf meine Aufzeichnungen. »Und die hohe Messe von Johann Sebastian Bach braucht ihre Zeit. Wie Mozart, wie Beethoven und Schubert ... eigentlich wie alle schrieb Bach sie nach dem Ordinarium der katholischen Kirche. Nur war Bach – und das ist ein sehr wesentlicher Unterschied – Protestant. Und wenn Sie sich die Umstände des Dreißigjährigen Krieges ins Gedächtnis rufen ...«

»1618 bis 1648.« Der Zwischenrufer war Joseph Mangold, natürlich. In jedem Semester hatte man mindestens einen Streber mit zwanghaftem Drang zur Selbstdarstellung.

»Die Jahreszahlen wären uns jetzt also allen bekannt. Und wenn wir außerdem die Differenzen zwischen Katholiken und Protestanten berücksichtigen, wird das sicher Ihre Neugier wecken. Was veranlaßte also den protestantischen Komponisten Bach, eine katholische Messe zu schreiben ...«

Ich schaute in die Runde. Neugier unter Studenten ist ein relativer Begriff, besonders vor zehn Uhr morgens.

»Okay«, fuhr ich resigniert fort, »wer sich schon von den Semesterferien erholt hat, kann dazu bei Schweizer nachlesen, die Seiten ...«

Fast alle Studenten notierten sich den Buchtitel und die Seitenangabe, aber ich wußte bereits jetzt, daß nur wenige sich die Mühe machen würden, das Buch auch aufzuschlagen. Ich war das gewohnt.

»Und jetzt möchte ich, daß wir uns noch einmal das Kyrie anhören. Lassen Sie die Musik auf sich wirken, hören Sie genau hin. Und bis zur nächsten Vorlesung erwarte ich, daß Sie die entsprechenden Kapitel lesen.«

Wieder drang die Musik aus den Lautsprechern und überflutete den Hörsaal. Mein Blick wanderte langsam über die Gesichter der Studenten, ihre Mienen variierten von Konzentration bis zu getarnter Langeweile – Musik wirklich zu lieben, konnte ich niemandem beibringen.

Ich vertiefte mich in die Klänge des Orchesters, hörte auf den Chor und blickte gedankenverloren auf die vor mir sitzenden Studenten. Joseph Mangold hielt natürlich die Partitur in der Hand und verfolgte konsequent jede Note. Eine Studentin sang lautlos den Text mit und ignorierte den erstaunten Blick des Kommilitonen rechts von ihr. Sein Gesicht erschien mir neu. Er besuchte meine Vorlesung wohl noch nicht lange – jetzt erinnerte ich mich, letzte Woche war er zu spät gekommen. Anscheinend gehörte er zu einer anderen Fakultät, Kunstgeschichte vielleicht, wie ein Musikwissenschaftler sah er jedenfalls nicht aus. Mein Blick wanderte weiter über die Sitzreihen, aber nach einer Weile ertappte ich mich dabei, wie ich wieder den neuen jungen Mann ansah. Er hatte sichtlich Schwierigkeiten, die vielen Nuancen zu hören, geschweige denn richtig einzuordnen.

»Achten Sie auf die zweifache Repetition des Chores …«, sagte ich, »… jetzt!«, als die Männerstimmen die Melodie des Orchesters wiederholten. Ich überlegte kurz, ob ich noch etwas zur besonderen Polyphonie bei Bach sagen sollte, hier ließe sich gut an die Unterschiede zwischen ihm und den Komponisten der Renaissance anknüpfen … da bemerkte ich, daß ich immer noch den Studenten anstarrte. Nein, wie ein Kunstgeschichtler sah er auch nicht aus …

Ein weiterer Blick auf die Uhr. Noch zwei, drei Minuten. Ich machte mir nicht die Mühe, den Tonarm anzuheben, sondern schaltete einfach den Verstärker aus – die Musik erstarb binnen

Sekunden. Diesmal waren keine Proteste zu hören, wie auf ein verabredetes Zeichen hin waren die meisten schon mit dem Schließen ihrer Mappen beschäftigt.

»Fragen?« Von allen Seiten klickten die Verschlüsse der Taschen, einige Studenten waren im Begriff aufzustehen. Ich lächelte in mich hinein und versuchte mich zu erinnern, wann das letzte Mal jemand kurz vor Ende noch eine Frage gestellt hatte.

Genau da hob der junge Mann die Hand. »Ja, ich«, sagte er zögernd, »ich habe eine Frage.«

Einige Studenten setzten sich wieder, auf ihren Gesichtern deutliche Ungeduld.

»Bitte«, sagte ich.

»Sie sprachen über Bach als Protestanten, der für die katholische Kirche komponierte.«

»Ja.«

»Kann es sein«, fuhr er unsicher fort, »daß Bach auch von der russischen Kirchenmusik beeinflußt war?«

Gelächter ging durch die Runde. Obwohl ich mir eingeschärft hatte, auf ignorante Fragen nicht ironisch zu reagieren, konnte ich mir ein Lächeln nicht verkneifen.

»Welch originelle Idee«, sagte ich, »der Einfluß der russisch-orthodoxen Kirchenmusik auf Bach. Sehr interessant.«

Er schaute mich ausdruckslos an. Ich fragte mich, ob er den Witz überhaupt verstand.

»Ich vermute, Sie sind nicht von unserem Fachbereich«, sagte ich.

Er schüttelte den Kopf.

»Volkshochschule?« Ich wartete seine Antwort gar nicht erst ab. »Ich schlage vor, daß Sie sich allgemein über die Epochen des Christentums informieren. Wer weiß, vielleicht können Sie uns nächste Woche mit unerwarteten Neuigkeiten zur russischen Kirchenmusik überraschen.« Jetzt hatte ich das Gefühl, doch etwas weit gegangen zu sein.

»Vorsicht«, bemerkte Dorith Tenne, »er deckt noch einen geheimgehaltenen Zusammenhang auf. Ich sehe den Aufsatz schon vor mir.«

»Aufsatz?« korrigierte Joseph Mangold. »Eine Doktorarbeit. Mindestens.«

»Schluß für heute«, nahm ich wieder die Fäden in die Hand. »Apropos russische Musik – nächstes Semester leite ich einen Kurs zur russisch-orthodoxen Kirchenmusik.«

Ein paar schauten mich neugierig an und überlegten wohl, was diese Bemerkung zu bedeuten hatte.

»Das war ernst gemeint. Ich arbeite gerade an einem Forschungsprojekt in der Russischen Kirche in Jerusalem. Vielleicht sprechen wir nächste Woche darüber, wenn wir Zeit dafür haben.«

Wenig später hatten die meisten Studenten den Hörsaal verlassen, bis auf zwei oder drei, die wie immer vor meinem Schreibtisch standen, um persönlich mit mir zu sprechen. Ich steckte die Schallplatte zurück in die Hülle und schloß den Schrank mit dem Verstärker und dem Plattenspieler ab. Als ich wieder aufsah, bemerkte ich den neuen Studenten, der unverändert in seiner Reihe saß, einen Ausdruck unschlüssiger Verlegenheit auf seinem Gesicht. Hatten ihn die Frotzeleien der anderen Studenten so sehr verletzt? Oder lag es an meiner Reaktion? Warum mußte ich auch so unsachlich sein. Manchmal verstand ich mich selbst nicht ... Wenigstens versuchte ich schnell noch, Dorith Tennes halbe Frage, halbe Anmerkung zur Orchestrierung zu verstehen, nickte und bat sie, die Schallplatten für mich in der Mediothek abzugeben. Es war schon zehn Uhr durch, dabei wollte ich noch vor Mittag in Jerusalem sein.

# 2

## Jochanan

Die Akte lag ganz oben auf dem kleinen, aber nicht schrumpfenden Papierberg auf meinem Schreibtisch. Am Rand des grauen Pappordners war mit roter Tinte säuberlich vermerkt: »Dolev, Irith, Nr. 92159«.

Ich schlug den Ordner auf und blickte in das Gesicht von Dr. Irith Dolev. Das Foto war offensichtlich schon älter und ein wenig verschwommen, doch ihr kurzes braunes Haar und die leicht vorstehenden Wangenknochen waren auch so deutlich zu erkennen. Erfolglos versuchte ich, die Farben ihrer Augen auszumachen. Auch braun, vielleicht.

Ich schob das Bild beiseite und machte mich daran, die Akte gründlich zu studieren. Was hier vor mir lag, war das Ergebnis wochenlanger pedantischer Recherche. »Name: Irith Dolev, Doktorin der Musikwissenschaften, geboren in Moskau, September 1957«. Denkt man gar nicht, dachte ich. »Als Sechsjährige mit ihren Eltern Einwanderung nach Israel. Musikstudium in Tel Aviv, Abschluß mit Auszeichnung. M. A., Promotion an der Universität New York, ebenfalls mit Auszeichnung. Thema der Dissertation: Die Kirchenmusik von Johann Sebastian Bach. Seit 1989 ordentliche Dozentin an der Universität Tel Aviv, Fachbereich Musikwissenschaften, verheiratet mit Dr. Ilan Dolev, Chirurg, Ichilow-Krankenhaus, Tel Aviv. Beide in erster Ehe. Zwei Kinder. Adresse in Tel Aviv …«

Ich übersprang zwei, drei Seiten, die sich mit Iriths Mann beschäftigten, und fand den verschlossenen Umschlag, der ganz hinten beigelegt wird. Ich öffnete ihn vorsichtig und rückte näher an die Schreibtischlampe heran. In dem Umschlag war nur ein Blatt Papier: Überschrift »Diverses«, doch von diesem nüchternen Titel ließ ich mich nicht abschrecken. Ich hatte in diesen grauen Akten schon genug »Diverses« gelesen, um Dutzende Journalisten beschäftigen zu können.

Bei Irith Dolev rechnete ich jedoch kaum mit Überraschungen. Und es gab auch keine. »Mitgliedschaft in Jugendbewegungen: nein. Parteimitgliedschaften: nein. Teilnahme an Demonstrationen: nein. Unterzeichnung von Aufrufen: nein. Angehörige einer Sekte: nein. Reisen in feindlich gesinnte Staaten: nein. Reisen in kommunistische Staaten: nein. Politische Einstellung: nicht bekannt.«

Na ja, dachte ich, das war vorherzusehen, ebenso wie die handschriftliche Anmerkung weiter unten auf der Seite: »Keine Information über Beziehungen zu feindlich gesinnten Staaten oder entsprechenden Organisationen. Vorgeschlagene Klassifizierung: 12.« Im Klartext: Die observierte Person wurde nach einer ersten Überprüfung als nicht verdächtig eingestuft.

Damit war die Akte geschlossen und würde die nächsten Jahre in irgendeinem Archivregal verstauben. Was zuvor noch fehlte, waren die rein formalen Prozeduren unserer Abteilung – aber damit nahm Amnon es immer sehr genau. Dabei ging es höchstens um ein, zwei Gespräche, ein paar Fragen, ein paar Antworten, bevor diese Akte ihre letzte Ruhe fand.

Ich wählte eine interne, vierstellige Nummer.

»Ja«, kam es sofort.

»Hi, Dov.«

»Hi, Jochanan.«

»Hast du gerade Zeit?«

»Wie lange?«

»Ich brauche eine halbe Stunde.«

»Ich muß für eine Stunde rüber in die Kirche. Sagen wir danach?«

»Halb zwölf?«

»Halb zwölf.«

Dov Rivlin war am längsten in unserer Abteilung. Trotzdem ließ er es sich nicht nehmen, sich immer persönlich ein Bild zu machen – selbst nach dreißig Dienstjahren konnte er sich mit dem ewigen Papierkram nicht anfreunden. Sein spezielles Ressort war das Einzugsgebiet Jerusalem, und seit einigen Jahren war er auch für die Verbindung zur Russischen Kirche verantwortlich, genauer gesagt zu dem Priester, der uns über das, was sich hinter dem Altar abspielte, auf dem laufenden hielt.

Dov galt als überaus gründlich. Gut möglich, daß er, ohne lange auf Anweisungen zu warten, Irith bereits unter die Lupe genommen hatte. Schließlich war es sein Job, rund um die Kirche das Gras wachsen zu hören.

Als nächstes rief ich Iriths Privatnummer an. Ich wartete drei Klingeltöne lang.

»Schalom. Hier ist der Anschluß von Irith und Ilan Dolev«, meldete sich eine niedliche Kinderstimme. »Bitte hinterlassen Sie uns eine Nachricht …«

Ich legte auf. Nein, das war keine Mitteilung, die man auf einem Anrufbeantworter hinterließ; besser, ich probierte es nachmittags noch einmal. Auf ein, zwei Tage kam es sicher nicht an.

Ich zog eine Schreibtischschublade auf und griff nach dem Formular »Wöchentliche Informationslage«. Zu den sechs oder sieben Punkten, die ich schon darauf vermerkt hatte, fügte ich hinzu: »Dolev«.

# 3

## Irith

»Mein Büro« nannte ich die Kammer, die Nikolai mir zur Verfügung gestellt hatte. Der winzige Raum lag im Kellergeschoß der Kirche und maß nicht einmal zwei auf drei Meter, aber mehr brauchte ich auch nicht. Kaum einem der langjährigen Mitar-

beiter an der Fakultät in Tel Aviv war der Luxus eines eigenen Büros vergönnt.

An einer der Kellerwände hingen vier Regale, in denen die Ordner mit den Notenblättern der abgeschriebenen Gebetstexte standen. Die Gebetstexte, die ich noch nicht ins reine geschrieben hatte, lagen auf einem altertümlichen Holztisch verstreut. Der Tisch war übrigens ein richtig antikes Stück, an einer Schublade hatte ich ein Kupferschild mit dem Namen des Jerusalemer Kunsthandwerkers und der Jahreszahl 1883 entdeckt, und auch die Schreibtischlampe hatte sicher einigen Wert. Neben ihr türmte sich ein Stapel Kassetten – Symbol für den ersten kleinen Sieg, den ich hier in der Kirche errungen hatte.

Als ich vor drei Monaten mit der Forschungsarbeit begonnen hatte, fragte ich Nikolai, ob ich die Gebete in den Gottesdiensten nicht einfach mitschneiden könne. Völlig unmöglich. Nikolai erklärte mir, sich halb entschuldigend, das sei »nicht üblich«. Er verstehe, wie wichtig mir die Gebetstexte wären, aber Gebete und ein Diktiergerät, nein, auf diese Entscheidung habe er keinerlei Einfluß, und zum Zeichen seiner Machtlosigkeit breitete er seufzend die Arme aus.

Dahinter steckte natürlich Michail – Michail Wladimirowitsch Romanow. Der einzige Mensch, der auf Michail Einfluß nehmen konnte, war Geller. Und tatsächlich, nachdem Geller ihm erklärt hatte, in welch erheblichem Maße das Aufnahmegerät meine Arbeit beschleunigen würde, zeigte sich Michail gegenüber »dem verehrten Herrn Professor Geller« kompromißbereit (Geller verabscheute Formalitäten, aber Michail bestand auf diese Anrede): Der Priester würde die gewünschten Gebetsabschnitte aufnehmen und mir die Kassette übergeben.

»Was lernen wir daraus?« sagte Geller zu mir. »Statt ihnen stundenlang zu erklären, wie essentiell das Diktiergerät für dich ist, gib ihnen zu verstehen, welchen Nutzen sie daraus ziehen.«

Ich war Viktor Geller vor zwei Jahren das erste Mal begegnet. Damals saß ich in seinem Seminar über das Christentum. Nicht nur das Seminar war spannend, sondern auch Geller als Persönlichkeit – ich lernte ihn schnell kennen und schätzen. Man sah ihm nicht an, daß er bereits über sechzig war. Sein breites, von einem dichten Bart umrahmtes Gesicht klassifizierte ihn zwar sofort als den guten, alten, weisen Mann aus dem Märchen, aber hinter seinen dünnen Brillengläsern schauten einen sehr wache, neugierige Augen an. Sein Wissen – musikalisch, kulturgeschichtlich, politisch – war erstaunlich. Und wie kein zweiter vermochte er die historischen Prozesse, die sich über viele Länder und Jahrzehnte erstreckten, in wenigen klaren, überzeugenden Sätzen darzustellen. Er konnte Würde ausstrahlen, ohne steif zu wirken, und er konnte nett sein, ohne in billige Popularität abzugleiten. Vollkommen natürlich, ohne irgendwelche Manieriertheiten, das machte einen wirklich guten Dozenten aus.

Obwohl er ein Professor von Weltrang und ich damals eine junge Dozentin war, gerade eben an die Universität Tel Aviv zurückgekehrt, entwickelte sich zwischen uns ein besonderes Verhältnis. Vielleicht wegen unserer Herkunft – Geller war aus Moskau –, vielleicht wegen unserer Liebe zu den russischen Klassikern. Von Puschkin konnte Geller fast sämtliche Gedichte und Theaterstücke auswendig, und Lermontow liebte er auch. Jedenfalls nahm er mich »unter seine Fittiche«. Er hatte mir auch bei der Zusammenstellung des Bach-Seminars geholfen und wachte darüber, daß ich mich intensiv genug vorbereitete. Dann wieder erschien er im rechten Moment, wenn ich vor lauter Büchern schon kein Land mehr sah, und lud mich zu einem Kaffee in die nahegelegene Cafeteria ein.

Bei einer solchen Tasse Kaffee brachte er auch zum ersten Mal die Russische Kirche zur Sprache. Wir unterhielten uns über sein Christentum-Seminar, und ich meinte, jede Strömung, die er in seinen Vorlesungen erwähnte, sei eine eigene tiefgründige Erforschung wert. Geller war sofort begeistert: »Wie wär's mit der griechisch-orthodoxen oder der russisch-orthodoxen?«

»Na ja«, erwiderte ich bloß.

»Nein, im Ernst, denk mal darüber nach, du könntest dich auf ein Fachgebiet spezialisieren. Am Ende springt sogar eine Veröffentlichung heraus, schließlich sind wir Akademiker ...« Und er fügte hinzu: »Ich stehe dir jedenfalls als Assistent jederzeit zur Verfügung.«

Wir brachen beide in Gelächter aus. Doch in diesem Moment war mir klar: Ein solches Angebot schlug man nicht aus, ich würde mich sofort in die Arbeit stürzen.

»Eine Arbeit ohne Feldforschung«, pflegte Geller zu sagen, »ist die pure Augenwischerei. Deshalb solltest du«, und sein Zeigefinger kam schwungvoll auf mich zu, »wenigstens fünfzig Prozent deines Materials direkt aus einer Kirche beziehen. Nur mit Bibliotheksrecherche wird die Sache viel zu trocken.«

Und so begaben wir uns auf die Suche nach russischen Kirchen in Israel. Das war nicht schwer. Insgesamt gibt es nur sechs oder sieben, und aus dieser kurzen Liste die für uns geeignetste auszuwählen, schien ebenfalls leicht: Wir entschieden uns für die »Rote Kirche« von Jerusalem.

Mit einer Sache hatten wir allerdings nicht gerechnet: Die Tore der Russischen Kirche waren für Besucher verschlossen. Punkt. Keine Besuche, keine Führungen. Fremde waren unerwünscht, selbst wenn sie in Rußland geboren waren.

Abgesehen davon war Geller selbst ein Problem. Nach den jahrelangen öffentlichen Auseinandersetzungen, die er sich mit den Machthabern im Kreml geliefert hatte, war er in gewissen Kreisen immer noch eine Persona non grata. Auch wenn diese Auseinandersetzungen schon mehr als ein Jahrzehnt zurücklagen.

Trotzdem gelang es Geller, das Unmögliche möglich zu machen. Es kostete Wochen an Laufereien, Treffen, Briefen und Überzeugungsarbeit, aber letztendlich klappte es: Die Kirche öffnete uns ihre Tore. Natürlich nur einen Spalt und mit vielen Einschränkungen, doch die Dinge, um die es mir ging, bekam ich: Hospitationserlaubnis für die Chorproben, die Genehmigung, mit den Nonnen und Priestern zu sprechen, freien Zugang zur Kirchenbibliothek und – nach eben dieser zusätzlichen kleinen Auseinandersetzung – bei rechtzeitiger Vorankündigung auch die Möglichkeit, Mitschnitte von den Gesängen zu erhalten.

So pendelte ich zweimal die Woche zwischen Tel Aviv und Jerusalem. Ich genoß diese Fahrten, die Strecke, die Kirche als willkommene Abwechslungen, und Jerusalem selbst lernte ich immer mehr kennen und lieben.

Anfangs befremdete meine Anwesenheit die Nonnen und Priester, und auf viele meiner Fragen kamen nur ausweichende Antworten. Die meisten verstanden nicht, wie jemand wissenschaftliches Interesse an ihren Gebeten zeigen konnte. Aber die Tatsache, daß ich – sagen wir – ganz passabel Russisch sprach, brachte das Eis allmählich zum Schmelzen.

Im Hintergrund schwebte immer Pater Nikolai: Er half, löste Probleme, räumte Hindernisse aus dem Weg. Meiner Sache stets wohlgesonnen, entschuldigte er sich für die diversen Einschränkungen, die mir wegen »interner Regelungen« auferlegt wurden, obwohl er in der Kirche der höchste Würdenträger war.

Doch wurde mir sehr schnell klar, daß in Wahrheit Michail Wladimirowitsch Romanow den Ton angab. Es gelang mir nicht, sein Aufgabengebiet exakt zu definieren, genauer gesagt, bemühte ich mich nicht darum. Michail war keinesfalls ein geistlicher Würdenträger, aber in den täglichen Abläufen lagen viele Entscheidungen in seinem Zuständigkeitsbereich. Rein äußerlich war er keine beeindruckende Erscheinung – dünnes graues Haar, wäßrige Augen –, dennoch schienen sich alle vor ihm zu fürchten. Sogar Nikolai.

# 4

## Jochanan

Die Cafeteria der Fakultät für Exakte Wissenschaften war wie leergefegt. Ich war absichtlich etwas zu früh gekommen, um einen ruhigen Tisch zu ergattern. Vollkommen überflüssig, solange die Vorlesungen liefen, na ja, man lernt immer dazu. Lediglich am Ende des langgestreckten Raumes war ein einzelner Tisch besetzt. Dort tranken zwei Studenten Kaffee und warfen lautstark mit physikalischen Begriffen um sich, offensichtlich hatten sie gerade die Quantentheorie begriffen.

Zwei Telefongespräche waren nötig gewesen, um Irith Dolev davon zu überzeugen, mich hier zu treffen. Vorgestern früh stellte ich mich zunächst einmal als Staatsbeamter Raviv vor und fragte, ob sie einige Minuten Zeit für mich hätte. Sie war perplex und glaubte zuerst an einen üblen Scherz.

»Und wer sind Sie?«

»Tut mir leid, nähere Einzelheiten kann ich am Telefon nicht verraten.«

»Einen Moment.«

Sie ließ mich ein paar Minuten warten, während sie die Sache wahrscheinlich ihrem Mann erzählte. Im Hintergrund hörte ich die beiden undeutlich miteinander reden. Dann kam sie wieder ans Telefon.

»Hallo?«

»Ja.«

»Können Sie heute abend noch mal anrufen?«

»Kein Problem. So gegen sieben?«

»Ja, sieben wäre ausgezeichnet.«

Bei diesem zweiten Anruf klang Irith gleich viel ruhiger. Absichtlich ließ sie einfließen, daß sie sich inzwischen mit ihrem Mann beraten habe. Dagegen war nichts einzuwenden. Außerdem bat sie mich um eine Telefonnummer, damit sie meine

Identität prüfen könne, ansonsten war sie einverstanden, mich am Sonntag zu treffen.

»Und wo? In Ihrem Büro?«

»Nein, nicht in den Musikwissenschaften. Am besten in der Cafeteria der Fakultät für Exakte Wissenschaften. Sagen wir halb elf? Das würde mir gut passen.«

Jetzt war es zwanzig nach zehn. Um mir die Zeit zu vertreiben, setzte ich mich mit einer Cola und einem Croissant an einen Tisch und blätterte in der Studentenzeitung, die überall auslag.

Punkt halb elf sah ich sie die Treppe zur Cafeteria herunterkommen. Weiße Hosen, blaues T-Shirt und Sandalen. Ihr Blick wanderte durch den Raum und blieb an mir hängen. Viel Auswahl gab es ja auch nicht, ich saß als einziger allein am Tisch und nickte leicht. Zögernd kam sie auf mich zu, blieb vor dem Tisch stehen und sah mich fragend an. Braune Augen, wie ich vermutet hatte.

Ich stand auf, deutete auf den Platz mir gegenüber und stellte mich höflicherweise noch einmal vor: »Hallo, ich bin Jochanan Raviv. Frau Doktor Dolev, nehme ich an, sehr angenehm.«

Während wir uns die Hände gaben, musterte sie mich ungeniert. »Angenehm«, sagte sie, ohne ihren Blick von mir abzuwenden.

Ich sah es ihr an: Frau Doktor Dolev kramte in ihrem Gedächtnis, wo zum Teufel ihr dieses Gesicht schon einmal untergekommen war. Ich faltete meine Zeitung zusammen. »Kaffee?«

Kaffee gab es vorne am Automaten, ich füllte zwei Becher und ging mit meinem Tablett zur Kasse. »Geht auf mich«, sagte ich, als ich Irith Dolev in ihrem Portemonnaie kramen sah. Sie schüttelte nur den Kopf und bezahlte selbst.

»Gut«, sagte ich, als wir wieder am Tisch saßen, »dies ist zwar nicht gerade der ideale Ort für Gespräche –«

»Verzeihung«, ging sie unerwartet dazwischen, »Sie sind hoffentlich nicht beleidigt, wenn ich um einen Ausweis oder etwas Ähnliches bitte.«

»Nein, nein, das ist vollkommen in Ordnung«, sagte ich und gab mir Mühe, meine Brieftasche möglichst elegant aus der Hosentasche zu ziehen.

»Ich möchte nur auf Nummer Sicher gehen«, sagte sie, »schließlich treffe ich mich nicht jeden Tag mit Regierungsbeamten.«

Ich reichte ihr einen eingeschweißten Ausweis. Irith Dolev untersuchte ihn gründlich.

»Ein Polizeiausweis«, stellte sie verwundert fest.

Ich zuckte mit den Schultern. »Ich habe noch andere, wenn der nicht genügt.«

»Schon okay«, sie lächelte plötzlich, »ich vermute, Sie haben sogar einen Studentenausweis.«

»Ah, das Seminar letzte Woche ...«

Ich hatte damit gerechnet, daß sie darauf anspielen würde, trotzdem war ich ein wenig verlegen. »Da muß ich mich wohl noch bei Ihnen entschuldigen ...«

»Ach was, Sie können einem richtig leid tun, jetzt müssen sich unsere Regierungsbeamten schon in Musikvorlesungen setzen.«

Ihr Sarkasmus beschränkte sich also nicht auf die Universität. Das konnte ja heiter werden.

»Nein, nein.« Ich wehrte ab. »Ich fand es wirklich interessant. Sehen Sie, ich bin ansonsten kein großer Musikkenner. Im Auto höre ich schon öfters Klassik, wenn sie nicht zu anstrengend ist, oder wenn ich müde nach Hause komme ... zum Entspannen ... ich habe ein paar Platten ...«

Das Gespräch drohte mir zu entgleiten, und das Lächeln, das sich über Irith Dolevs Gesicht ausbreitete, machte die Sache nicht gerade leichter.

»Okay.« Ich gab auf. »Seien wir ehrlich, ich habe von Bach nicht die geringste Ahnung und bin jetzt still.«

Irith lächelte immer noch, aber nicht bösartig. »Danke«, sagte sie schlicht, »das höre ich gern.«

Für einen Moment schwiegen wir.

»Gut«, sagte ich, »fangen wir an. Ich vermute, Sie wissen, worum es geht.«

»Ich denke, daß es mit der Russischen Kirche zusammenhängt«, sagte sie halb fragend.

»Warum glauben Sie das?« Jetzt war es an mir, sie ein wenig zappeln zu lassen.

»Worum sollte es sonst gehen?« Sie zuckte die Achseln. »Einkommenssteuer?«

»Wie soll ich das wissen? Vielleicht. Sehe ich etwa nicht aus wie ein Steuerprüfer?«

Sie lachte hell auf. »Nein, das tun Sie nicht. Ein Steuerprüfer hätte nie nach den Einflüssen der russischen Kirche auf die Musik von Bach gefragt.«

»Gut«, sagte ich. »Ich konnte beim besten Willen nicht ahnen, daß die Frage so dämlich ist.«

Sie besaß genug Takt, nicht darauf einzugehen. »Dann habe ich also recht?« fragte sie nur.

»Mit der Kirche?«

»Ja.«

»Haben Sie.«

Wieder schwiegen wir für einen Moment.

»Sehen Sie«, sagte ich, »es ist reine Routine. Um ehrlich zu sein, vergeude ich nur Ihre Zeit.« Und meine auch, dachte ich.

»Sie müssen sich nicht entschuldigen.« Irith Dolev holte eine Schachtel Marlboro und ein Feuerzeug aus ihrer Tasche. »Zigarette?«

»Danke.« Sie sieht wirklich nicht wie vierunddreißig aus, ging es mir durch den Kopf, als sie mir Feuer gab.

»Die Kirche wird also rund um die Uhr überwacht«, stellte Irith nüchtern fest.

»Sagen wir so: Wir bemühen uns, auf dem laufenden zu sein. Das gehört einfach dazu.«

»Wissen Sie, Jochanan«, sie zog an ihrer Zigarette, »ich bin in der Kirche mit meinem Forschungsprojekt beschäftigt. Und das ist das einzige, was mich dort interessiert.«

»Die Messe in der russisch-orthodoxen Musik.«

»Die Messe und der Gesang in der russisch-orthodoxen Kirche«, korrigierte sie mich mit hochgezogenen Brauen.

»So genau bin ich nicht informiert.« Ich drückte die Zigarette im Aschenbecher aus und warf einen Blick auf die Uhr. »Noch einen Kaffee, bevor wir anfangen?«

»Nein, danke.«

In den folgenden zehn Minuten stellte ich ihr Fragen. Wie häufig sie sich in der Kirche aufhielt, um welche Uhrzeit, mit welchen Leuten sie Kontakt hatte. Die Fragen waren einfach und direkt, und ihre Antworten kamen ohne Zögern. Offenbar hatte sie nichts zu verbergen.

»Sie haben sich gar keine Notizen gemacht«, sagte Irith Dolev am Schluß.

»Es gab nichts zu notieren.«

»Wissen Sie, ich habe die ganze Zeit darauf gewartet, daß Sie mir eine Fangfrage stellen. Wie im Roman.«

Ich mußte lachen. »Tut mir leid, wenn ich Sie enttäuscht habe. Nächstes Mal vielleicht.«

Sie warf mir einen schnellen prüfenden Blick zu.

»War nur ein Scherz. Ich denke, es wird kein nächstes Mal geben.«

## 5

Nachdem ich mich von Irith Dolev verabschiedet hatte, blieb noch ein wenig Zeit, und ich beschloß, in unserem Tel Aviver Büro vorbeizuschauen. Dort war ich ausgebildet worden, dort hatte ich meine ersten beiden Geheimdienstjahre verbracht, und auch nach meinem Umzug nach Jerusalem war die Verbindung nicht abgerissen. Bei einigen Leuten lag mir daran, den Kontakt zu halten, außerdem gab es genug Dienstliches, das eine Besprechung in Tel Aviv erforderlich machte.

Vom Parkplatz der Universität bog ich in die nördliche Schnellstraße ein, aber schon nach wenigen Minuten wieder ab. Die kleinen, gemütlichen Seitenstraßen der Strandpromenade hatte ich schon immer gemocht, in diesem Viertel befanden sich auch etliche Botschaften. Unser Büro lag in einer unscheinbaren Sackgasse. Die inzwischen in die Jahre gekommenen Häuser der Gegend waren während der Einwanderungswelle in den vierziger Jahren hastig hochgezogen worden.

Durch das heruntergelassene Seitenfenster gab ich dem Parkplatzwächter ein Zeichen. Er bewachte eine Schranke mit dem Schild »Parken für Betriebsfremde verboten«, und das war tatsächlich nötig. Langsam manövrierte ich meinen Subaru über den Kiesweg, während ich mir zum hundertsten Mal die Frage stellte, wie viele Gründe es wohl gab, hier zu arbeiten. Anders gefragt: Was machte diesen Job bloß so reizvoll? Das Geld allein konnte es kaum sein. Auf dem Parkplatz standen zwar nicht gerade Schrottkisten, aber die gebrauchten Fiats und der eine oder andere angerostete Honda konnten einem schon zu denken geben.

Schnell stieg ich die ausgetretene alte Treppe hinauf, da der Fahrstuhl sowieso nie funktionierte. In der dritten Etage angekommen, hatte ich mir gewohnheitsgemäß meine Ausweiskarte ans Hemd geklemmt und drückte auf den Summer vor der Stahltür. Wie immer konnte ich mir ein Grinsen nicht verkneifen, während die Mini-Kamera über der Tür auf mich zuzoomte. Ein kurzes Summen, die Tür öffnete sich, und ich zog sie geräuschvoll hinter mir zu. Der Korridor lag verlassen da. Auch fehlten die üblichen Namensschilder an den Türen, hier gab es weder Nummern noch andere Bezeichnungen. Um zu wissen, wer wo saß, mußte man es schlicht auswendig lernen. An der letzten Tür links klopfte ich und trat ein, ohne eine Antwort abzuwarten.

Alex saß über seinen Schreibtisch gebeugt und studierte Zeitungsartikel, hielt drei Buntstiften in der Hand wie ein Schuljunge.

»Hab' schon auf dich gewartet«, sagte er, ohne den Kopf zu heben.

»Echt?«

»Am Telefon sagten sie, du wärst in der Stadt.« Eine der Überschriften bekam einen blauen Rahmen.

»Gibt's was Besonderes?«

»Wollte nur wissen, wie's dir geht.« Alex richtete sich auf. »Und da ist er auch schon ...«

»Ist es nicht zu früh zum Essen?« fragte ich.

Alex zuckte mit den Schultern: »Und wenn schon.«

Beim Hinausgehen gab ich Alex' Sekretärin die Akte Dolev zum Kopieren. Diese Papiere gehörten zwar in unser Jerusalemer Büro, aber es war üblich, auch ein Exemplar im Meldekreis des Observierten zu deponieren.

»Was ist das?« fragte Alex.

»Dolev. Musikwissenschaftlerin. Hat in der Russischen Kirche ein Forschungsprojekt laufen.«

»Und ...?«

»Nichts. Nur Überprüfung, reine Routine, Klassifizierung zwölf, bitte, danke, Wiedersehen.«

Alex schlug die Akte auf und betrachtete das Foto. Für meinen Geschmack etwas zu lange.

»Sieht nicht gerade schlecht aus.«

»Vierunddreißig.«

»Älter als dreißig hätte ich sie nicht geschätzt. Verheiratet?«

»Ein Arzt, zwei Kinder.«

»Schade.«

»Alex, was ist los? Schon wieder solo?«

»War nur so ein Gedanke. Hast du Lust auf Fisch?«

Ich warf einen Blick auf die Uhr. »Wenn es schnell geht.«

Um diese Uhrzeit hatte es wenig Sinn, lange zu suchen, also

gingen wir zu Morris an der Ecke. Alex bestellte zweimal gegrillte Meeräsche, und bis der Fisch kam, beschäftigten wir uns mit Salat und Bier.

Unser Gespräch drehte sich im wesentlichen um den ewigen Klatsch und Tratsch: wer wann befördert wird und wer die nächste Auslandsreise macht. Wir bemerkten gar nicht, wie die Zeit verging, bis uns Morris mit türkischem Kaffee und Baklawa in die Realität zurückholte.

Alex rührte in seiner Tasse.

»Wann kommst du endlich mal in Jerusalem vorbei?« fragte ich.

»Wann denn?«

»Na, am Wochenende.«

»Jerusalem? Am Wochenende? Da geht doch überhaupt nichts.«

»Meine neue Wohnung allein ist schon sehenswert.«

»So?«

»Vor allem ist sie ruhig.«

»Hast du auch Platz für zwei?«

Das war zu erwarten gewesen. »Ricky?«

»Wer sonst ...«

»Platz habe ich genug, aber noch so gut wie keine Möbel, ich komme einfach nicht dazu.«

Um die Wahrheit zu sagen, die Wohnung war mehr oder weniger leer. Vom nächsten Gehalt wollte ich zumindest eine Wohnzimmer-Couch kaufen, vielleicht auch ein paar Stühle.

»Macht nichts«, sagte Alex. »Außer deinem Doppelbett brauchen wir nicht viel.«

## 6

Das Essen mit Alex hatte wie immer länger gedauert als geplant. Und wie immer, wenn man es eilig hat, war der Verkehr prompt extra dicht. Bis ich aus Tel Aviv heraus war, hatte ich große Verspätung und fuhr deshalb schneller als erlaubt. Dabei verließ ich mich voll und ganz auf einen meiner Ausweise, dem Schin Beth hatte die Autobahnpolizei noch nie Probleme gemacht.

Ich holte aus dem Motor heraus, was er hergab, aber kurz vor Latrun drosselte ich das Tempo auf hundertzwanzig und genoß die vorüberziehende Landschaft, die Silhouetten der Berge, das alte Trappistenkloster, das ich besonders mochte. Ab hier wurde die Strecke erst richtig interessant. Zuerst wand sich die Autobahn durch das Scha'ar Hagai und dann hinauf und hinunter durch Abu Gosch – und erst wenn man diese Hügelketten überwunden hatte, lag Jerusalem vor einem.

Auch meine Gedanken wanderten. Gut, ich würde übers Wochenende also Gäste bekommen. Was heißt Gäste – Alex und ich kannten uns so lange, wir verstanden uns ohne viele Worte. Ricky hatte ich in den letzten Wochen ein- oder zweimal mit Alex gesehen, zu kurz, um einschätzen zu können, was genau sich da entwickelte. Im allgemeinen dauerten Alex' Affären selten länger als einen Monat, plus minus eine Woche. Er investierte nicht allzuviel Zeit in diese Bekanntschaften. Und der Begriff »Beziehung« erschöpfte sich bei ihm mehr oder weniger in den drei Bereichen Kino, Essengehen und Sex. Dabei war Alex an sich kein oberflächlicher Typ. Er hatte nur beschlossen, daß diese Art Verhältnisse gegenwärtig gut in sein Leben paßten. Genau so viel und nicht mehr, sagte er immer. »... bis eine es schafft, mir den Ring überzustülpen.«

Der aufheulende Motor holte mich zurück in die Wirklichkeit. Das laute Dröhnen war ein eindeutiges Indiz dafür, daß wir uns die Steigung von Scha'ar Hagai hinaufquälten. Ich schaltete herunter und verfluchte leise jeden, der mich spielend überholte. Wieder schaute ich auf die Uhr. Amnon haßte es, wenn man zu spät kam, und das vertrödelte Mittagessen in Tel Aviv würde er kaum als Entschuldigung akzeptieren.

Ich wußte, daß ich auch diesmal keine Zeit hätte, mich in aller Ruhe hinzusetzen und unser Gespräch vorzubereiten. Das gehörte zu den Dingen, die ich gern bis zur letzten Minute hinausschob, um mich dann jedesmal selbst zu verfluchen und mir zu schwören, daß es nächste Woche anders laufen würde. Nur war das Problem nicht die nächste Woche, sondern die nächste Stunde.

Ich versuchte also, mich an die einzelnen Punkte der Liste zu erinnern, die ich für das Treffen notiert hatte. Da war diese dubiose Geschichte mit dem französischen Kulturattaché Duboux. Der Mann wirbelte schon seit einigen Wochen Staub auf, aber außer vagen Vermutungen gab es wenig Neues. Nächster Punkt waren wie üblich geplante terroristische Aktionen. Außerdem war ein Hinweis über angebliche Verbindungen zwischen extremistischen Ultraorthodoxen und Palästinensern eingegangen. Dann hatten wir noch das neuerworbene Gebäude einer Sekte, deren Namen ich mir partout nicht merken konnte, aber auch das war nicht wirklich wichtig.

Erst am Ende würde ich auf Irith Dolev zu sprechen kommen. Noch so eine zufällige Geschichte, die nirgendwohin führte. Die Musikwissenschaftlerin hatte nichts zu verbergen, da war ich mir sicher. Mir war sogar der Name des Mannes geläufig, der ihre Forschungsarbeiten in Gang gebracht hatte. Professor Viktor Geller war auch ganz normalen Leuten ein Begriff und eine unangefochtene Autorität. Als prominenter russischer Systemkritiker wurde der Musikwissenschaftler Anfang der siebziger Jahre über die Grenzen seines Landes hinaus bekannt geworden, bis er schließlich eine Ausreisegenehmigung bekam.

Ich mußte zugeben, daß ich Irith Dolev sympathisch fand. Obwohl mich ihr Sarkasmus wieder kalt erwischt hatte und unser Gespräch letztlich nur aus einem kurzen Interview bestand, hatte sie mich beeindruckt: ihre Ausdrucksweise, ihre kleinen Randbemerkungen, ihre trockene Ironie. Irith Dolev entsprach so gar nicht der angestaubten Forscherin, die außerhalb ihres idiotischen Fachgebiets keinen vernünftigen Satz zustande brachte. Sie war eine besondere Frau. Ihre Begeisterung für ein Thema, von dem ich keinen blassen Schimmer hatte, war beinahe ansteckend. Ganz zu schweigen davon, daß sie wirklich attraktiv war – keins von diesen gewollt coolen Models, eher eine stille Schönheit.

Für Amnon würde das alles nicht zählen. Ihn interessierte die äußere Erscheinung von Akte Nr. 92159 wenig, er wollte eine präzise Einschätzung – lag in der Sache interessantes Potential oder nicht?

Die Ampel am Ortseingang von Jerusalem war wie immer rot, und ich zog das kleine Aufnahmegerät aus meiner Hemdtasche. Ich spulte einige Sekunden zurück und drückte auf Wiedergabe. Für so ein zigarettenschachtelgroßes japanisches Spielzeug klang Iriths Stimme erstaunlich klar.

»... ich habe die ganze Zeit darauf gewartet, daß Sie mir eine Fangfrage stellen ...«

Die Ampel schaltete um, ich spulte vor.

»Nein, keine weiteren Fragen«, hörte ich mich selbst sagen.

»Wunderbar, dann kann ich mich jetzt wieder als freien Menschen betrachten?« fragte Irith mit gekünstelter Förmlichkeit.

»Ja, aber verlassen Sie nicht die Stadt.« Im Hintergrund war das Anzünden einer Zigarette und das Abstellen einer Tasse zu hören. Die Kassette lief weiter.

»Übrigens«, das war meine Stimme, »wenn wir schon beim Thema sind. Ihr Mann ist bereits im Bilde?«

»Ich sagte doch, ich habe mit ihm darüber gesprochen.«

»Okay. Es wäre nur gut, wenn die Sache unter Ihnen beiden bliebe.«

»Keine Sorge. Ich schweige wie ein Grab. Außerdem wüßte ich nicht, wem ich davon erzählen sollte.«

»Freunden, Leuten an der Universität, Sie wissen schon ...«

»Jetzt entspannen Sie sich. Ich weiß sehr gut, wo die Grenzen sind. Sie sollten nicht vergessen, daß ich meine zwei Jahre Armeedienst bei der Nachrichtentruppe verbracht habe. Gelernt ist gelernt.«

Ich drückte die Stop-Taste und fluchte laut vor mich hin.

Wieso war sie beim Nachrichtendienst gewesen? Warum stand das nicht in der Akte? Wochenlange Recherche und keinerlei Hinweis auf ihre Militärzeit. Im Augenblick war es nur ein Detail, aber es hätte in der Akte auftauchen müssen, zum Teufel noch mal.

Ich schaltete das Gerät aus und steckte es wieder in meine Hemdtasche. Nachrichtendienst hin oder her, sympathisch oder nicht – die Akte war geschlossen.

## 7

Trotz der gänzlich anderen Architektur, Umgebung und Lage hatte das Jerusalemer Gebäude die gleiche Wirkung auf mich wie das in Tel Aviv: Ich hatte immer das Gefühl, in einer Kaserne gelandet zu sein, ein Eindruck, der durch die Standard-Büro-Ausstattung noch verstärkt wurde. Die eisernen Schränke, die Stühle und Tische – alles schien aus demselben anheimelnden Armeedepot zu stammen. Die gleichen namenlosen Türen, ohne jeden Hinweis auf die Leute, die dahinter an ihren Schreibtischen saßen.

In meinem Büro herrschte das übliche Chaos. Ich hatte es gerade noch geschafft, die wichtigsten Antworten von Irith Dolev schriftlich festzuhalten und schnell die restlichen Punkte durchzugehen, die ich für das Gespräch mit Amnon gesammelt hatte. Fünf vor zwei stand ich auf der Schwelle zu seinem kleinen Büro, dessen Tür immer offenstand. Ich klopfte leicht an den Rahmen.

Osnat, Amnons Sekretärin, schaute von ihrem Computer hoch und lächelte. »Wie war's in Tel Aviv?«

Ich machte eine abwehrende Geste. »Zeitverschwendung. Ist Amnon da?«

»Schon auf dem Weg. Er muß jeden Moment hier sein. Alex hat heute morgen nach dir gefragt.«

»Ich weiß«, sagte ich, »wir waren zusammen Mittag essen. Er läßt dich grüßen.«

»Das ist ja nett. Grüß ihn zurück.« Osnats Finger huschten weiter über die Tastatur, dann verharrten sie kurz. »Ich glaube, Amnon kommt.«

Ohne Rücksicht auf seine Behinderung fegte Amnon wie immer schwungvoll ins Vorzimmer, öffnete die Tür zu seinem Büro und humpelte rasch zum Schreibtisch. »Komm rein, Jochanan. Komm rein und mach die Tür zu.«

Amnons Büro war von funktionaler Schlichtheit. An den Wänden hingen Fotos, eins zeigte Amnon in verstaubter Armeeuniform, er trug bereits die Achselstücke eines Obersts und blickte lächelnd aus dem Panzerturm. Um den Turm standen mehrere Offiziere, und das Foto trug eine Widmung von der Brigade, die Amnon bis zum Ausbruch des Jom-Kippur-Krieges im Oktober 1973 befehligt hatte. Amnon Lev war eine Erfolgsgeschichte, die in der Armee als Kommandeur einer Panzer-Brigade begann, gefolgt von einer glänzenden Karriere beim Schin Beth, dem Inlands-Geheimdienst, wo ihm schon nach kurzer Zeit das schwierige Amt des Chefs der Jerusalemer Abteilung übertragen wurde. Analytisches Denken, schnelle Auffassungsgabe und Entscheidungswille machten Amnon zu einem Top-Agenten, und manche sahen in ihm schon den zukünftigen Geheimdienstchef.

In der Mitte seines Büros stand ein einfacher Tisch, auf dem es äußerst geordnet zuging. Die Wand dahinter nahm ein gutgefüllter Bücherschrank ein, mindestens zur Hälfte militärwissenschaftliche Literatur, der Rest – das meiste davon in englisch –

aus dem Bereich Psychologie. Unter dem Fenster schließlich eine schwere Kassette mit zwei Kombinationsschlössern und daneben eine Topfpflanze, mit Sicherheit ein Geschenk von Osnat, das dem Zimmer wenigstens ansatzweise eine gemütliche Atmosphäre verleihen sollte.

Jetzt saß Amnon in einem einfachen Drehsessel, auf einem kleinen Tisch rechts von ihm standen drei Telefone und eine Sprechanlage. Ich setzte mich auf einen der Stühle, ohne seine einladende Handbewegung abzuwarten.

»Kaffee?« fragte Amnon. Er drückte einen Knopf der Sprechanlage. »Osnati, kannst du uns einen Kaffee bringen?« Dann lehnte er sich zurück und sah mich an. »Was gibt's Neues?«

»Erst mal einen schönen Gruß von Ephraim. Er ist gestern aus Frankfurt zurückgekommen. Ich habe ihn heute morgen in Tel Aviv gesehen.« Ephraim war der Boß des Tel Aviver Büros.

»Schon gut, danke«, sagte Amnon.

»Tja«, sagte ich, »sonst gibt es nicht viel Neues ...«

»Keine Neuigkeiten sind immer gute Neuigkeiten«, sagte Amnon. »Dann laß uns deine Punkte durchgehen.«

Osnat kam mit einem Tablett und zwei kleinen Tassen herein, stellte das Tablett auf den Tisch und ging wortlos wieder hinaus. Ich nahm mir eine Tasse und fing an zu berichten.

Wie üblich ließ mich Amnon referieren, ging nur hin und wieder auf einen Punkt genauer ein oder stellte eine Frage, aber im allgemeinen hörte er ruhig zu. Von Zeit zu Zeit nickte er und machte sich in einem kleinen Heft Notizen. Das störte nicht weiter. In den letzten zwei Jahren hatte ich gelernt, daß er keineswegs unkonzentriert war, im Gegenteil. Er nahm alles in sich auf und erinnerte sich viel später an jedes noch so kleine Detail.

»Das war's?« fragte Amnon nach einer Viertelstunde.

»Fast. Über die Doktorin können wir ein anderes Mal reden, wenn du jetzt zu tun hast.«

»Ich habe es nicht eilig.«

»Okay«, sagte ich, »sie arbeitet an einem Forschungsprojekt

mit dem Thema ›Die Messe und der Gesang in der russisch-orthodoxen Kirche‹. Zwei- bis dreimal pro Woche stattet sie der Kirche einen Besuch ab.«

»Ich verstehe. Und meinst du, die Sache muß uns weiter interessieren?«

Amnon fragte nicht, um welche Kirche es sich handelte. Für jeden Mitarbeiter in Jerusalem war klar, daß es sich jetzt – nach dem Fall der Mauer – nur um »die Rote Kirche« im *Russian Compound* handeln konnte, einer einmaligen Mischung aus religiöser Institution, inoffizieller Botschaft und KGB-Hauptquartier. Ein echtes Wespennest, wie Dov Rivlin zu sagen pflegte. Und zu allem Überfluß forschte dort jetzt auch noch eine israelische Musikwissenschaftlerin.

»Ich denke, nein«, sagte ich. »Sie wird ihre Arbeit in einigen Monaten beenden, ist vollkommen sauber. Wirf mal einen Blick drauf.«

Amnon nahm die Akte. »Hast du mit ihr gesprochen?«

»Heute morgen in Tel Aviv. Nichts von Interesse.«

»Was sagt Dov?«

»Dov hat sie schon einige Male in der Kirche gesehen, und Ossip hat die Sache von innen überprüft. Irith Dolev ist vor einem halben Jahr an die Kirchenleitung herangetreten, sie hatte Referenzen von mehreren Professoren. Wie sich herausstellte, war Michail von Anfang an dagegen.«

»Warum bloß bin ich nicht überrascht?«, fragte Amnon ironisch.

Wir kannten Michail. Er mochte keine Leute, die in der Kirche herumrannten und Fragen stellten, auch nicht über Musik.

»Letztendlich«, fuhr ich fort, »hat Pater Nikolai ihn überzeugt, daß es dem Image der Kirche nicht schaden kann. Seit Perestroika und Glasnost bemühen sie sich ja, wenigstens äußerlich den Eindruck von Offenheit zu erwecken.«

Amnon nickte.

»Jedenfalls kann sich Irith Dolev in der Kirche ziemlich frei bewegen. Sie interviewt Priester, spricht mit den Nonnen, nimmt an den Zeremonien teil, schreibt Notenbeispiele ab … und sie hat sogar einen kleinen Arbeitsraum im Keller bekommen.«

»Nimmt sie Gespräche auf?« fragte Amnon. »Fotografiert sie?«

Ich wußte, daß diese Fragen kommen würden. »Weder noch, Michail hat was dagegen. Er ist gern bereit, Fotos für sie machen zu lassen, aber wenn, dann mit der Fotoausrüstung der Kirche.«

»Dann hat sie also nicht die geringste Ahnung, was dort gespielt wird? Ich meine, außer der Musik?«

»Sie will es gar nicht wissen«, sagte ich.

»Okay«, sagte Amnon abschließend, »also Dov meint, sie ist in Ordnung.«

»Ossip ist derselben Meinung.«

»Und du«, sagte Amnon. Der Satz hing in der Luft wie eine Frage.

»Sie ist okay«, sagte ich.

***

Osnat war mit Tippen fertig und las Zeitung, im Hintergrund lief monoton der Drucker. Ich hüstelte leise.

»Osnati«, imitierte ich Amnon und betonte absichtlich die letzte Silbe. »Seit wann nennt er dich Osnati? Läuft hier irgendwas, wovon ich wissen müßte?«

Osnat lachte. »Sei kein Dummkopf. Er versucht nur, nett zu sein.«

»Nett? Amnon?«

»Also gut, nicht nett. Menschlich.«

»Vielleicht will er was mit dir anfangen?«

»Was für ein Kompliment. Nein, nein, ich glaube nicht. Fährst du heim nach Tel Aviv?«

»Ich wohne schon gar nicht mehr in Tel Aviv.«

»Ups«, sagte sie, »Verzeihung, ich habe vergessen, daß …«

»Macht nichts.«

»Was ist denn nun mit dir und Tami?« fragte sie nach einer Pause.

»Rechtsanwälte. Chaos.«

»Und du? Alles okay?« fragte sie und legte ihre Hand auf meinen Arm.

»Ja«, sagte ich, »alles okay.«

Sie warf mir einen besorgten Blick zu. Sie kannte mich eben zu gut.

Wie schnell alles auseinanderbricht, dachte ich.

## 8

Alex und Ricky trafen kurz vor ein Uhr mittags ein. Alex drückte mir eine eingewickelte Flasche in die Hand. »Für den Kühlschrank. Trinken wir später.«

»Zu Ehren der neuen Wohnung«, sagte Ricky feierlich. »Machst du einen Rundgang mit uns?«

Die Wohnung hatte ich vor einigen Monaten gemietet, als die Probleme mit Tami begannen. Tatsächlich erwies es sich bald als notwendiger, sinnvoller Schritt: Bis nach Mitternacht in Jerusalem zu arbeiten und völlig übermüdet nach Tel Aviv zu fahren, für einige Stunden ins Bett zu fallen, nur um morgens um sechs Uhr wieder aufzustehen und nach Jerusalem zurückzupendeln – das war alles andere als ein Vergnügen.

Die Wohnung erwies sich als wahrer Glücksgriff. Sie war frisch renoviert und für eine Person fast ein bißchen zu groß. Vom Balkon aus hatte man einen unbeschreiblichen Blick auf die Hügel ringsum, und die Luft war rein und klar, regelrecht unnatürlich für einen, der zwischen den Bussen und Schornsteinen

Tel Avivs aufgewachsen ist. Den Mietvertrag hatte ich erst mal für ein Jahr unterschrieben, er ließ sich beliebig verlängern.

Seit meinem Einzug hatte sich in meinen neuen vier Wänden allerdings kaum etwas verändert. Ich hatte ein Bett und ein paar Sessel gekauft, mehr brauchte ich vorerst nicht. Die meisten meiner Möbel standen noch in Tel Aviv, und da ernsthaft damit zu rechnen war, daß das Gericht sie mir nach der Scheidung aberkennen würde, standen sie dort gut.

Ich führte meine Gäste durch Küche und Wohnzimmer, während Ricky ihren Blick über die nackten gekalkten Wände gleiten ließ. Das Schlafzimmer benannte Alex sofort in »Gästezimmer« um, und zum Schluß zeigte ich ihnen das kleine, noch nicht näher bestimmte Zimmer, das im Moment als Abstellkammer für das allgemeine Chaos diente. Unter anderem stand dort das Klappbett, auf dem ich wohl die nächsten zwei Nächte verbringen würde.

»So wenig Möbel wie möglich«, lobte Ricky, »ich mag das.«

»Wenig, ja«, sagte Alex, »die meisten sind wohl in Tel Aviv steckengeblieben.«

»Wie meinst du das?« Ricky schaute von Alex zu mir.

»Nicht weiter wichtig.«

Alex und ich machten es uns mit einem Gin Tonic auf dem Balkon bequem, Ricky ging unter die Dusche.

»Ein wunderbares Fleckchen Erde. Hier bekommt man Luft. Was zahlst du im Monat?« Alex ließ seinen Blick über die Landschaft schweifen und atmete tief die klare Mittagsluft ein.

»Fünfhundert.«

»Fünfhundert? Dafür kriegst du in Tel Aviv nicht mal ein schimmeliges Loch. Und wahrscheinlich bekommst du auch noch Spesen?«

»Darüber verhandle ich gerade mit der Personalabteilung. Sie müssen das erst prüfen.«

»Bis die so in die Hufe kommen«, erwiderte Alex.

Ricky kam aus dem Bad und trug jetzt Shorts und ein T-Shirt.

Sie schüttelte ihr langes Haar. »Sag mal, Jochanan, warum machst du nichts aus dieser Wohnung? Das bietet sich doch geradezu an.«

»An Topfpflanzen habe ich auch schon gedacht.« Ich hoffte, das genügte, nach längeren Erklärungen stand mir nicht der Sinn.

»Wie, Topfpflanzen?«

Es genügte also nicht.

»Ricky«, sagte Alex leise. »Ich glaube nicht, daß Jochanan für so was im Moment Muße hat.«

»Ah.« Sie war nicht beleidigt, schaute mich nur verwundert an. »Verzeihung.« Sie senkte die Stimme und klang beinahe traurig: »Ich wollte nicht ... okay, Verzeihung.«

»Ach, Unsinn.«

»Mal was anderes«, mischte sich Alex gänzlich unbeschwert ein. »Ich sehe hier nichts zu essen. Ich rieche auch nichts zu essen. Und ich sterbe vor Hunger.«

Ich nahm sie mit in ein Steakhaus in der Neustadt. Nicht gerade der typische Ort für Jerusalem, aber um diese Uhrzeit hatten die arabischen Restaurants schon geschlossen. Schade, der Humus im *Rachmo* und *Abu-Schukri* war wirklich einmalig. Die Altstadt kam nicht in Frage, sie war für Israelis ein zu gefährliches Pflaster.

»Lustig hier«, sagte Alex unterwegs und deutete auf die zerbrochenen Fensterscheiben. Viele Restaurantbesitzer hatten es inzwischen aufgegeben, die Schäden mit Postern zu kaschieren. Zu oft kamen am Schabbath Charedim vorbei und warfen die Scheiben ein, um gegen die geöffneten Restaurants zu protestieren.

»Wo, wenn nicht hier? Es gibt fünfzig Synagogen und der Teufel weiß wie viele Jeschiwot im Radius von hundert Metern.«

»Und sie machen Probleme?« fragte Ricky.

»Jede Menge. Es vergeht kein Freitag ohne gewalttätige Demonstrationen und kaputte Scheiben.«

Wir bestellten unsere Steaks und widmeten uns der Vorspeise, die schnell auf dem Tisch stand.

»Nicht schlecht«, sagte Alex und tauchte sein Pitabrot in die Tchina, »nicht schlecht.«

»Von wegen ›nicht schlecht‹«, sagte ich. »Wo findest du solches Essen in Tel Aviv?«

»Mir gefällt Jerusalem«, sagte Ricky. »Zeigst du uns auch die Altstadt?«

»Bist du verrückt geworden?«

»Erzähl mal, Jochanan«, sagte Ricky, »jetzt, wo du in Jerusalem wohnst, vor wem mußt du dich mehr in acht nehmen, vor den Arabern oder den Charedim?«

Keine leichte Frage, aber bevor ich antworten konnte, summte mein Beeper.

»Entschuldigung«, sagte ich, »ich hab' was vergessen. Muß kurz telefonieren.«

»Mit ihr oder mit ihm?« fragte Alex.

»Witzbold … eßt schon mal. Bin gleich wieder da.«

Ich fluchte vor mich hin, während der Kellner auf das Telefon neben der Kasse wies. Ich betete, daß die Sache mit einem kurzen Gespräch zu erledigen war.

Ich rief in der Dienststelle an. Osnat nahm sofort ab.

»Amnon sucht dich.« Sie klang angespannt.

»Sag ihm, das kann bis Sonntag warten«, sagte ich.

»Sehr lustig.«

»Wo brennt's denn?«

»Jochanan, bitte … was soll das am Telefon!«

»Irgendein Stichwort«, probierte ich es.

»Amnon will, daß du auf der Stelle herkommst.«

Zum Teufel, das hatte mir gerade noch gefehlt.

»Reicht auch in einer Stunde?« Ich wollte wenigstens mein Steak retten.

»Wobei haben wir dich denn gestört?«

»Ist jetzt auch egal. Sag Amnon, ich bin unterwegs.«

Ich ging zurück zum Tisch, wo mein Steak natürlich schon auf mich wartete.

Alex erriet es sofort. Er war solche Störungen gewohnt. »Du mußt los.«

»Ja. Nehmt ihr euch ein Taxi? In zwei Stunden bin ich bestimmt zurück.«

»Mach dir keinen Kopf.«

»Was ist passiert?« Ricky schaute uns vollkommen verständnislos an.

»Jochanan muß ganz schnell los.«

Jetzt wußte sie zwar auch nicht mehr, aber wenigstens hatte sie etwas zum Nachdenken.

»Hast du nicht wenigstens noch fünf Minuten zum Essen?« fragte sie.

»Ich bin sicher, daß mein Steak bei Alex in guten Händen ist.«

»Wozu sind Freunde denn da!«

## 9

Am späten Freitagnachmittag durchs Zentrum zu fahren ist eine Zumutung. Vor allem, wenn man es eilig hat. Während ich an den Ampeln wartete und mühsam im Stau vorwärts kroch, vertrieb ich mir die Zeit damit zu erraten, was Amnon von mir wollte. An Spekulationen mangelte es nicht, aber keine erschien mir haltbar. Ähnlich erfolgreich verlief mein Versuch, die aus dem Pitabrot tropfende Tchina einigermaßen von meiner Hose fernzuhalten. Ricky hatte darauf bestanden, mir das Steak einpacken zu lassen. So kam ich wenigstens halbwegs gesättigt in der Firma an. Ich fuhr auf den fast leeren Parkplatz, alle anderen waren natürlich längst im Wochenende, so daß ich erst mal meine Magnetkarte suchen mußte.

Ohne die und den Code kam man nicht durch die verfluchten Sicherheitstüren.

Amnons Vorzimmer war leer. Osnat war demnach schon gegangen. Ich klopfte an.

»Komm rein, Jochanan.«

Amnon hatte einen Telefonhörer in der Hand und lauschte angestrengt, brummte zwischendurch irgend etwas und machte sich Notizen. Vor ihm auf dem Tisch standen in der Plastikverpackung noch die Reste seines Mittagessens. Er bedeutete mir, Platz zu nehmen.

»Okay«, sagte er in den Hörer, »schafft ihn so schnell wie möglich her. Und haltet mich auf dem laufenden.« Er legte auf und wandte sich an mich. »Gut, daß du da bist. Entschuldige das Chaos. Kaffee?«

»Nein, danke.« Zwar wäre mir nach dem Steak ein Kaffee gar nicht so ungelegen gekommen, aber ich wollte die Sache möglichst kurz machen.

»Wird nicht länger als eine Stunde dauern, falls dir das Sorgen bereitet. Kam mein Anruf ungelegen?«

»Unsinn, was ist passiert?«

Amnon trommelte mit den Fingern auf den Tisch. »Dov ist verwundet worden.«

»Was?« Ich war verblüfft.

»In Madrid.«

»Dov? In Madrid?« Das wurde ja immer besser.

»Ich habe ihn gestern zu einem Gespräch mit einem spanischen General geschickt, es ging um ein Trainingslager von Palästinensern und Basken. Vor einer Stunde hat die ETA einen Anschlag auf die Villa des Generals verübt. Der General und einer seiner Leibwächter sind tot. Dov ist verwundet.«

Von einer Zusammenarbeit zwischen Basken und Palästinensern hörte ich zum ersten Mal. Das klang nach großer Verschwörung, aber in unserem Metier war immer alles möglich.

»Schwer verletzt?«

»Eine Kugel ins Bein, eine in die Schulter. Soweit ich die Spanier verstanden habe, wird er es überleben.«

»Wo ist er jetzt?«

»Ich habe einen unserer Ärzte in einen Flieger gesetzt, um ihn abzuholen. Wenn nichts dazwischenkommt, landen sie heute abend gegen neun in Atarot. Das heißt, er kann um zehn schon im Hadassah liegen.«

»Und mit den Spaniern gab's keine Probleme?«

»Die können es kaum erwarten, ihn loszuwerden.«

»Und Sarah? Hat es ihr schon jemand gesagt?«

»Noch nicht. Ich will erst Gewißheit über seinen Zustand haben. Sarah weiß nicht einmal, daß er in Spanien ist. Sobald Dov in Atarot eintrifft, sehen wir weiter.«

»Soll ich mit zum Flughafen kommen?«

»Nicht nötig. Ich möchte aber, daß du Sarah morgen früh ins Krankenhaus bringst.«

»Alles klar.«

»Nicht ganz«, warf Amnon ein, »eine Sache ist noch offen.«

»Ossip«, sagte ich, »wir brauchen einen neuen Verbindungsmann für ihn.«

»Genau«, sagte Amnon.

»Wann können wir wieder mit Dov rechnen?«

»Laß uns davon ausgehen, daß er für mehrere Monate nicht einsatzfähig sein wird.«

»Im Ernst?«

»Ich meine es so, wie ich es sage.«

»Verstehe. Soll ich Ossip übernehmen?«

»Nein«, sagte Amnon, »ich möchte, daß du die Dinge aus der Distanz überwachst. Du wirst bald andere Aufgaben haben.«

»Echt?« Das klang interessant, aber ich wußte, es war sinnlos, Amnon weiter auszufragen. Er würde auf mich zukommen, wenn es soweit war. Und keine Minute früher. Damit war unser Problem aber keineswegs aus der Welt. »Also, wer übernimmt Ossip an Dovs Stelle?«

»Darüber will ich mit dir reden.«

Normalerweise hätte ich ihn auch reden lassen. Ich kannte meinen Chef: Er hatte längst einen Kandidaten ins Auge gefaßt. Und wie jeder Chef hatte er seine Marotten. Es ging ihm weniger um meine Meinung, vielmehr wollte er seine Theorie vor mir entwickeln. Meist ließ ich mich auf dieses Spielchen ein, aber heute war ich zu müde und leicht gereizt. »Wie ich dich kenne, hast du eine ganz konkrete Idee.«

Amnon lächelte äußerst selten. Es war auch kein richtiges Lächeln, was da über sein Gesicht huschte, aber es kam einem Lächeln ziemlich nahe. »Sieh mal, Jochanan, ich hatte ein wenig Zeit, darüber nachzudenken.«

»Und?«

»Ich möchte, daß du von allein drauf kommst. Denk kurz nach, und nenn mir einen Namen.«

»Wozu? Du hast dich sowieso längst entschieden.«

»Du irrst dich. Ich habe noch gar nichts entschieden. Mich interessiert einfach, ob wir beide zu der gleichen Schlußfolgerung gelangen.«

Es gehörte schon einiges dazu, sich in Amnons Gedankenwelt hineinzuversetzen; immer war er einem einen Schritt voraus, und seine Schlußfolgerungen waren vielschichtig, aber diesmal kapierte ich sofort. »Du hast doch nicht etwa vor, sie ...«

»Komm, wir machen uns einen Kaffee.«

Amnon war nicht nur ein intelligenter Stratege, er war auch einfühlsam. Bis das Kaffeewasser kochte, hatte ich Zeit, über seine Idee nachzudenken und mir ein paar Szenarien durch den Kopf gehen zu lassen. Es klang immer noch verrückt, aber ich konnte die Dinge wenigstens in Für und Wider ordnen.

»Also?« sagte Amnon, als wir wieder in seinem Büro saßen.

»Sie ist eine Amateurin«, sagte ich. »Sie hat keine Ausbildung. Und wir wissen nicht mal, ob sie sich darauf einläßt.«

»Kurz gesagt«, faßte Amnon zusammen, »sie ist kein Profi und hat noch nicht zugestimmt.«

»Ist das nicht genug?« fragte ich. »Warum willst du für diesen Job ausgerechnet eine Musikwissenschaftlerin rekrutieren?«

»Laß uns die Geschichte von einer anderen Seite betrachten. Zunächst einmal: Kennt man sie in der Kirche?«

»Ja.«

»Hat sie von Michail die Genehmigung erhalten?«

»Ja.«

»Das heißt«, sagte Amnon, »vorerst hegt niemand Verdacht gegen sie.«

»Stimmt.«

Es war wie beim Schach. Ich hatte das Gefühl, daß Amnon meine Antworten vorausbestimmte und mich genau dorthin führte, wohin er mich haben wollte.

»Sie spricht Russisch.«

»Sie ist in Moskau geboren.«

»Du sagst es.« Amnon stellte seine Kaffeetasse ab und schaute mich an. »Wenn du mich fragst, braucht uns die Tatsache, daß sie eine Amateurin ist, nicht weiter zu stören. Was muß sie schon groß tun? Einmal in der Woche Ossip treffen. Und sie ist sowieso zweimal die Woche in der Kirche.«

Amnon hatte recht. Wie immer. Hin und wieder hatte mir Dov von den Vorwänden erzählt, die Ossip erfinden mußte, um für ein Treffen mit ihm aus der Kirche verschwinden zu können. Mit Irith würde dieses Problem wegfallen.

»Außerdem«, fuhr Amnon fort, »wo ist das Risiko? Sie ist nur noch ein paar Monate dort. Sollte sie auffliegen, ist es auch keine Katastrophe. Wir investieren nichts in sie.«

»Na, super«, sagte ich. »Und wenn ihr was passiert?«

»Zum Beispiel?«

»Wie Chamid.«

»Warum kommst du immer wieder mit Chamid?«

»Weil Michail den Befehl dazu erteilt hat. Ich weiß, wir können es nicht beweisen, aber ich bin sicher, daß er damals hinter der Sache gesteckt hat.«

Amnon schüttelte den Kopf. »Das war eine interne PLO-Geschichte«, sagte er. »Vielleicht wußte Michail davon, aber er hat von Chamid doch eher profitiert.«

Chamid war ein in Jerusalem geborener Araber und seit seinem sechzehnten Lebensjahr für die PLO tätig gewesen. Die Russische Kirche stellte ihn als Gärtner ein. Gut möglich, daß den Russen nicht entging, wie eifrig er die Lauscher aufstellte. Vielleicht bekam aber auch die PLO mit, daß Chamid gegen Geld, Wodka und amerikanische Zigaretten Michail auf dem laufenden hielt. Bis heute ist nicht bekannt, wer was als erstes spitzbekam. Ebenso ist offen, wer für Chamids Verschwinden verantwortlich war. Erst einige Wochen später fand man in der Altstadt einen gestohlenen Wagen und im Kofferraum – Chamid.

»Wie auch immer«, sagte ich, »egal, von welcher Seite du die Angelegenheit betrachtest – das Risiko bleibt.«

»Ein Risiko gibt es immer«, sagte Amnon, »aber wenn du mich fragst, ist die Möglichkeit, daß die Russen Irith Dolev aufdecken, minimal. Und das Risiko, daß sie von ihnen liquidiert wird, geht gegen Null.«

»Warum willst du nicht mir den Job geben? Du hast selbst gesagt, er ist nicht zeitaufwendig.«

»Bald wirst du nicht mal mehr dafür Zeit haben. Außerdem ist Irith Dolev dieser Job regelrecht auf den Leib geschneidert. Und mir liegt außerordentlich an einer langfristigen Regelung. Nicht auszuschließen, daß sie mit ihren Forschungen noch ein paar Jahre in der Kirche verbringt.«

Ein letztes Argument hatte ich noch. »Nehmen wir mal an, du hast recht«, sagte ich. »Woher willst du wissen, daß sie mitspielt?«

Amnon lehnte sich in seinem Sessel zurück. »Das ist dein Problem«, sagte er.

»Ich soll sie überzeugen?«

»Du kennst sie schließlich, oder nicht? Denk bis Montag in Ruhe darüber nach. Und laß deinen Charme spielen. Ich kenne das Mädel nicht, aber ich habe ein gutes Gefühl.«

Leider lag Amnon mit seiner Intuition meist richtig. Trotzdem sagte ich mir: verheiratet, zwei Kinder, Wissenschaftlerin. Bach und das alles. Paßte das mit unserer Arbeit zusammen?

»Du mußt ihr die Sache nur schmackhaft machen«, sagte Amnon ruhig, »dann stimmt sie auch zu.«

»Ich habe leider kein Talent fürs Kochen.«

»Schade.«

Wir wechselten einen Blick. Amnon wurde wieder ernst.

»Laß mich dir einen Rat geben: Denk über die Gründe nach, die dich und mich dazu bewogen haben, den Job zu übernehmen. Darauf springen mehr Leute an, als du auf den ersten Blick glaubst. Auch Frauen. Auch Musikerinnen.«

»Was soll ich sagen? Ich hoffe, du hast recht.«

## 10

Auf dem Weg nach Hause machte ich halt, um den Kühlschrank zu bestücken. Sicher war sicher. Eigentlich hatte ich geplant, am Schabbath mit den beiden essen zu gehen, aber wie es aussah, genügte ein Anruf, um alle Pläne über den Haufen zu werfen. Mit mehreren prallen Supermarkt-Tüten beladen, stapfte ich wütend die Treppen hoch. Ich steckte den Schlüssel ins Schloß, überlegte einige Sekunden, zog ihn wieder raus und klingelte.

Wie erwartet dauerte es volle zwei Minuten, bis mir Alex mit nacktem Oberkörper und kurzer Adidas-Hose die Tür öffnete.

»Störe ich euch bei irgendwas Wichtigem?« fragte ich.

»Klar. Beim Schlafen. Hast du keinen Schlüssel?«

Wir mußten beide lachen. Ich schloß die Tür. »Leg dich wieder hin.«

»Jetzt bin ich eh munter. Hast du Bier im Kühlschrank?«

»Das hast du noch nicht allein herausgefunden? Ich glaub's nicht.«

Wir öffneten zwei Amstel und nahmen noch zwei Reservebüchsen mit auf den Balkon.

»Was wollte Amnon?« fragte Alex.

Ich warf einen fragenden Blick Richtung Schlafzimmer. Alex stand auf und schaute nach.

»Schläft«, sagte er und setzte sich wieder.

Ich erzählte ihm die Geschichte mit Dov. Alex genehmigte sich hin und wieder einen Schluck. Es war regelrecht zu spüren, daß ihm die Fragen auf der Zunge lagen.

»Alles in allem wird es hier wohl nicht langweilig.«

Alex drückte eine Bierbüchse zusammen und öffnete die nächste. »Dieser Dov, ist das zufällig Dov Rivlin?«

»Du kennst ihn?«

»Aus einem Sprengkurs. Ist schon eine Weile her. War ein netter Typ, sehr ernsthaft.«

»Ernsthaft, ja. Er kümmert sich um die Kirche, keine einfache Sache. Außerdem hat er in den Dörfern rings um Jerusalem ein Netz arabischer Informanten aufgebaut.«

»Spricht er Arabisch?«

»Er ist ein echtes Sprachgenie. Arabisch, Französisch, Spanisch, Jiddisch – und wenn du ihn irgendwo in Rußland oder Italien aussetzt, würde er da auch prima zurechtkommen.«

»Und was hatte er in Spanien zu suchen?«

»Das hab' ich dir gerade erzählt. Die Spanier haben gebeten, daß wir jemand schicken, der über die Basken und unsere ›Cousins‹, die Palästinenser, Bescheid weiß.«

»Schon klar«, erwiderte Alex, »aber warum gerade Dov? Hat Madrid dafür keine eigenen Leute?«

»Natürlich waren sie im Bilde, aber angeblich befassen sie

sich nicht mit Terror innerhalb Israels. Und die Spuren führten eindeutig nach Jerusalem. Hier ist Dov der Spezialist, außerdem spricht er fließend Spanisch.«

»Trotzdem ist das für mich ein klarer Fall für den Mossad. Was haben wir damit zu tun?«

Ich zuckte die Achseln. »Erzähl das mal Amnon.«

»Kommt Dov wieder auf die Beine?«

»Ich hoffe. Wird nur ein Weilchen dauern.«

»Und bis dahin braucht Amnon eine neue Quelle – was uns auf deine Frau Doktor bringt. Wie hieß sie doch gleich?«

»Irith Dolev.«

»Ja, richtig. Soweit ich mich erinnere, war sie ziemlich patent.«

Den ganzen Weg zurück zur Wohnung hatte ich an nichts anderes gedacht.

»Ziemlich patent«, wiederholte Alex, »aber einen absoluten Neuling gleich in der Roten Kirche einzusetzen, ist das nicht mehr als ungewöhnlich? Oder sollte ich sagen, verdächtig?«

»Tja, ich habe auch ein komisches Gefühl dabei, aber unter den derzeitigen Umständen scheint es machbar.«

»Unter den derzeitigen Umständen«, äffte Alex mich nach.

»Genau, unter den derzeitigen Umständen«, wiederholte ich.

»Jetzt bleibt mal auf dem Teppich ... willst du ihr das wirklich antun? Genausogut kannst du ihr vorschlagen, auf den Mond zu fliegen.«

»Keine Ahnung. Es ist das erste Mal, daß ich jemand rekrutiere.«

»Dann kommst du also nächste Woche nach Tel Aviv.«

»Alle Achtung, Sherlock.«

»Schläfst du bei mir?«

»Was ist mit Ricky ...«

»Meinst du, sie hat keine eigene Wohnung?«

Ich stand auf und sammelte die leeren Büchsen ein. »Okay, dann weck sie mal. Wir wollen los.«

In den zwei Jahren hatte ich Jerusalem richtig gut kennengelernt, vor allem wußte ich jetzt, wie man Leuten aus Tel Aviv die Stadt am besten zeigt. Wir machten einen zweistündigen Spaziergang, gingen in einer der schönsten Ecken in eine Kneipe, verschlangen Würstchen und Bier und philosophierten schließlich über Gott und die Welt. Alex und Ricky hatten Lust, ins Kino zu gehen. Wir nahmen eine Zeitung von der Bar und schauten uns das Kinoprogramm an. Letztendlich entschieden wir uns für *12 Uhr mittags*, und ich sah zum hundertsten Male, wie Gary Cooper und Grace Kelly das Böse besiegten.

Den ganzen Abend versuchte ich, Amnon, Dov und Irith aus meinem Kopf zu vertreiben, was ebensowenig gelang, wie die Probleme mit Tami zu vergessen. Alex und Ricky spürten zwar, daß mich etwas bedrückte, aber das hielt sie nicht davon ab, bei jeder sich bietenden Gelegenheit wie zwei Teenager herumzuturteln.

Kurz nach eins schleppten wir uns zurück zur Wohnung. Ich duschte und wünschte allseits eine gute Nacht. Alex versprach, mich sofort zu wecken, falls sie allein nicht zurechtkommen würden. Ich rollte meinen Schlafsack auf dem Klappbett aus, und trotz der Geräusche aus dem Schlafzimmer schlief ich ziemlich schnell ein.

***

Am nächsten Morgen weckte mich das Pfeifen des Wasserkochers. Ich schaute auf den Wecker. Halb acht. Nur noch ein paar Minuten, dachte ich und drehte mich auf die andere Seite. Dann raffte ich mich auf. Alex saß schon in Turnschuhen mit offenen Schnürsenkeln beim Frühstück und biß herzhaft in eine Scheibe Toast.

»Wunderschöner Morgen. Das Wasser ist noch heiß«, sagte er mit vollem Mund.

»Alex, es ist Schabbath. Was machst du hier morgens um halb acht?«

»Scheint mir in Jerusalem die ideale Zeit zu sein. Du hast genau zwei Minuten für deinen Kaffee, dann gehen wir joggen.«

»Bist du noch zu retten? Hat dich Ricky aus dem Bett geworfen?«

»Keine Ausreden.« Alex band bereits seine Schnürsenkel zu. »Komm, hol deine Turnschuhe, und ab geht's. Wie in den guten alten Zeiten.«

Die guten alten Zeiten waren tatsächlich schon wieder fünf Jahre her, als wir uns in Tel Aviv nicht weit vom Strand eine Wohnung geteilt hatten. Morgens gingen wir als erstes joggen, danach zur Abkühlung ins Schwimmbad in der Gordon-Straße und waren trotzdem noch vor acht im Büro.

Ich bin zwar kein nostalgischer Typ, trotzdem liefen wir zehn Minuten später in mäßigem Tempo meine Straße hinunter. Unten auf der Hauptstraße waren kaum Autos unterwegs. Gruppen von Gläubigen, die mit ihren Gebetsschals unterm Arm schon auf den Weg in die Synagoge waren, warfen uns verwunderte Blicke zu. Erstens war Schabbath, jeder Sport also Sünde, und zweitens sahen wir nicht aus wie zwei Pummelchen, die Angst vor dem Grundwehrdienst haben mußten. Trotzdem wählte ich eine flache Strecke, um auch ein paar Straßen weiter noch bei Puste zu sein.

»Ich kann mich mit dieser Idee mit Irith Dolev immer noch nicht anfreunden«, sagte Alex plötzlich.

»Warum nicht? Was haben wir zu verlieren?«

»Ich denke nicht an uns. Ich denke eher an sie. Wir ziehen sie in eine Sache rein, und sie hat überhaupt keine Ahnung, worauf sie sich einläßt. Sie ist Musikwissenschaftlerin, verheiratet, zwei Kinder – und diesen KGB-Typen nicht mal annähernd gewachsen.«

Ich dachte beim Laufen darüber nach. »Überlassen wir ihr die Entscheidung. Außerdem kann sie eine Menge Geld verdienen, und dabei noch das Gefühl haben, sie würde den Staat retten.«

»Laß uns umdrehen«, schlug Alex vor.

»Jetzt schon? Wir haben uns doch kaum bewegt.« In Wahrheit war ich ganz schön aus der Puste, bald würde dies verfluchte Seitenstechen einsetzen. Wir werden alt, sagte ich mir, als wir uns auf den Rückweg machten.

»Wie gefällt dir Ricky?« fragte Alex.

»Sie ist attraktiv«, sagte ich vorsichtig, »versteht ihr euch gut?«

»Ich glaube, ja.«

»Was Ernstes?«

Alex überlegte. »Kann sein. Wir sind ja auch schon ewig zusammen. Drei Monate.«

Seine Begriffe von Raum und Zeit waren manchmal recht seltsam.

Zweihundert Meter vor der Wohnung wurden wir langsamer. Am Haus angekommen, atmete ich fast schon wieder normal, und oben in der Wohnung fanden wir Ricky mit einem Glas Orangensaft auf dem Balkon.

»Schon auf?« fragte Alex.

Ricky wies auf mich. »Irgendein Amnon von seiner Arbeit hat mich geweckt.«

Es traf mich wie eine Faust in den Magen. Ich hatte völlig vergessen, daß ich mich um Sarah kümmern sollte. Außerdem hatte ich den Beeper nicht mit zum Joggen genommen. Wie konnte mir das passieren?

»Wann hat er angerufen?« fragte ich möglichst gleichgültig.

»Vor zwanzig Minuten, schätze ich. Kurz nachdem ihr weg seid.«

»Entschuldigt mich.«

Ich ging ins Schlafzimmer und bahnte mir durch die auf dem Fußboden verstreuten Klamotten den Weg zum Telefon. Ich setzte mich aufs Bett, den Apparat auf den Knien. Amnon nahm nach dem ersten Klingeln ab.

»Darf ich annehmen, daß du meine Nachricht erhalten hast?« Ich hatte ihn schon freundlicher erlebt.

»Gerade eben«, sagte ich. »Was ist mit Dov?«

»Liegt im Hadassah, in der Chirurgie, sieht ganz gut aus. Kannst du Sarah um zehn hinbringen?«

»Hat schon jemand mit ihr gesprochen?«

»Ich rufe sie in paar Minuten an. Sie wird es erfahren, bevor du bei ihr eintriffst.«

»Kommst du auch im Krankenhaus vorbei?«

»Gegen Abend. Bis dahin habe ich keine freie Minute.«

»Okay.«

»Noch etwas. Sarah werde ich erzählen, daß Dov die letzten Tage in Gaza-Stadt war. Von Spanien hat sie keine Ahnung.«

»Klar.«

Ich ging zurück auf den Balkon.

»Sag bloß, du mußt schon wieder weg«, sagte Ricky.

Machtlos hob ich die Arme. »Ein Verwandter von mir hatte einen Autounfall. Er ist verletzt, ich muß schnell ins Hadassah.«

»Schwer verletzt?«

»Nein, nichts Ernstes. In einer Stunde bin ich zurück.«

»Soll ich mitkommen?«, fragte Alex.

»Wenn du willst, meinetwegen.« Ich sah Ricky an.

»Dieser Verwandte von dir«, fragte sie, »wie heißt er denn?«

Das traf mich völlig unvorbereitet. Ich nahm den erstbesten Namen, der mir einfiel: »Ähh, Dani.«

»Dani? Und wie weiter?«

»Lewy. Dani Lewy.« Meine Güte, war ich schlecht. Im Telefonbuch gab es mehrere Seiten David Lewys.

»Ich wußte gar nicht, daß du in Jerusalem Verwandte hast«, sagte sie. »Ich dachte, du wärst aus Tel Aviv.«

»Was meinst du damit?«

»Ist doch merkwürdig. Warum informiert dich von allen Menschen in der Welt ausgerechnet Amnon aus dem Büro?«

»Ricky«, sagte Alex, »was soll das jetzt. Hast du nicht gehört? Ein Verwandter hatte einen Unfall.«

Sie lachte. »Ihr beiden Amateurschauspieler wärt schon beim Casting durchgefallen. Für wie dumm haltet ihr mich eigentlich? Es ist etwas passiert. Okay. Und du kannst es kaum erwarten mitzugehen. Ist auch okay. Ihr müßt mir ja nicht haarklein erzählen, was los ist, aber hört mit dieser Dani-Lewy-Nummer auf. Wenn ihr gehen wollt, dann tut das, ich werde mich bestimmt nicht langweilen.«

Alex faßte sie zärtlich am Kinn. »Und du bist nicht sauer?«

»Nein.«

Er küßte sie leicht auf die Lippen. »Wenn wir zurückkommen, suchen wir uns das tollste Restaurant von Jerusalem und gehen essen.«

Sie erwiderte seinen Kuß. »Los, hau endlich ab, du großer Charmeur.«

## 11

Auf Amnon war wie immer Verlaß. Er hatte bereits mit Sarah gesprochen, als Alex und ich bei ihr eintrafen. Darüber hinaus hatte sich Dov aus dem Krankenhaus gemeldet und ihr alles erzählt, genauer gesagt die Version, auf die er sich mit Amnon geeinigt hatte. Wir wußten nicht, wie Sarah am Telefon reagiert hatte, doch als wir bei ihr in der Wohnung standen, hatte sie sich offensichtlich schon wieder beruhigt und blieb sachlich. Trotzdem kaufte sie uns die Geschichte mit dem Schußwechsel in Gaza nicht ab, zumindest hegte sie ernsthafte Zweifel. Im Auto versuchte sie es dann mit einem Kurzverhör, gab aber schnell auf, denn Alex und ich hatten die reinsten Unschuldsmienen aufgesetzt: Wir hatten nichts gehört und nichts gesehen.

Im Krankenhaus wimmelte es vor Menschen. Alle Gänge waren überfüllt, und auch in den Zimmern, deren Türen offenstanden, drängten sich scharenweise die Familien der Patienten. Wie es aussah, hatten alle beschlossen, das Schabbath-Picknick ins Hadassah zu verlegen. Dov lag in einem Einzelzimmer am Ende des Ganges. Jemand hatte dafür gesorgt.

Wir ließen Sarah erst mal allein zu ihm. Die beiden wollten sicher eine Weile ungestört sein. In der Zwischenzeit gelang es uns, den diensthabenden Arzt zu finden. Er erklärte uns, daß Dov als »leichtverletzt« galt, was bedeutete, daß er außer Lebensgefahr war.

»Alles in allem«, faßte er zusammen, »hat er Riesenglück gehabt. Die Kugel an der Schulter war ein glatter Durchschuß. Und die Sache am Bein hätte auch viel schlimmer ausgehen können. Wäre die Kugel zehn Zentimeter höher eingeschlagen, hätte sie ihm die Kniescheibe zerschmettert.«

Alex nickte mitfühlend.

»Waren Sie dabei?« wollte der Arzt wissen. »Was ist denn in Gaza passiert? Es kam gar nichts in den Nachrichten.«

»Wir haben auch keine Ahnung.«

»Und Sie sind Verwandte von Herrn Rivlin?« Der Mann im weißen Kittel musterte uns plötzlich mißtrauisch.

»Entfernte Verwandte«, erwiderte ich.

»So«, sagte der Arzt, drehte sich ohne ein weiteres Wort um und ging den Gang hinunter.

»Wenn wir uns das nächste Mal als Verwandte ausgeben«, sagte Alex, »sollten wir wenigstens einen Picknickkorb am Arm haben.«

Wir entschieden, daß Sarah und Dov jetzt genug Zeit miteinander gehabt hatten. Wir fanden sie in ein angeregtes Gespräch vertieft, beide schienen den Schock ganz gut verkraftet zu haben. Dovs linkes Bein lag in Gips und wurde mit Gewichten in der Schräge gehalten, genau wie im Film. Der rechte Teil seiner Brust und die gesamte rechte Schulter bis zum Ellbogen hinunter waren in einen imposanten schneeweißen Verband gehüllt. Am rechten Arm hing ein Tropf, aber davon abgesehen sah Dov ganz gut aus. Er war sogar rasiert. Als er uns ins Zimmer kommen sah, winkte er mit der linken Hand.

»He, Leute«, rief er fröhlich, als sein Blick auf Alex fiel. »Du? Ich werd' verrückt. Was machst du denn hier?« Er wartete die Antwort nicht ab. »Na, sagt schon, wie sehe ich aus? Steht mir das?«

»Du siehst aus wie ein Hochstapler«, sagte Alex. »Die ganze Sache war doch inszeniert.«

Dov lachte. »Ja, weißt du, wie oft habe ich Urlaub beantragt«, sagte er, »und ihn nie genehmigt bekommen. Da wurde es Zeit, endlich zu drastischeren Mitteln zu greifen.«

»Du brauchst Urlaub? Du? Du schaukelst dir doch sowieso nur den lieben langen Tag die Eier.«

Wir redeten noch eine Weile solchen Unsinn, bis Sarah aufstand, ihrem Mann einen Kuß gab und meinte, daß er bei uns ja jetzt in guten Händen sei. Sie wollte ein Taxi nach Hause nehmen und am späten Nachmittag noch mal wiederkommen. Kaum hatte sie die Tür hinter sich geschlossen, wurden wir mit einem Schlag ernst.

»Okay, Dov. Was ist passiert?«

»Moment, Moment, tut mir nur einen Gefallen, ich brauche unbedingt eine Zigarette. Hast du eine? Da in der Schublade ist auch so was wie ein Aschenbecher. Und stellt dieses verfluchte Bett ein bißchen höher.«

Wir verstellten die Rückenlehne, und Alex zündete ihm eine Zigarette an. Genußvoll nahm Dov die ersten Züge.

»Ich hab's voll vermasselt, was?« fragte er.

»Was hast du vermasselt?« fragte ich. »Wovon sprichst du?«

»Als James Bond an den Start gegangen und auf allen vieren wieder nach Hause geschickt. Ziemlich unangenehm, das Ganze.«

»Hattest du eine Waffe dabei?« fragte Alex.

Dov schüttelte den Kopf. »Hätte ich eine gehabt, wäre ich jetzt tot.«

»Immerhin«, sagte ich. »Eigentlich hast du das Geschäft deines Lebens gemacht: zwei Monate Genesungsurlaub, Berufsunfähigkeitsrente, und außerdem bekommst du eine Medaille.«

»Und freien Eintritt im Schwimmbad vom Beth ha-Lochem«, fügte Alex hinzu. »Dort kannst du dich vor Schönheiten nicht retten, die sind ganz scharf auf kampfunfähige Helden.«

Dov nickte und mußte husten. »Jetzt können wir darüber lachen, aber daß ich es überhaupt überlebt habe, grenzt an ein Wunder. Ich habe schon mein Foto mit Trauerflor an der Wand gesehen, das könnt ihr mir glauben. Immerhin hat der General nicht weniger als fünf Kugeln abbekommen, und seinen Bodyguard haben sie auch voll Blei gepumpt.«

Nach einer kurzen Pause berichtete Dov weiter. Es waren sechs maskierte Männer, sie wollten weder Geiseln noch Lösegeld – die Typen waren professionelle Killer. Dov war eigentlich Nebensache, sie waren nur am General interessiert. Als die Schießerei losging, hielt sich Dov gerade in der oberen Etage auf, um in Ruhe mit Israel zu telefonieren. Er hörte die erste Salve und wußte nicht, was los war. Bevor er reagieren konnte, stand der Mann im Türrahmen. Dov hatte keine Waffe und keine Wahl. Entweder machte er den Typen fertig oder der ihn. Dov sprang in Riesensätzen zur Tür, da traf ihn schon die erste Kugel ins Bein.

»Ich sah noch, wie er auf mich zielte. Ich wußte, ich bin erledigt. Dann spürte ich den Schuß im Bein, als nächstes traf mich ein Schlag in der Schulter. Die Kugel warf mich nach hinten, aber ich hatte den genialen Einfall, meine angefangene Drehung zu Ende zu bringen und auf dem Bauch zu landen. Reglos blieb ich liegen.«

Dov hielt inne und wischte sich den Schweiß von der Stirn. Die Asche seiner Zigarette fiel aufs Bett, aber er bemerkte es nicht. Alex und ich sagten nichts. Keiner von uns hatte bisher einen Menschen erschießen müssen oder war in eine lebensbedrohliche Situation geraten.

»Ich liege also hilflos auf dem Bauch«, fuhr Dov fort, »und höre seine Schritte dicht neben mir. Ich erinnere mich noch, daß ich dachte: ›Zum Teufel noch mal, drei Kriege mitgemacht. Kompanie-Kommandeur der Reserve. Seit dreißig Jahren mache ich Jagd auf Terroristen, und jetzt erschießt mich irgendein Baske auf dem Teppich von einem bescheuerten spanischen General.‹ Es vergingen mehrere Sekunden. Ich wagte nicht zu atmen. Ich wartete auf den letzten Schuß. Auf einmal kapiere ich: Der Killer ist gar nicht mehr im Zimmer. Ganz sicher war ich mir nicht. Ich bleibe also mucksmäuschenstill liegen, rühte keinen Finger. Endlich, Minuten später, hörte ich die Polizeisirenen. Ich bin trotzdem liegengeblieben, bis die Polizisten ins Zimmer kamen und mich fanden. Ursprünglich wollte ich bloß nicht das Risiko eingehen, mich von einem dieser karrieregeilen Jungpolizisten abknallen zu lassen. Aber dann verlor ich zu allem Überfluß auch noch das Bewußtsein.«

Die folgenden Ereignisse konnte Dov daher nicht mehr genau rekonstruieren. Das Morphium, das ihm ein spanischer Arzt gespritzt hatte, verschmolz die folgenden Stunden zu einem einzigen Brei aus heulenden Krankenwagen-Sirenen, ewigem Durchgeschüttelt-Werden auf der Trage und schnellen spanischen Wortwechseln. Als er endlich wieder aufwachte, begriff er nur, daß er sich in einem Flugzeug befand.

Auf dem Flugplatz von Atarot erwartete ihn Amnon. Dov wurde in einen Helikopter verfrachtet, medizinisch betreut und ins Hadassah-Krankenhaus gebracht. Er war müde und verwirrt, aber immer noch genügend beisammen, um die von Amnon konstruierte Geschichte mitzubekommen: Dov war vor ungefähr einer Stunde in Gaza verwundet worden, wo ihm ein Militärarzt Erste Hilfe geleistet hatte.

»Überhaupt war Amnon großartig«, erzählte Dov. »Daß er es

sofort und ohne jeden Papierkrieg geschafft hat, eins unserer Flugzeuge mit einem Arzt von Paris nach Madrid zu beordern, war allein schon eine Meisterleistung. Und trotz des toten Generals mit den Spaniern ohne langes Hin und Her übereinzukommen war sicher auch kein Kinderspiel. Auch in Israel hat alles wie am Schnürchen geklappt. Mein Aufenthalt in Atarot dauerte nicht länger als drei Minuten, der Krankenhaus-Helikopter wartete schon. Und im Hadassah hat mir niemand unnötige Fragen gestellt.«

»Uns hat es gestern jedenfalls richtig das Essen vermasselt«, sagte ich. »Der Schabbath war sowieso im Arsch.«

»Du kannst das Hühnchen mit Kartoffelpüree haben, das sie uns hier mittags servieren.«

»Na klar, ich komme vor Hunger fast um …«

»Jetzt mal im Ernst«, schaltete sich Alex ein, »sollen wir dir was Anständiges zu essen besorgen?«

»Machst du Witze? Du kennst Sarah nicht. Ich kann von Glück sagen, wenn ich hier mit weniger als fünfzig Kilo Übergewicht rauskomme. Ihr könnt mir was Ordentliches zum Lesen besorgen. Keinen Müll, aber Günter Grass muß es auch nicht gleich sein. Irgendwas dazwischen.«

»Günter Grass ist ein deutscher Schriftsteller«, erklärte ich Alex.

»Du Banause«, bekam ich zurück.

»In zwei Wochen bin ich hier jedenfalls raus«, mischte sich Dov wieder ins Gespräch. »Amnon hat mich tatsächlich überredet, ein bißchen Urlaub zu nehmen. Als wenn ich andere Pläne gehabt hätte.«

»Wie wär's mit einer Pauschalreise nach Spanien?« schlug ich vor.

»Das einzige, was mir ein wenig zu schaffen macht«, sagte Dov, »ist meine Ablösung in der Kirche.«

»Überlaß das mal Amnon und mir, uns fällt schon was ein.«

»Du wirst Ossips Kontaktmann?«

»Kann sein.« Irgendwie spürte ich, daß dies nicht der Zeitpunkt war, um von Irith zu erzählen, aber Dov merkte trotz seines Zustandes, daß ich ihm etwas vorenthielt.

»Was heißt hier: ›kann sein‹« fragte er.

Also packte ich doch aus und erzählte ihm von Amnons Idee, Irith Dolev zu rekrutieren.

»Irith Dolev?« Dov versuchte, sich aufzurichten, bereute es aber sofort und ließ sich zurück in die Kissen fallen. »Die Musikwissenschaftlerin? Hat Amnon nicht alle Tassen im Schrank?«

»Es steht noch nicht fest.«

»Meinst du das ernst?« Er ließ mich gar nicht weiter zu Wort kommen. »Eine Doktorin für Musikwissenschaften soll die Sache übernehmen?«

»Du kennst doch Amnon, wenn er sich erst mal auf eine Idee versteift hat, ist er kaum noch umzustimmen.«

»Der ist doch von allen guten Geistern verlassen. Und was hat diese Irith Dolev gesagt?«

»Ich habe noch nicht mit ihr gesprochen.«

»Was glaubt er, mit wem wir es dort zu tun haben, mit Pfadfindern?«

»Beruhige dich, sie lehnt garantiert ab.«

»Ossip wird einen Herzinfarkt kriegen. Genau das wird passieren.«

»Na komm, laß gut sein. Erzähl uns lieber von den Basken und unseren ›Cousins‹. Konntest du mit dem General darüber reden?«

Ohne anzuklopfen, kam eine Krankenschwester ins Zimmer. Wir erwarteten den klassischen Satz, es täte ihr leid, und der Herr Rivlin brauche unbedingt Ruhe. Statt dessen begnügte sie sich damit, die Infusion zu prüfen und eine Eintragung in die Krankenakte vorzunehmen, die am Bettrand hing.

Tadelnd hob sie ihren Zeigefinger Richtung Zigarette, die Dov unter der Decke zu verstecken versuchte, ging aber wortlos hinaus. Durch die geöffnete Tür sahen wir Osnat mit einem Blumenstrauß in der Hand und einige Verwandte von Dov, die Sarah hatte erreichen können und die auf dem schnellsten Wege hergekommen waren. Dov stöhnte verzweifelt und bat mich, die Tür zu schließen.

»Jetzt naht der wahre Angriff«, sagte er, »los, fort mit euch. Kommt heute abend wieder. Ich hoffe, dann ist es ruhiger.«

»Eine letzte Frage«, sagte Alex.

»Ja?«

»Sonst untenrum noch alles dran?«

Dovs Hand glitt unter die Decke. »Es sind noch zwei da«, sagte er Sekunden später.

»Gott sei's gedankt«, sagte Alex erleichtert.

»Amen«, sagte Dov.

## 12

Als Alex und ich vom Hadassah zurückkamen, wurde Ricky gründlich entschädigt. Wir unternahmen einen langen Spaziergang etwas außerhalb von Jerusalem, gingen im *Pundak Moza* Mittag essen und fuhren anschließend hinunter ans Tote Meer. Ein Ausflugstag wie im Bilderbuch. Als wir nach Jerusalem zurückkehrten, war es schon ziemlich spät. Doch Alex und Ricky bekamen nicht genug, also ging's ab ins *Chuzot ha-Jozer*, einen In-Laden. Deshalb waren wir dort auch keineswegs allein, und den lautstark feiernden amerikanischen Touristengruppen hielten wir nur eine knappe halbe Stunde stand, dann verzogen wir uns in eine ruhigere Kneipe, um das Ende ihres Besuches würdevoll zu feiern. Was uns auch gelang. Nur daß Alex unbedingt noch in dieser Nacht zurück nach Tel Aviv wollte, fand ich etwas unpassend. Nach der Anzahl der Gläser zu urteilen, die er bereits intus hatte, war der erste tödliche Unfall bereits am Ortsausgang von Jerusalem vorprogrammiert, aber die beiden wollten den üblichen Sonntagmorgenstau umgehen und fuhren tatsächlich noch in der Nacht los.

Zu Hause angekommen, versuchte ich, den telefonischen Weckdienst zu bestellen – der Anschluß war wie immer besetzt. In einem der Schränke fand ich einen kleinen Wecker, stellte ihn auf sieben und verkroch mich ins Bett. Keine Ahnung, ob und wann der Wecker geklingelt hatte, aber als ich um halb zehn hochschrak, hatte ich genau noch dreißig Minuten, um mir ein menschenähnliches Aussehen zu verpassen und einigermaßen pünktlich bei meinem Vorgesetzten zu erscheinen. Ich gönnte mir zwei Minuten unter der Dusche, verzichtete auf Kaffee und nahm den Rasierapparat mit ins Auto. Im Büroflur hatte ich schon den groben Plan im Kopf, wie ich Irith Dolev für das Vorhaben gewinnen konnte.

Osnat war wie so oft mein rettender Engel: Amnon sei zu einer eiligen Sitzung zum Boß befohlen worden, sagte sie am Telefon. Das verschaffte mir eine halbe Stunde Aufschub, genügend Zeit, mir die wichtigsten Argumente zurechtzulegen, telefonisch ein paar Dinge mit der Personalabteilung zu klären und mir die nächsten beiden Tage nur für diese Sache freizuschaufeln. Ich trank sogar noch einen Kaffee, während ich den Pressespiegel überflog, der jedem Mitarbeiter morgens auf den Schreibtisch flatterte.

Um halb elf setzte ich mich mit Amnon zusammen. Ich schlug ihm vor, bei Irith Dolev auf die umfangreiche Sicherheitsprüfung zu verzichten. Ich war ein wenig überrascht, als er ohne Diskussion zustimmte. Er war zu dem gleichen Schluß gekommen: In Iriths Fall konnte eine genaue Sicherheitsprüfung mehr Schaden als Nutzen bringen. Womöglich hatte sie, trotz meines Winks, schon *zu* vielen Leuten von der Sache erzählt. Ganz zu schweigen davon, daß eine Überprüfung im günstigsten Fall zwei Monate dauerte. Wir wollten Irith aber schon in ein, zwei Wochen einsetzen. Kurz und gut, wir kauften die Katze lieber im Sack.

Was die Einweisung in ihre Aufgaben anging, stimmte Amnon mir zu, daß wir über die normalen Kurse, Schießübungen oder Selbstverteidigungstrainings gar nicht erst zu reden brauchten. Ein komprimierter halber Tag und ein paar Treffen mit Dov mußten vorerst genügen. Der schwierigste Teil stand mir allerdings noch bevor. Ich mußte Dr. Irith Dolev vom Fachbereich Musikwissenschaften der Universität Tel Aviv davon überzeugen, vorübergehend in eine weniger musische Fakultät zu wechseln – in die Gesellschaft der Kundschafter und Denunzianten, der Lockvögel und Spione.

Ich sagte Osnat, ich sei die nächsten beiden Tage in Tel Aviv.

Dann versuchte ich Irith anzurufen, erreichte aber nur den Anrufbeantworter. Ungerührt fuhr ich nach Hause, packte ein paar Sachen zusammen und schaute zufällig in den Kühlschrank. Der war nach meinem letzten Einkauf noch randvoll. Das ist ein Zeichen, sagte ich mir, koch dir was Leckeres. Zwei Stunden später war ich trotzdem auf dem Weg nach Tel Aviv.

## 13

Auch bei meinem dritten Besuch in der Musik-Akademie war ich überwältigt von dem Wirrwarr der Stimmen und Töne, die aus den einzelnen Zimmern drangen. Am Anfang des Flures waren drei oder vier Klavierstücke gleichzeitig zu hören, nicht weit davon entfernt spielte jemand virtuos Violine; Tür an Tür mit einer Sängerin waren diverse Blasinstrumente zu hören, auf deren Namen ich auch dann nicht gekommen wäre, wenn ich sie vor Augen gehabt hätte. Unglaublich, wie die Studenten es schafften, bei diesem ständigen Klangchaos zu musizieren, geschweige denn, sich zu konzentrieren.

Ein Blick auf die Uhr – bis zum Ende von Iriths Vorlesung

hatte ich noch eine halbe Stunde Zeit, also ging ich in die Mediothek. In der Mitte des dunkel getünchten Raumes standen jede Menge Holzregale, in die ein gewaltiger Fundus an Schallplatten einsortiert war. Man konnte sie gleich hier anhören – die nötigen Plattenspieler standen entlang der Stirnseite des Raumes auf kleinen Tischen, vor denen etwa zehn Studenten mit Kopfhörern saßen. Einige blätterten während des Hörens in Notenbüchern, andere durchschnitten mit ruckartigen Armbewegungen die Luft, als stünden sie vor einem unsichtbaren Orchester. Leider hatte ich mit klassischer Musik nie was am Hut gehabt und fühlte mich deshalb ziemlich fehl am Platz. Aber egal, im Moment hatte ich nichts Besseres vor.

Eine grauhaarige, bebrillte Bibliothekarin kam auf mich zu. »Was möchten Sie hören?«

Bis zu diesem Moment hatte ich geglaubt, mich freundlich mit ihr beraten zu können, aber ihr Ton machte unmißverständlich klar, daß ich meine Hausaufgaben nicht gemacht hatte.

»Bach«, sagte ich nach kurzem Überlegen, »etwas von Bach.«

Die Bibliothekarin hob die Brauen, musterte mich kurz und stufte mich sofort als kongenialen Laien ein. »Könnten Sie Ihre Musikwünsche etwas eingrenzen?« fragte sie knapp. »Ihnen ist doch sicher bekannt, daß Bach mehr als ein Werk komponiert hat.«

Damit hatte ich zwar gerechnet, trotzdem war mir nur ein Werk geläufig.

»Die Messe. Die Messe von Bach.« Ich betete, daß er nur eine komponiert hatte.

»Die Hohe Messe? In h-Moll?«

»Natürlich.« Ich nickte wie selbstverständlich, die Sache begann mich zu amüsieren.

Sie deutete auf einen Schrank mit Karteikästen in der Ecke. »Ich brauche die Nummer der Schallplatte.«

Ich durchkämmte zweieinhalb Schubladen Karteikarten

Bach. Er hatte tatsächlich mehr als ein Werk komponiert. Ein paar Minuten später stand ich wieder vor der Bibliothekarin.

»Entschuldigung«, sagte ich, »sind Sie sicher, daß Sie die Platte haben?«

»Haben Sie unter M nachgeschaut? Und auch unter *Missa* oder *Mass?«*

Ihren spöttischen Unterton überhörte ich glatt. »Ich bin alle Karteikarten durchgegangen.«

»Sicher?«

»Absolut sicher.«

Ich wollte gerade meinen Sieg über das Bibliothekssystem feiern, da setzte sie ihre Brille ab und begann, sie zu polieren. »Haben Sie auch unter dem richtigen Bach nachgeschaut? Bach hatte, wie Sie wissen, mehrere Söhne, die auch Komponisten waren. Johann Christian Bach, Carl Philipp Emanuel Bach und Wilhelm Friedemann Bach ... Wissen Sie, nach welchem Sie suchen müssen?«

»Ich meinte eigentlich den Vater.«

»Sehr schön, ich werde Ihnen die Sucherei ersparen.« Sie verschwand zwischen den Regalen und kehrte mit einem Doppelalbum in der Hand zurück. »Kennen Sie sich mit dem Plattenspieler aus?«

»Ich werde schon klarkommen.«

»Möchten Sie auch die Partitur dazu?«

Partitur. Ich erinnerte mich, daß Irith Dolev dieses Wort in der Vorlesung benutzt hatte. Keine Ahnung, was sich dahinter verbarg. Und die Bibliothekarin nahm mein Schweigen nicht zum Anlaß, mich aufzuklären.

»Nein«, sagte ich schließlich, »ich komme ganz gut ohne aus.«

»Wie Sie meinen«, erwiderte sie und reichte mir die Schallplatte. Ich glaubte, leichten Sarkasmus in ihrer Stimme zu hören, aber ich war selbst schuld, schließlich hatte ich mich in diese peinliche Situation manövriert.

Vorsichtig legte ich die erste Platte auf. Der Anfang kam mir bekannt vor – Irith hatte ihm in ihrer Vorlesung ausführlich besprochen –, und ich entspannte mich etwas. Ich schloß die Augen und lauschte. Nach einer Weile versank ich förmlich in den Klängen und stellte zu meinem Erstaunen fest, daß mir die Musik gefiel. Bach war grandios!

Ich wußte zum Teil noch, was Irith zu seiner Kompositionstechnik gesagt hatte. Die meisten Fachbegriffe hatte ich zwar nicht verstanden, aber sinngemäß konnte ich mich an den Begriff der Nachahmung erinnern. Offensichtlich war ich damals der einzige, der nicht kapiert hatte, wovon sie sprach, aber jetzt, wurde es mir plötzlich klar.

Da war diese Melodie, die nach kurzer Zeit von einer zweiten Stimme wiederholt wurde, dann von einer dritten und vierten. Auch das Orchester mischte sich jetzt ein und empfand die Melodie nach. Die Töne spielten nicht nur miteinander, in diesem Spiel lag Spannung. Das erste Auftreten der Melodie baute eine gewisse Erwartung auf. Die Nachahmung löste diese Spannung auf, stellte gleichzeitig die Frage, was als nächste Imitation folgen würde.

Mir war klar, daß meine Entdeckungen jeden Musikstudenten gelangweilt hätten, aber für mich hatten sie einen verblüffenden Reiz. Zum ersten Mal hatte ich Musik *wirklich gehört*, nicht nur als Hintergrundgedudel zum Zeitunglesen oder Essen.

Aber die Uhrzeiger rückten unerbittlich weiter, Iriths Vorlesung war sicher gleich zu Ende. Ich nahm die Kopfhörer ab, steckte die Schallplatte vorsichtig zurück in ihre Hülle und wollte sie gerade der Bibliothekarin wiedergeben, als ich Irith mit einem Stapel Platten und Bücher unter dem Arm im Türrahmen stehen sah. Was ich hier trieb, war für sie sicher noch schwerer zu verstehen als für mich. Ich wußte nicht, was sie mehr überraschte: die Tatsache, daß ich noch mal hier auftauchte, oder die Bach-Platte in meiner Hand.

So oder so, sie war wenig begeistert von der Situation. Genausowenig wie ich. Die Mediothek war öffentlich, zu viele Leute, zu viele Zeugen. Ich hoffte inständig, daß Irith genug Gespür besaß, mich zu ignorieren.

Ich gab die Platte zurück.

»Das war's?« fragte die Bibliothekarin. »Hat Ihnen die Messe gefallen?«

»Sehr«, sagte ich und lächelte sie an. »Können Sie mir sagen, wo der Dozentenraum der Musikwissenschaften ist?« Ich hatte das Gefühl, daß meine Stimme leicht angespannt klang, höher als sonst.

»Auf dem Gang links. Der zweite Raum.«

»Danke.«

Der Dozentenraum war leer, aber Irith ließ nicht lange auf sich warten. Sie blieb gleich in der Tür stehen und warf mir einen schwer definierbaren Blick zu.

»Einen schönen guten Tag, Herr Raviv«, sagte sie. »Sie sind hoffentlich nur hier, um sich die Messe von Bach anzuhören.«

***

Letztlich lief es gar nicht so schlecht. Am Anfang etwas stockend, aber diesmal hatte ich mir eine Gesprächstaktik zurechtgelegt und hielt mich nicht mit Entschuldigungen oder Erklärungen auf. Ich kam sofort auf den Punkt.

»Die Sache ist mittlerweile ernster, als Sie glauben. Können wir irgendwo ungestört reden?«

Irith schwieg eine volle Minute lang. Dann fragte sie, ob wir uns in einer Viertelstunde im Ha'aretz-Museum treffen könnten, das ganz in der Nähe war. Dann stand sie abrupt auf und verließ das Zimmer. Ich blieb noch fünf Minuten entspannt sitzen. Ganz nach Vorschrift.

***

Die Unterhaltung zog sich eine ganze Weile hin, obwohl Irith die Spielregeln schnell akzeptierte. Wir saßen auf einer der Steinbänke in dem gepflegten Museumsgarten, und jedesmal, wenn eine Besuchergruppe oder Schulklasse vorüberging, warteten wir ab, bis alle wieder außer Hörweite waren.

Anfangs sprach ohnehin nur ich. Dabei weihte ich sie keineswegs in alle Details ein. Ich erzählte nur, daß wir für einige Monate ihre Hilfe brauchten. Nein, sie würde sich keiner Gefahr aussetzen, und ihre Forschungen würden auch nicht darunter leiden, aber es würde sich durchaus bezahlt machen.

Sie wollte mehr hören.

»Tja«, sagte ich, »manchmal lohnt es sich, sein Wissen dem Staat in Rechnung zu stellen.«

»Inwiefern?«

Ich nannte eine Summe.

Irith überlegte. »Im Monat?«

»In der Woche.«

»Das ist nicht gerade wenig.«

»Ein Viertel Steuern müssen Sie noch abziehen.«

»Selbst wenn.«

Stimmt, dachte ich. Viel mehr verdiene ich mit meiner vollen Stelle auch nicht.

Dann erzählte ich von dem Trainingsprogramm, das sie durchlaufen würde, und betonte noch einmal, daß sie keinerlei Risiken einging. Natürlich dürfe niemand davon erfahren. Keiner in der Familie, keiner in der Universität. Sogar bei ›uns‹ wüßten nur drei Leute Bescheid.

Ich setzte sie nicht unter Druck. »Denken Sie darüber nach. Nehmen Sie sich einen Tag Zeit. Auch zwei Tage. Ich brauche bis Mitte der Woche eine Antwort.«

»Kann ich mich mit meinem Mann beraten?«

»Wenn Sie mir versprechen, daß außer ihm niemand davon erfährt.«

»Ja.«

Hatte ich eine Wahl? Sie würde ihn sowieso einweihen, auch ohne unsere Erlaubnis.

»Okay«, sie stand auf, »noch etwas?«

»Ja«, sagte ich.

Sie setzte sich wieder.

»Was ist eine Partitur?« fragte ich.

Sie schaute mich verblüfft an. »Meinen Sie das ernst?«

Ich zuckte die Achseln. »Ich bin von Berufs wegen neugierig. Verraten Sie mir einfach, was es ist, dann muß ich es nicht nachschlagen.«

»Gut.« Sie öffnete ihre Tasche und reichte mir ein dickes kleines Buch.

Ich nahm es und blätterte darin. »Das sind Noten.«

»Sie klingen enttäuscht«, sagte sie.

»Meine Schwester hat Klavier gespielt, als sie klein war. Sie rannte immer mit einem Notenheft durch die Gegend, aber ich kann mich nicht erinnern, daß sie die als Partitur bezeichnet hat.«

»Es gibt einen Unterschied. Ihre Schwester hatte Noten für Klavier. Eine Partitur enthält die Noten für ein ganzes Orchester. Für alle Instrumente zusammen.«

Ich schlug das Buch auf einer beliebigen Seite auf. Ich zählte fünfzehn Reihen. »Das heißt, jedes Instrument hat seine eigene Reihe?«

»Genau, aber das nennt man Notenzeile, nicht Reihe. Meistens gibt es auch eine feste Ordnung für die Instrumente auf dem Notenblatt. Hier«, zeigte sie auf die oberste Zeile, »ist die Flöte. Darunter die Oboe. Darunter die Klarinette und das Fagott.«

»Und im Konzert«, fragte ich, »hat jeder Musiker eine Partitur vor sich?«

Sie lachte. »Nein, nein. Das wäre unpraktisch. Jeder Musiker hat nur seine eigenen Noten.«

»Jetzt haben Sie mich verwirrt. Wer braucht denn dann eine Partitur?«

»Der Dirigent. Er muß in jeder Sekunde jedes Instrument im Auge haben.«

Wie bei uns, dachte ich, genau wie bei uns. Jeder kennt nur seine Aufgabe und sein eigenes Segment. Da ist es gut, wenn der Dirigent weiß, was er tut ...

»Dirigieren Sie auch?«

»Nein.« Die Frage amüsierte sie. »Jeder Musikwissenschaftler oder Musiker, der ein Werk analysiert, braucht eine Partitur. Übrigens freue ich mich, daß Sie sich dafür interessieren, aber warum gerade für die Partituren?«

»Ich habe das Wort in der Mediothek aufgeschnappt.«

»Wären Sie insgeheim gern Musiker?«

»Klar«, sagte ich, »und in meiner Freizeit würde ich ein bißchen für den Schin Beth arbeiten.«

Irith lächelte. »Wirklich? Meinen Sie, das wäre eine gelungene Kombination?«

Plötzlich war mir klar, daß sie zustimmen würde. Ich denke, sie wußte es auch.

Unter Verletzung der Vorschriften begleitete ich sie zum Parkplatz. Sie stieg in einen alten grünen Käfer, schlug die Tür zu und kurbelte das Fenster herunter.

»Sie hören von mir.«

»Das hoffe ich.«

»Wir sind noch nicht fertig miteinander. Wo Sie schon freiwillig in eine Partitur geschaut haben, soll sich das auch bezahlt machen.« Irith öffnete ihr Portemonnaie. »Hier haben Sie eine Freikarte für ein Konzert im Hechal ha-Tarbut. Unser Fachbereich hat eine Menge davon bekommen, und ich habe noch welche übrig.«

Ich schaute mir die Karte genauer an. »Was wird denn gespielt?«

Sie zog die Stirn in Falten. »Ein Klavierkonzert von Bach, die sechste Sinfonie von Beethoven und etwas von Bartók.«

»Von wem?«

»Bartók. Beim ersten Hören wird es Ihnen sicher nicht gefallen, aber ich denke, Sie werden es überleben.«

»Aha. Bartók klingt gefährlich.«

»Kommen Sie?«

»Gern, aber ich kann es nicht versprechen. Außerdem war ich seit über zehn Jahren in keinem Konzert, hoffentlich mache ich mich nicht zum Affen.«

»Unsinn. Klatschen Sie nur nicht als erster, dann kann nichts schiefgehen.«

»Ich werde dran denken.«

Irith fuhr los, ich blieb noch ein paar Minuten in meinem Wagen sitzen und steckte mir eine Zigarette an. Rauchend analysierte ich die Lage: Im großen und ganzen war ich zufrieden, es war ziemlich sicher, daß sie einsteigen würde. Nur lag das garantiert nicht an meinem Charme, sondern eher an Iriths Neugier. Sie war geneigt, sich auf etwas Ungewöhnliches einzulassen, einmal etwas neues auszuprobieren.

Und da war noch etwas. Irith gefiel mir, ich fand sie attraktiv. Natürlich alles rein theoretisch. Nicht nur, weil es in meinem Job grundsätzlich untersagt war, eine Beziehung mit Informanten einzugehen. Irith war außerdem eine verheiratete Frau mit zwei Kindern, Doktorin der Musikwissenschaften, eine komplett andere Welt. Bach. Das sagte alles.

Und trotzdem versetzte mich die Aussicht, mit ihr zusammenzuarbeiten, in eine sonderbare Erregung.

## 14

## Irith

Der Name »Hotel Royal« klang nicht gerade vertrauenerweckend. Der angegebenen Adresse nach zu urteilen, lag es irgendwo im vernachlässigten Süden von Tel Aviv, eines von vielen kleinen Etablissements, die mittellosen Touristen, exzentrischen Weltenbummlern und oft auch Huren und ihren Freiern als Bleibe dienten. Je näher ich der Gegend kam, um so mehr bestätigte sich meine Vorahnung. Ich konnte das Bedürfnis nach Diskretion durchaus nachvollziehen, aber mußte das Treffen unbedingt in dieser Kaschemme stattfinden? Jochanan hätte wirklich einen sympathischeren Ort aussuchen können.

Ich war selbst überrascht, wie prompt ich ihn zurückgerufen hatte. Tatsächlich wußte ich schon auf dem Nachhauseweg vom Museum, daß ich zusagen würde, dabei hatte Jochanan meinen Auftrag nicht einmal näher erklärt.

Sicher, es war ein wenig verantwortungslos, eine solche Entscheidung so überstürzt zu fällen, ohne einen anderen Menschen einzubeziehen. Außerdem – paßte diese neue Rolle überhaupt zu mir? War das nicht eher etwas für eine jüngere, abenteuerlustige Frau? Ich war alles andere als das. Trotzdem, ich konnte einfach nicht widerstehen. Ich wollte am liebsten sofort anrufen, als ich nach Hause kam.

Kommt nicht in Frage, rief ich mich zur Ordnung. Zunächst hieß es kühlen Kopf bewahren, sonst sah es am Ende noch aus, als hätte ich den Job unbedingt nötig. Ich setzte mich auf die Couch und versuchte, meine Gedanken zu ordnen. Warum in aller Welt halste ich mir das eigentlich auf? Leisteten wir uns nicht extra ein Kindermädchen, um Ilan zu entlasten und damit ich mehr Zeit für meine Musik hatte? Wo war da die Logik, wenn ich jetzt noch eine zusätzliche Sache anfing?

Ganz zu schweigen davon, daß ich das Vertrauen einiger mir nahestehender Menschen mißbrauchen würde. Da war Pater Nikolai, der mich wie ein verwöhntes kleines Mädchen behandelte; oder Professor Geller, der mich ermutigt hatte, die Feldforschung in der Kirche durchzuführen, und seinen ganzen Einfluß geltend gemacht hatte, um die Russen von meiner Vertrauenswürdigkeit zu überzeugen. Und letztlich mein Mann, vor allem mein Mann. Wenn ich Ilan schon nicht um Rat fragte, mußte ich ihm zumindest die Chance geben, sich dazu zu äußern, bevor ich mich verpflichtete. Doch irgend etwas hielt mich davon ab, ihn in die Sache einzuweihen.

Die Kinder kamen nach Hause und hatten jede Menge Pläne. Itai stürzte sich sofort auf mich und wollte eine Geschichte vorgelesen bekommen. Und meine kluge Tochter Rotem hatte just heute beschlossen, einen Kuchen zu backen. Nach einem Rezept aus einem Backbuch für Kinder, ich hatte es ihr selbst geschenkt, nun sollte ich ihr auch dabei helfen.

»Ich muß noch mal los«, wimmelte ich sie ab. »Itai darf sich ein Video anschauen, paß bitte auf ihn auf. Und laß den Backofen nicht aus den Augen, dann kann nichts schiefgehen.«

Im Schlafzimmerspiegel blickte ich mir ins Gesicht. Wie ließ sich nur dieser innere Drang erklären, der mich regelrecht zwang, bei diesem Spiel mitzumachen? Waren es böse Kindheitserinnerungen, meine Eltern, die so lange auf ihre Ausreisegenehmigung aus der Sowjetunion hatten warten müssen? Oder war es meine geheimniskrämerische Natur, eine Neigung, die sich während meiner Armeezeit noch verstärkt hatte ... Unsinn. Schluß mit der Grübelei. Was würde mir eine Antwort schon bringen? Jochanans Angebot klang interessant. Die Chance, das monatliche Einkommen ohne langfristige Bindung zu verdoppeln, bot sich nicht jeden Tag. Eine kurze, spannende Episode, noch dazu rentabel, und ein kleines Geheimnis, das ich für mich behalten konnte ... Ich rannte hinunter auf die Straße.

Jochanan klang nicht überrascht, weder von meiner prompten Reaktion noch von meiner Antwort. War ich so berechenbar? Und übertrieb ich nicht schon bei Dienstantritt? Ich hätte auch vom Schlafzimmer aus telefonieren können, ohne daß die Kinder ein einziges Wort aufgeschnappt hätten ... Ich tröstete mich mit dem Gedanken, daß man bestimmt nicht an mich herangetreten wäre, wenn man mich nicht für tauglich gehalten hätte.

Auch Jochanan reagierte prompt. Er brauchte nicht mal eine halbe Stunde, um mit dem Leiter der Zweigstelle, wie er es nannte, einen Termin auszumachen: morgen vormittag um elf, Hotel Royal, Zimmer 17, Adresse …

***

Ich fand nicht gleich einen Parkplatz. So war ich schon fünf Minuten zu spät, als ich das Hotel betrat. Von draußen sah alles genau so aus, wie ich es mir vorgestellt hatte. Ein kleines verblichenes Schild. Eine schmutzige gläserne Eingangstür, die in eine finstere Lobby mit alten Stühlen und Tischen führte. Der Angestellte hinter der Rezeption hätte einem dieser alten Kriminalfilme entstiegen sein können, die ich so gern sah. Er war unrasiert und machte sich nicht mal die Mühe, von seiner Sportzeitung aufzusehen, als ich wortlos an ihm vorbeiging und die Treppe in die erste Etage hinaufstieg. Ich klopfte an die Tür mit der 17.

»Es ist offen, Irith«, rief Jochanan von drinnen.

Ich war enttäuscht, schon allein der Atmosphäre wegen wäre ein geheimes Klopfzeichen angebracht gewesen.

Das Zimmer selbst war eine positive Überraschung. Nicht auf dem Niveau vom *Hilton*, aber relativ sauber und mit einem Bett, einem kleinen Schreibtisch und drei Stühlen ausgestattet.

Jochanan und ein mir unbekannter Mann erwarteten mich. Jochanan klappte schnell eine braune Akte zu und legte sie auf den Tisch. Zweifellos »meine« Akte.

Er stand auf und begrüßte mich förmlich. »Darf ich vorstellen«, sagte er, »Doktor Dolev – Amnon.«

Der Unbekannte stand auf und reichte mir die Hand. »Sehr angenehm«, sagte er mit tiefer Stimme, »bitte nehmen Sie Platz.«

Ich setzte mich hin und deutete auf die Akte. »Darf ich einen Blick hineinwerfen?«

Wie vermutet, war Jochanan diese Bemerkung ausgesprochen peinlich. Mehrere Sekunden lang suchte er nach einer Antwort und warf Amnon einen fragenden Blick zu. Sein Boß hingegen wirkte vollkommen entspannt.

»Ich kann Ihnen versichern, daß auch nicht die geringste Kleinigkeit darin steht, die Sie nicht schon wüßten«, sagte er.

»Schon okay, war nicht ernst gemeint.«

Amnon sah mich prüfend an. »Soweit ich weiß, hat Jochanan Sie bereits mit der Angelegenheit vertraut gemacht.«

»Nur allgemein.«

»Gut. Jetzt können wir konkreter werden.« Er trommelte kurz mit den Fingern auf die Tischplatte. »Was wissen Sie über die Kirche?«

Ich überlegte, wie ich meine Antwort am besten formulieren sollte. »Nun, mittlerweile habe ich das Gefühl, daß dort längst nicht nur Frömmigkeit herrscht.«

»Was heißt das?« fragte Amnon.

»Es gibt Agenten.«

»Sind Sie sicher?«

»Ich bin schon einige Monate dort. Inzwischen weiß ich sehr wohl einen Priester von einem Nicht-Priester zu unterscheiden.«

»Was noch lange nicht heißt, daß jeder Nicht-Priester ein KGB-Agent ist.«

»Richtig, aber es gibt noch andere Hinweise.«

»Welche?«

»Zunächst mal all die Hürden, bis ich ihre Kirche endlich betreten durfte. Zwei Monate hat das gebraucht und eine Unmenge an Gesprächen, Briefen und Genehmigungen. Dabei wußten sie von Anfang an, daß es mir nur um die Musik ging.«

Amnon verzog keine Miene. »Das heißt noch gar nichts«, sagte er. »Drehen wir den Spieß mal um: Würde eine orthodoxe Jeschiwa einem christlichen Forscher ohne weiteres ihre Tore öffnen, selbst wenn seine Absichten rein akademischer Art wären – von einer Forscherin gar nicht zu reden? Ist das aber bereits der Beweis, daß sich in einer Religionsschule Geheimdienstagenten herumdrücken?«

»Theoretisch haben Sie recht«, sagte ich, »aber es gibt auch so etwas wie Intuition. Und Gerüchte.«

»Gerüchte«, sagte Amnon und stützte das Kinn in seine rechte Hand, als würde ihm bereits das Wort Kopfschmerzen bereiten. »Jerusalem ist der ideale Nährboden für Gerüchte. Wir werden geradezu überflutet von diesen außerordentlichen Neuigkeiten. Über jedes Ding, das sich bewegt, gibt es Dutzende von Gerüchten. Und wir gehen ihnen allen nach, das ist unser Job. Doch in 99 Prozent der Fälle stellt sich heraus, daß es eben nur ein Gerücht war. Und jeglicher Grundlage entbehrt.«

»Bis ich mit Jochanan im Museum gesprochen habe, war ich mir auch nicht hundertprozentig sicher. Aber jetzt.«

Amnon schaute mich mit seinen kalten dunklen Augen an, und ich hielt seinem Blick stand. Ich hatte keine Ahnung, wer er war und welche Funktion er hatte, doch die Autorität, die er ausstrahlte, war nicht zu übersehen. Ich wußte, daß ich ihm, im Gegensatz zu Jochanan, nichts würde vormachen können.

Schließlich wandte Amnon den Blick ab und lehnte sich bequem zurück. »Ich glaube, wir können anfangen«, sagte er.

»Wollen Sie mir nicht sagen, ob ich recht habe?«

»Sagen wir, die Kirche ist die inoffizielle Botschaft von Rußland.«

»Rußland hat eine offizielle Botschaft in Israel. Ich dachte, wir lägen mit ihnen gar nicht mehr im Streit?«

Amnon stieß einen verächtlichen Laut aus. »Lassen wir das jetzt.«

»Gut, wenn Sie meinen. Wir wissen beide, daß Sie nicht verpflichtet sind, mir die ganze Wahrheit zu sagen.«

Amnon bemühte sich nicht, zu leugnen. »Stört Sie das?« fragte er.

Ich dachte darüber nach. »Nein«, sagte ich, »ich akzeptiere

es. Eigentlich ist es mir sogar lieber, wenn ich so wenig wie möglich weiß.«

»Für einen Informanten eine sehr nützliche Ansicht.«

»Mich interessiert eher der zeitliche Aufwand. Jochanan meinte, daß es um eine Übergangslösung geht, die mich wenig Zeit kostet und meine Forschung nicht beeinträchtigt.«

»So ist es auch gedacht. Trotzdem wird etwas von Ihnen verlangt. Ein paar Vorbereitungstreffen, Routine-Treffen mit Jochanan ... darauf müssen Sie sich einstellen.«

»Ich weiß.«

»Worüber zerbrechen Sie sich dann den Kopf?«

Ich versuchte, mein Lächeln zu unterdrücken. »Das fragen Sie mich jetzt?«

»Sie können Ihre Meinung immer noch ändern.«

»Will ich aber nicht.«

»Wegen des Geldes?«

Ich überlegte kurz. »Das schlage ich nicht aus. Aber ich hätte Ihnen auch unentgeltlich geholfen.«

Amnon lächelte fast. »Zu spät. Sie bekommen vierhundert Dollar die Woche.«

Die Summe war sogar noch höher als die, die Jochanan mir genannt hatte.

»Verstehen Sie mich nicht falsch, ich habe prinzipiell nichts dagegen, Geld anzunehmen.«

»Es ist immer besser, Finanzen und Ideale ausgewogen zu behandeln«, sagte Amnon, »deshalb möchte ich Sie auch bitten, das Geld nicht gleich aus dem Fenster zu werfen. Das erregt nur unnötige Aufmerksamkeit.«

»Ich habe nicht vor, es für Pelze und Diamanten auszugeben, aber wer würde das eigentlich merken?«

»Der Nachbar von gegenüber zum Beispiel.«

Der Knackpunkt war zunächst einmal Ilan und nicht der Nachbar. Zwar gab ich hier und da private Klavierstunden, aber damit verdient man keine 1600 Dollar im Monat.

»Ich werde vorsichtig sein«, sagte ich. »Wenn Sie nichts dagegen haben, würde ich gern erfahren, was ich für das Geld tun muß.«

»Moment. Da ist noch eine kleine bürokratische Sache.« Amnon gab Jochanan ein Zeichen, der daraufhin ein Formular aus seiner Aktentasche holte. Ich las gründlich: Verpflichtungserklärung, absolute Schweigepflicht, was den Inhalt des gegenwärtigen Gesprächs und aller zukünftigen betraf. Unterschrift. Vollständiger Name, Ausweisnummer und Datum.

»Danke«, sagte Amnon, als ich fertig war. »Sind Sie bereit?«

»Ich bin bereit.«

»Gut. Ihre Aufgabe läßt sich folgendermaßen charakterisieren: Sie müssen zu einer bestimmten Person in der Kirche den Kontakt halten. Sie sind seine Kontaktperson, so nennt man das. Die Informationen, die Sie von ihm erhalten, geben Sie an Jochanan weiter. Umgekehrt geben Sie die Fragen und Anweisungen von Jochanan an ihn weiter.«

»Das ist alles?« Es klang wirklich einfach. »Und dafür bekomme ich vierhundert Dollar pro Woche?«

»Brutto.«

»Wer ist der Priester?«

»Kennen Sie alle?« fragte Amnon.

»Mehr oder weniger.«

»Ich möchte, daß Sie raten.«

Das überraschte mich. Amnon wirkte nicht wie der verspielte Typ. Ich nahm mir Zeit, ging in Gedanken einen nach dem anderen durch. »Dimitri?« Das war ein Schuß ins Blaue.

»Noch ein Versuch.«

»Woran soll ich ihn erkennen?«

»Keine Ahnung. Gespür. Gerüchte. Intuition.«

Ich unterdrückte den Drang, etwas Unakademisches zu sagen. »Michail Wladimirowitsch.«

»Was wissen Sie über Michail?«

Bingo, diesmal hatte ich ins Schwarze getroffen. »Na, hören

Sie mal, ein Priester, der die Gebete nicht kennt und vergißt, sich vor dem Altar zu bekreuzigen ...«

»Gut, aber Michail ist für uns momentan nicht interessant.«

»Er ist es nicht?«

»Nein.«

»Soll ich weiterraten?«

»Nein, wir wollen keine Spielchen mit Ihnen treiben.«

Auf einmal begriff ich. »Sie wollen wissen, wie gut Ihr Mann sich zu tarnen weiß.«

»Exakt. Und Sie sollten wissen, daß ich Intuition keineswegs verachte.«

»Okay. Moment.« Ich dachte zwei weitere Minuten nach. »Ist es Sergej?«

Amnon schüttelte den Kopf. »Jochanan«, sagte er leise.

Jochanan schlug wieder seine Aktenmappe auf und reichte mir ein Foto.

»Ossip«, sagte ich, »Ossip Lichodow. Das hätte ich nicht gedacht.«

Jochanan lächelte in sich hinein. Amnon hingegen blieb ernst.

»Das ist gut so«, sagte er leise.

»Er wäre so ziemlich der letzte auf meiner Liste gewesen.« Ich war immer noch überrascht. Ossip war mir immer schüchtern und verschlossen vorgekommen, beinahe isoliert. Ein- oder zweimal hatten wir uns über Musik unterhalten. Er hatte diese Gespräche initiiert. Und jetzt verstand ich auch, warum.

Jochanan packte das Foto wieder ein.

»Das war also kein Zufall, meine Gespräche mit Ossip. Er wollte mich prüfen.«

Diesmal antwortete Jochanan. »Richtig. Die Gespräche waren keinesfalls zufällig, aber reine Routine. Wir wußten damals noch nicht, daß wir Sie brauchen würden.«

»Und was ist so plötzlich passiert?«

Beide schwiegen.

»Ich verstehe«, sagte ich, »das geht mich nichts an.«

»Richtig«, sagte Amnon.

»Trotzdem«, sagte ich, »ich vermute, daß Ossip bis vor einigen Tagen einen anderen Kontaktmann hatte.«

»Natürlich«, sagte Amnon; ich sah, wie angespannt Jochanan war.

»Vor einer Woche noch«, fuhr ich fort, »sagte Jochanan, daß unser Treffen in der Universität reine Routine sei und das erste und letzte zugleich. Warum hat er mich angelogen?«

»Er hat nicht gelogen«, sagte Amnon. »Er meinte genau das, was er sagte.« Im Gegensatz zu Jochanan war er vollkommen ruhig.

»Also, wenn Sie mich plötzlich von heute auf morgen brauchen, denke ich, daß ich ein Recht darauf habe, den Grund zu erfahren.«

»Vorhin sagten Sie noch, daß Sie nicht alles wissen wollen«, meinte Amnon. »Erinnern Sie sich?«

»Ich muß nicht alles wissen«, sagte ich, »ich will nur sichergehen, daß ich keiner Gefahr ausgesetzt bin.«

Jochanan und Amnon tauschten Blicke.

»Wenn diese Arbeit Sie auch nur minimal gefährden würde«, antwortete Amnon, »würden wir niemals jemanden wie Sie damit beauftragen.«

»Ist das alles, was Sie zu sagen bereit sind?«

Amnon sah mich an. »Nein, ich werde Ihnen ein wenig mehr verraten. Es stimmt, es ist etwas passiert, aber das steht in keinerlei Zusammenhang mit der Kirche. Ossips bisheriger Kontaktmann erhält eine neue Aufgabe. In einigen Monaten wird er nach Jerusalem zurückkehren. Aber bis dahin brauchen wir Sie. Das ist alles.«

Ich wußte, daß er log. Und er wußte, daß ich es wußte.

»Ich muß Ihnen glauben«, sagte ich schließlich.

»Das ist der springende Punkt. Auch wir müssen uns auf Sie verlassen. So funktioniert das.«

»Was mache ich also jetzt?«

»Von jetzt ab ist Jochanan Ihr Kontaktmann. Er ist Ihre einzige Verbindung zu uns. Berichte, Wünsche, alles, was zu klären ist – alles an Jochanan. Ich bin sicher, Sie werden gut miteinander auskommen.«

Ich sah Jochanan an. Er sah mich an. »Keine Sorge, mit Vergnügen«, sagte er.

Amnon warf Jochanan einen tadelnden Blick zu, sagte aber nichts, und Jochanan merkte auch nichts, natürlich nicht.

»Ich bin mir auch sicher«, antwortete ich.

»Gut«, sagte Amnon, »wie ich sehe, kommen Sie beide bestens ohne mich zurecht. Ich will Sie nicht weiter stören.« Er stand auf und gab mir die Hand. »Irith, ich freue mich, daß Sie bei uns sind.«

Ich erwiderte seinen Händedruck. »Ich hoffe, ich kann Ihnen nützlich sein.«

Er hielt meine Hand fest, als wollte er noch etwas Feierliches hinzufügen, sagte aber nur: »Kümmere dich gut um sie, Jochanan.«

Erst als er aus dem Zimmer ging, bemerkte ich, daß Amnon humpelte. »Was ist mit ihm passiert?« fragte ich Jochanan.

»Eine alte Geschichte. Eine Verletzung aus dem Jom-Kippur-Krieg. Er war Kommandeur der Panzerbrigade.«

»Was ist jetzt seine Aufgabe? Ohne ins Detail zu gehen.«

»Ohne ins Detail zu gehen – er ist für alles verantwortlich, was sich in Jerusalem abspielt. Unter anderem auch für die Kirche.«

»Ist er Ihr Boß?«

»Ja.«

»Und ist er gut?«

»In welcher Hinsicht?«

»In fachlicher.«

»Vollkommen. Fehlerlos.«

»Und sonst?«

»Was meinen Sie? Menschlich gesehen?«

»Zum Beispiel.«

»So und so. Er ist ein schwieriger Mensch.«

»Den Eindruck hatte ich gar nicht.«

»Ja, diesmal war er anders.«

»Aber Sie haben ein gutes Verhältnis.«

»Wir kommen klar.«

»Sind Sie auch außerhalb der Arbeit befreundet?«

»Nein«, sagte Jochanan. »Noch irgendwelche Fragen zu Amnon, oder können wir weitermachen?«

## 15

## Jochanan

Offiziell war die Besuchszeit im Hadassah zu Ende, aber das störte die Horden von Verwandten wenig, die immer noch bei ihren Kranken saßen. Das medizinische Personal hatte es längst aufgegeben, an die Vorschriften zu erinnern; die Leute würden auch so nach Hause finden.

In Dovs Zimmer war es ruhig, obwohl Amnon und Osnat bei ihm saßen. Dovs Anblick war nicht mehr so furchterregend: Der beängstigende Schulterverband war ihm gestern abgenommen und durch einen kleineren ersetzt worden. Das Gipsbein war aus der Halterung befreit und ruhte jetzt auf dem Bett. Auch der Tropf war weg. Rein äußerlich schien er in guter Verfassung, als ich mit zwei Agatha-Christie-Bänden unterm Arm eintrat.

»Du bist Spitze«, sagte Dov, als er die Bücher sah, »einfach großartig. Komm, setz dich.« Er rückte ein wenig, um mir auf dem Bettrand Platz zu machen.

»Nicht nötig«, sagte Osnat, »ich muß los. Amnon, kann ich das Auto haben?«

»Jochanan fährt mich«, sagte Amnon, »sonst nehme ich ein Taxi.«

Als Osnat die Tür hinter sich geschlossen hatte, sprach Amnon als erster.

»Hast du angefangen, sie einzuweisen?«

»Ja«, sagte ich. »Ich möchte, daß auch Dov mit ihr spricht, bevor sie Ossip trifft.«

»Klar«, sagte Amnon.

»Was ist klar«, sagte Dov, »nichts ist klar.«

»Nicht?« fragte Amnon.

Dov seufzte. »Amnon, bevor alles in Gang kommt, muß ich dir sagen, daß ich bei dieser Sache Bauchschmerzen habe. Das Mädel ist bestimmt nett, schlau und alles. Aber ihre Einweisung soll sich auf fünf, sechs Treffen beschränken. Hast du so was schon mal gehört?«

»Was schlägst du statt dessen vor?« fragte Amnon mit einer Ruhe, die nichts Gutes verhieß.

»Keine Ahnung. Ich habe noch nicht darüber nachgedacht, aber –«

»Aber ich«, brauste Amnon auf. »Und der Grund, warum ich darüber nachgedacht habe, ist, daß von mir erwartet wird, solche Entscheidungen zu treffen. Ich sollte jemanden finden? Ich habe jemanden gefunden.«

Dov und ich wechselten Blicke.

»Gut«, sagte Dov, »und warum regst du dich dann so auf?«

»Weil ich euer Getue satt habe«, sagte Amnon unterkühlt. »Mir reicht's. Ich habe mir über diese Sache tagelang den Kopf zerbrochen. Meint ihr, ich bin mit der Lösung zufrieden? Bin ich nicht, aber ihr könnt mir glauben, es gibt keine andere. Also tut mir beide den Gefallen und hört mit dem Gejammer auf: Es ist nicht genug Zeit, sie ist nicht geeignet, und draußen ist es zu warm. Statt euch zu beklagen, solltet ihr euch lieber überlegen, was Dov zu ihrer Einweisung beitragen kann.«

Ich sah, wie Dov vor Wut rot anlief, und wechselte rasch das Thema. »Weißt du schon, wann du entlassen wirst?«

Uns dreien war klar, daß wir Irith nicht ins Hadassah bestellen konnten. Außerdem durfte sie Dov weder sehen noch seinen richtigen Namen erfahren.

»In zwei Wochen«, antwortete Dov knapp.

»Okay«, sagte ich, »warten wir also ab, bis du hier raus bist. Dann richten wir dir eine Gesprächskabine im Hotel ein.«

Eine solche Kabine ließ sich schnell arrangieren. Eine Art Vorhang, die Irith und Dov voneinander trennen würde. So konnte sie ihn hören und mit ihm sprechen, ihn aber nicht sehen. Nicht besonders ausgeklügelt, aber wirkungsvoll.

»Ich will ihr auf keinen Fall Angst machen«, sagte Dov.

»Schon okay«, sagte Amnon, »sie weiß, daß du Ossips bisheriger Kontaktmann warst. Und daß du binnen weniger Wochen eine neue Aufgabe übernimmst. Du bist nicht verwundet worden, dir ist nichts passiert.«

»Eine Gesprächskabine«, lenkte Dov ein, »dann kann ich sie gar nicht mit meinem klassischen Profil beeindrucken?«

»Du wolltest ihr doch keine Angst machen«, erinnerte ich ihn.

»Wie süß von dir. Und bis dahin spricht niemand mit Ossip?«

»Jochanan wird sich vorerst um ihn kümmern«, sagte Amnon.

»Wie erklären wir ihm, was passiert ist?«

»Die gleiche Geschichte. Du hast eine neue Aufgabe. Eine sehr dringende.«

»Er ist nicht Irith«, sagte Dov. »Er wird merken, daß etwas faul ist.«

»Kann sein«, sagte Amnon, »aber Ossip ist vom Fach. Er weiß, wann Fragen angebracht sind und wann nicht.«

## 16

Die Ben-Jehuda ist durch ihren Boulevardcharakter ein idealer Ort für geheime Treffen. Ein unaufhörlicher Strom von Kindern, Touristen, Nonnen, Soldaten, Punks, Charedim zieht aneinander vorbei und verschmilzt zu einem Konglomerat unterschiedlicher Altersgruppen, Hautfarbe und Professionen, wie es nur in einer verrückten Stadt wie Jerusalem zu finden ist. Im Priestergewand wäre Ossip im Straßenbild deshalb kaum aufgefallen, dennoch zog er es vor, in Zivil zu erscheinen. Ich fand ihn im Buchladen, wo er in einem englischsprachigen Schachbuch blätterte. Ich ging ein Regal weiter und zog irgendein Buch heraus. Langsam blätternd näherte ich mich Ossip.

»Sind Sie Schachliebhaber?« fragte ich, ohne meinen Blick vom Buch zu heben.

Ossip schaute mich für einige Sekunden an und wandte sich dann wieder den Diagrammen in seinem Buch zu. Er sagte lange nichts, und ich machte mir fast schon Gedanken, warum er mich nicht erkannte, als er leicht hustete.

»Das Buch handelt von der Weltmeisterschaftspartie zwischen Fischer und Spasski 1972. Erinnern Sie sich noch daran?«

Ossip hatte alle Anlagen für einen klassischen Agenten. Er beherrschte mehrere Sprachen, verfügte über eine breitgefächerte Bildung und ausgesprochen starke Nerven. Dabei sah er aus wie der Mann vor dir im Supermarkt, und das, obwohl ihm in diesem Augenblick ein gutes Dutzend Fragen durch den Kopf schießen mußten.

Ossip verfolgte eine der endlosen Buchstaben-Zahlen-Kombinationen und ignorierte mich vollkommen. Derweil bemühte ich mich krampfhaft, meinem Gedächtnis das wenige zu entreißen, was ich über diesen Wettkampf wußte. »Wenn ich mich nicht irre, war Boris Spasski Weltmeister, und Fischer besiegte ihn.«

Ossip schaute auf. »Er besiegte nicht nur Spasski«, korrigierte er mich, »sondern Rußland. Die Sowjetunion. Die gesamte Nation versuchte, Spasski zu helfen. Die Großmeister, die besten Köpfe. Krogius, Petrosjan, Tal. Alle.«

»Bei so vielen Beratern ist es kein Wunder, daß er verloren hat«, sagte ich.

Ossip lachte leise. »So habe ich es noch nicht betrachtet. Sie meinen also, er wäre allein besser zurechtgekommen? Kann sein. Ja, kann wirklich sein. In Rußland hieß es damals aber nicht: ›Spasski unterlag Fischer‹. Die Kommentatoren erweckten vielmehr den Eindruck, als hätte die Sowjetunion einen Krieg gegen Amerika verloren.«

»Das klingt mir etwas übertrieben«, sagte ich.

»Keineswegs. In Rußland war Schach schon immer ein Nationalsport. Eine Religion. Und dann kommt so ein Amerikaner daher und wirft das Theoriegebäude einer ganzen Schachgeneration um ... und wie er das tat ...« Ossip blätterte eine Seite um und seufzte. »Man könnte stundenlang darüber diskutieren, aber wer hat schon die Zeit dazu. Ich werde lieber die Partie zu Ende verfolgen und dann bei *Goldmann* einen Kaffee trinken gehen. Es soll dort auch ausgezeichneten Kuchen geben.«

Ich stellte mein Alibibuch ins Regal zurück und trollte mich. Auf dem Weg zum Ausgang blieb ich bei den Musikbüchern hängen; keine Ahnung, welcher Teufel mich ritt, aber als ich den Laden verließ, hatte ich tatsächlich eine Bach-Biographie gekauft. Selbst wenn ich in nächster Zeit nicht zum Lesen kam, würde Johann Sebastian im Wohnzimmer einen guten Eindruck machen.

Ossip innerlich verfluchend, schlenderte ich den Boulevard zur Konditorei *Goldmann* hinunter. Ein Blick durch das Schaufenster mit der Kuchenvitrine machte mir unmißverständlich klar, daß ich hier unter tausend Kalorien nicht wieder rauskommen würde. Und das noch vor dem Mittagessen. Schnell suchte ich nach Argumenten, die mindestens ein Stück Torte rechtfertigen würden. War ich mit Alex nicht neulich erst joggen? Das würde ich in Zukunft öfters machen.

Ich hatte schon eine Tasse Kaffee vor mir stehen, als Ossip hereinkam. Mit schnellem Rundum-Blick erfaßte er das Café und setzte sich mir gegenüber. Gleich darauf kam die Kellnerin. Ich schwankte kurz zwischen einem einfachen Croissant und einem Stück Torte. Und gab mir eine schlechte Note in Willenskraft.

Die nächsten Minuten vertrieben wir uns mit einem banalen Gespräch über Schach. Es stellte sich heraus, daß Ossip von klein auf Schach gespielt hatte. Er war sogar Mitglied in einem Leningrader Schachclub gewesen.

Erst als die Kellnerin den Kuchen gebracht hatte und sich wieder entfernte, kamen wir zum Thema. Ossip war direkt und schnell.

»Was ist mit Dov passiert?« fragte er.

»Es geht ihm gut. Ich soll Ihnen Grüße ausrichten.«

»Was ist mit ihm?«

»Er bekommt eine neue Aufgabe. Nur vorübergehend.«

»Einfach so? Auf einmal?«

Es war mir unangenehm, Ossip anzulügen. Das war nicht fair – sofern man in unserem Beruf von Fairneß reden konnte. »In unserem Metier passieren oft unerwartete Dinge«, sagte ich.

Ossips Augen funkelten. »In unserem Metier passieren auch andere Dinge.«

Ich spürte, daß er mir nicht vertraute, und versuchte, meiner Stimme einen überzeugenderen Ton zu verleihen. »Dov muß woanders Feuerwehrmann spielen. Das wird einige Monate dauern.«

Ossip schloß die Augen. Er atmete zweimal tief durch. Und das war's. »Wer löst ihn ab?« fragte er.

Mit Sicherheit wollte er tausend andere Dinge wissen. Was ist Dov wirklich passiert? Wo ist er? Warum hat er nicht mit mir gesprochen, bevor er weg ist? Geht es ihm gut? Lebt er überhaupt noch?

Ossip stellte keine dieser Fragen. Er hatte mehrere Jahre mit Dov zusammengearbeitet. Er kannte ihn. Trotzdem unterdrückte er den Wunsch, weitere Einzelheiten zu erfahren. Bis heute glaube ich, daß die Notwendigkeit, mit einem schnellen Schnitt alles zu durchtrennen, was dich mit einem anderen Menschen verbunden hat, der schwierigste Teil unseres beschissenen, selbstgewählten Berufes ist. Ein Mensch, den du gekannt hast. Mit dem du gegessen, getrunken und gelacht hast. Mit einem Mal ist er verschwunden. Und du darfst nichts darüber wissen. Du darfst nicht einmal nach ihm fragen.

»Vorläufig bin ich Ihr neuer Kontaktmann«, beantwortete ich Ossips Frage.

»Und danach?« Ossip zeigte keinen Anflug von Gefühlen. Das konnte er sich nicht erlauben.

»Irith Dolev.«

»Die Musikwissenschaftlerin?« Er vergaß zu kauen und schaute mich verwirrt an.

»Ich hoffe, daß sie in drei Wochen einsteigen kann.«

»Wollen Sie mich auf den Arm nehmen?«

»In drei Wochen«, wiederholte ich.

»Was ...« Er suchte nach Worten. »Ihr habt sie absichtlich bei uns eingeschleust? Arbeitet sie schon lange für euch?« Ossips Stimme klang besorgt, und ich konnte ihn verstehen. Wenn Irith eine von uns war und er nichts davon wußte, bedeutete das, daß wir ihm Informationen vorenthalten hatten. Und es hieß auch, daß seine Instinkte nicht scharf genug gewesen waren, Irith auf Anhieb zu identifizieren.

»Nein«, sagte ich, »sie hat noch nicht angefangen.«

»Demnach ist sie kein Profi?«

»Ihr Fachgebiet ist nach wie vor die Musik.«

Ossip schwieg wieder und zog nachdenklich die Brauen zusammen. Ich wußte, daß er einen Zusammenhang suchte zwischen Dov und der neuen Information über Irith. Es bedurfte nicht Ossips Intelligenz, um zu begreifen, daß Dov etwas zugestoßen sein mußte. So plötzlich, daß wir gezwungen waren, von heute auf morgen eine blutige Anfängerin zu rekrutieren. So plötzlich, daß Dov ohne ein Wort von der Bildfläche verschwunden war.

»Dov geht es gut«, sagte ich beinahe flüsternd und bereute es sofort. Das hätte ich mir verkneifen können. Ossip jedenfalls reagierte nicht darauf, als hätte er es überhört.

»Ich denke, daß es für Sie leichter werden wird, Ossip«, sagte ich laut und versuchte, ihn aus seinen Gedanken zu reißen.

»Ah, ja«, er zuckte mit den Schultern, »ich muß die Kirche nicht verlassen, um mit ihr zu sprechen.«

»Dov hat erzählt, daß Sie sich schon mal mit ihr unterhalten haben«, sagte ich.

»Ja, ja. Ich habe sie überprüft.«

»Worüber haben Sie geredet?«

»Nun, worüber werden wir schon geredet haben? Über Musik. Sie unterhält sich mit allen Priestern. Und ganz bestimmt mit einem, der mit theoretischem oder historischem Wissen über das Gebet und die Liturgie aufwarten kann.«

»Und Sie können das?«

»Ich würde sagen, ja.«

»Woher?«

Ossip lachte. »Ich habe mich in meiner Jugend noch mit anderen Dingen beschäftigt als Schach.«

»Musik, zum Beispiel«, sagte ich.

»Zum Beispiel.«

»Was noch?«

»Oh, da muß ich nachdenken. Philosophie, Mathematik, Sprachen.«

»Auch Theologie?«

»Nein, natürlich nicht.«

»Wieso natürlich nicht?«

»Sie sollten sich wirklich ein wenig mit russischer Geschichte beschäftigen.«

Das saß, immerhin hatte ich einen B. A. in Politikwissenschaften.

Ossip fuhr fort: »In meiner Jugend war es geradezu unmöglich, Theologie zu studieren, und wenn, dann nur für ganz wenige. Auf der Straße war es so gut wie verboten, überhaupt über Religion zu sprechen.«

»Was haben Sie dann studiert?«

»Was alle studierten. Ökonomie und Politologie, aber es gab auch Möglichkeiten abseits der ausgetretenen Pfade. Wer Augen und Ohren offenhielt, offenhalten *wollte*, lernte auch die richtigen Leute kennen, konnte viele Dinge erfahren. Inoffiziell, natürlich.«

»War das nicht gefährlich?«

»Alles, was nicht offiziell war, war gefährlich.«

Wie sind Sie dann zur Kirche gekommen, wollte ich fragen. Doch uns blieb nicht mehr viel Zeit. Ein anderes Mal vielleicht. Jetzt mußte ich mich auf das Hauptsächliche konzentrieren.

»Was geht in der Kirche vor?« fragte ich.

Ossip sah aus dem Fenster. »Wenn es etwas Interessantes gegeben hätte, meinen Sie, dann würde ich Ihnen einen Vortrag über Schach halten? In der Kirche ist alles ruhig. Michail fährt nächste Woche wieder ins Ausland.«

»Und was bedeutet das?«

Ossip zuckte mit den Schultern. »Eine Konferenz oder etwas Ähnliches, heißt es offiziell. Aber wenn Sie mich fragen: Michail versucht, eine neue Funktion zu bekommen, an einem neuen Einsatzort. Vielleicht auch einem alten.«

»Zurück nach Rußland?«

»Kann sein. Schwer zu sagen. Immerhin ist er Oberst beim KGB. Vielleicht hat er das Gefühl, daß Jerusalem zu klein für ihn geworden ist, oder er hat die Stadt auch einfach nur satt. Keine Ahnung. Eins steht jedenfalls fest: In letzter Zeit reist er zuviel.«

***

Ich ließ Ossip bei Kaffee und Kuchen im *Goldmann* sitzen und fuhr ins Büro. Es waren weder Anrufe noch andere dringende Nachrichten oder Aufträge für mich gekommen, so daß ich mich zur Abwechslung sofort hinsetzte, um das Gespräch mit Ossip zusammenzufassen, solange es noch frisch war.

Ein Klopfen an der Tür unterbrach mich. Amnon schaute herein.

»Du bist also doch schon da?« fragte er. »Ich war mir nicht sicher.«

»Bin gerade von Ossip zurück und halte das Gespräch. Wie geht es Dov?«

Amnon setzte sich. »Er humpelt schon wieder über den Gang. Jetzt habe ich einen Leidensgefährten, dummerweise habe ich das Gefühl, er wird mich bald herausfordern.«

»Herausfordern – wozu?«

»Wahrscheinlich zum Wetthumpeln.«

Das war lustig, lustig schon deshalb, weil Amnon nie Witze machte. Oder kannte ich ihn nicht gut genug?«

»Und, hat Ossip nach Dov gefragt?« wollte Amnon dann wissen.

»Nur kurz. Er hat sich wie erwartet schnell mit der offiziellen Version zufriedengegeben.«

»Hat er sie dir auch abgekauft?«

»Da bin ich mir nicht so sicher, aber er hat nicht weiter nachgebohrt.«

»Gut«, sagte Amnon, »vielleicht erzählen wir es ihm irgendwann. Es steht ihm zu, die Wahrheit zu erfahren. Vielleicht.«

»Er ist ein ganz besonderer Typ«, sagte ich, »er hätte bei uns richtig Karriere machen können. Oder beim KGB.«

»Ich hoffe nur, daß er beim KGB keine macht.«

»Das glaubst du doch selbst nicht«, sagte ich.

Amnon lachte. »Stimmt. Er hat seine Loyalität oft genug bewiesen.«

»Warum arbeitet er eigentlich für uns?«

»Nicht wegen Geld.«

»Ideologie?« fragte ich.

»Kann sein.«

»Welche?«

»Ich bin noch nicht dahintergekommen«, sagte Amnon, »aber er macht seine Arbeit. Das genügt mir.«

»Ich weiß nicht«, sagte ich.

»Was heißt das?«

»Ich traue ihm nicht.« Überrascht machte ich eine kleine Pause. »Irgendwie habe ich ein komisches Gefühl. Ein Mann mit seinen Fähigkeiten, und trotzdem hatte ich einen Moment lang das Gefühl, daß er sich nicht mal selber traut.«

»Damit steht er nicht allein da«, erwiderte Amnon langsam. »So wie ihm ergeht es einigen. Du wirst sie auch noch kennenlernen.«

## 17

»Mit mir ist alles in Ordnung. Wirklich. Sie brauchen sich keine Sorgen zu machen.«

»Warum habe ich nur das Gefühl, daß ich nervöser bin als Sie?«

Irith lächelte. »Weil Sie tatsächlich nervöser sind als ich, und wenn es Ihnen hilft, bin ich gern bereit, alle Lektionen zu wiederholen, die ich in den letzten Tagen eingetrichtert bekommen habe.«

»Nicht nötig«, sagte ich. »Hauptsache, sie haben die richtige Wirkung erzielt.«

Und das hatten sie offensichtlich. Irith wirkte selbstsicher, und sie hatte alle Instruktionen verarbeitet, die ich ihr gegeben hatte. Ein Grundkurs in konspirativer Nachrichtentätigkeit: wie man nicht auffällt, wie sie mit mir in Kontakt tritt, was man in einer Notsituation unternimmt.

Auch Amnon hatte sie gründlich eingewiesen. Das Treffen

mit ihm beschrieb Irith salopp als »sechzig Minuten in Zionismus«. Trotzdem hatte er Eindruck auf sie gemacht.

»Er hat mir zu verstehen gegeben«, erzählte sie, »daß die Gewissensbisse, die ich gegenüber Ilan, Viktor Geller und allen anderen habe, völlig legitim sind. Daß es sogar eigenartig wäre, wenn ich keine hätte.«

Bei den Treffen mit Dov war sie geradezu perfekt. Ruhig, sachlich, wach, mit einem ausgezeichneten Gedächtnis für Details. Es war eine vollkommen neue Erfahrung für sie, doch ließ sie sich nicht zu albernen oder anderen kontraproduktiven Bemerkungen hinreißen.

Dov war vollkommen meiner Meinung. »Schade, daß sie nur vorübergehend bei uns ist«, sagte er, »sie hat genau, was man für unser Busineß braucht. Die richtige Begabung in der richtigen Dosierung.«

Amnon hatte das von Anfang an gespürt, ging es mir durch den Kopf, während ich jetzt Irith anschaute.

»Soll ich Sie in der Nähe der Kirche absetzen?« bot ich an.

»Danke. Ausgerechnet heute bin ich mit Ilans Fiesta da.«

»Kann ich Sie zum Wagen begleiten?«

Sie lachte. »Da gibt es nichts zu begleiten. Ich parke genau vor der Tür.« Sie zeigte auf ihr Auto.

Wir schauten uns einige Sekunden an.

»Gut«, sagte ich, »dann viel Erfolg.«

Irith stand auf. »Es ist alles eine Frage der Nervenstärke«, zitierte sie mich.

»Alles eine Frage der Nervenstärke«, wiederholte ich.

»Mir geht es gut«, sagte sie.

»Ich weiß«, sagte ich.

Dennoch, meine letzten Bedenken wollten einfach nicht verschwinden. Sie wird schon klarkommen, versuchte ich, mich zu beruhigen, als sie losgefahren war. Bis hierher war Amnons Plan aufgegangen. Und wenn wir alle, Amnon, Dov und ich, zu dem gleichen Ergebnis kamen, schien soweit wirklich alles in Ordnung zu sein. Und da fiel mir ein kurzer Satz ein, den mir Dov wie nebenbei zugeworfen hatte, als wir das Hotel nach dem dritten Treffen mit Irith verließen.

»Vorsicht, Jochanan«, sagte er und legte mir die Hand auf die Schulter.

Ich wußte sofort, was er meinte, und wurde beinahe rot. »Merkt man was?«

»Ich hab's vom ersten Augenblick an gespürt«, sagte Dov, »und ich bin überzeugt, Frau Doktor hat es auch längst bemerkt. Paß auf dich auf.«

Was gibt es da schon aufzupassen, dachte ich. Wir würden uns in den nächsten Monaten ohnehin nur ein paarmal sehen. Fünf oder sechs Treffen. Das war alles.

## 18

## Irith

Jochanan gegenüber die Selbstsichere zu spielen war nicht schwer gewesen, aber auf dem Weg zur Kirche konnte ich meine Nervosität kaum zügeln. Mein Puls galoppierte, als hätte die Jagd auf mich bereits begonnen. In Gedanken wiederholte ich die vielen beruhigenden Worte, die man in den letzten Wochen zu mir gesagt hatte: Das ist eine todsichere Sache, niemand wird Verdacht schöpfen; da kann nichts schiefgehen (im schlimmsten Fall eine kleine Unannehmlichkeit, hatte Amnon gesagt); das muß einfach klappen, seien Sie ganz beruhigt …

Doch das alles erlöste mich nicht von den Magenkrämpfen, die mich überfielen, als ich den Kiesweg entlang auf den Haupteingang der Kirche zusteuerte und den halbdunklen Gang betrat.

Ich fand Pater Nikolai im Chorraum. Die Sängerinnen waren

noch nicht eingetroffen, und er war in ein angeregtes Gespräch mit Swetlana, der Chorleiterin, vertieft. Als er mich sah, lud er mich mit einer Handbewegung ein, mich zu ihnen zu gesellen, und fuhr begeistert fort, über die eigentlichen Ursprünge des russischen Gebetes und der Liturgie zu dozieren. Nikolai pflegte mit viel Pathos zu sprechen und unterstrich seine Ausführungen mit ausladenden Gesten – die unverfälschte Begeisterung eines Menschen, der nicht nur wußte, wovon er redete, sondern auch mit dem Herzen dabei war.

So interessant es auch war, diesmal war ich unkonzentriert. Ich schlüpfte in die Rolle der zurückhaltenden Zuhörerin und gab mir Mühe, meine Ungeduld zu verbergen. Hoffentlich würde er seinen Redefluß nicht unterbrechen und mich nach meiner Meinung fragen. Ich versuchte, nicht an Swetlana zu denken, die mir im Sekundentakt lange prüfende Blicke zuwarf.

»... kurz gesagt«, sagte Nikolai, »wir sollten die Musik verstehen, die wir hier singen, deshalb müssen wir uns mit der russischen Folklore befassen. Es wird immer vom Einfluß der byzantinischen Kirche, vom Einfluß der russischen Kirche gesprochen ... gut, in Ordnung. Ich will das keinesfalls in Abrede stellen. Doch habe ich noch keinen Wissenschaftler gesehen« – und hier warf er mir einen strengen Blick zu –, »der sich in unseren Dörfern kundig macht, zuhört, vergleicht, versteht ...« Seine schwarzen Augen ruhten abwartend auf mir.

Ich zuckte mit den Schultern. »Von mir aus gern. Arrangieren Sie mir eine Rundreise durch die Dörfer Rußlands?«

Nikolai brach in Gelächter aus, ergriff meine Hand und schüttelte sie kräftig. »Guten Tag, Irina«, sagte er liebevoll. »Ich muß mich entschuldigen. Aber Sie kennen mich ja. Und mein Temperament. Wenn ich die Gelegenheit habe, einen Monolog zu halten, kann mich niemand bremsen.«

»Wissen Sie«, sagte Swetlana, bevor ich reagieren konnte, »er möchte, daß der Chor jede Woche ein paar Stunden Volksmusik hört.«

»Ja, unbedingt.« Nikolai ließ mich gar nicht zu Wort kommen. »Ich verspreche Ihnen, Sie werden den Unterschied hören. Wenn der Chor richtig an die Sache herangeführt wird, ist es für alle Unterricht und Vergnügen zugleich ...«

»Und Zeitverschwendung«, unterbrach ihn Swetlana gelassen, »und für Irina ein ganz schlechter Empfang. Sie ist heute ohnehin schon nervös, da werden ihr unsere ewigen Diskussionen gerade noch gefehlt haben.«

»Ach nein, eigentlich nicht«, versuchte ich zu entgegnen, aber meine Tonlage fiel etwas zu hoch aus. Ich rang um ein Lächeln. »Ich bin heute nur ein bißchen in Eile.« Merkte man mir meine Nervosität so sehr an?

»Sie sehen prächtig aus«, entschied Nikolai, »aber Swetlana hat recht. Ich muß mich mit *ihr* streiten, nicht mit Ihnen. Gut, also Sie haben es eilig, und ich rede trotzdem weiter. Möchten Sie an der Chorprobe teilnehmen?«

»Es lohnt sich«, sagte Swetlana, »wir werden heute an ›Avinu sche-ba-schameim‹ arbeiten.«

Normalerweise nahm ich an den Chorproben teil, doch heute hatte ich andere Pläne. »Ich bin nicht sicher, ob ich die Zeit habe«, sagte ich zögerlich, »eigentlich wollte ich mich mit Nikolai über ein spezielles Thema beraten.« Swetlanas Anwesenheit machte mir zu schaffen, am besten, ich bugsierte Nikolai in mein kleines Büro, wo wir in Ruhe reden konnten.

»Wenn ich Ihnen behilflich sein kann, mit Vergnügen«, bekräftigte Nikolai. »Welches Thema interessiert Sie?«

Ich versuchte, möglichst gleichgültig zu klingen. »Ich benötige mehr Material über die griechisch-orthodoxe Kirche. Wie diese Strömung den Gesang der russisch-orthodoxen Kirche beeinflußt hat. Historisch gesehen, verschiedene Ansätze zur Umsetzung, Quellen ... ja, insbesondere Quellenmaterial.«

Nikolai strich sich nachdenklich über seinen Bart, während ich erneut das Gefühl loszuwerden versuchte, daß Swetlanas Blicke alles andere als Zufall waren. »Die Einflüsse der griechischen Kirche«, sagte er, »sind nicht gerade mein Spezialgebiet. Dazu kann ich nur wenig sagen.«

»Kennt sich hier niemand damit aus?« fragte ich. Für eine Sekunde stockte mir der Atem.

Nikolai überlegte noch ein Weilchen. »Vielleicht sollten Sie mit Ossip sprechen«, sagte er schließlich.

Ich unterdrückte ein freudiges Lächeln. »Ossip?«

»Ich weiß, daß er sich mit diesem Thema mal näher beschäftigt hat. Es ist schon Jahre her, aber vielleicht kann er Ihnen helfen.«

Wir fanden Ossip im kleinen Garten. Konzentriert hörte er sich meine Fragen an. Dann nickte er und meinte, es sei das beste, wenn wir zusammen in die Bibliothek gingen. »Dort finden wir entsprechendes Material«, sagte er.

Nikolai entschuldigte sich, er mußte zurück zur Chorprobe. Und überhaupt (und hier trat ein gutmütiges Lächeln auf sein Gesicht) könne er mit der Energie der jungen Leute nicht mehr mithalten.

***

Ossip gab auch nicht das kleinste Erkennungszeichen von sich. Erst als wir in einem entlegenen Winkel der Bibliothek saßen und die Bücher vor uns aufschlugen, lächelte er für einen Moment.

»Hier werden wir nicht abgehört«, sagte er auf russisch, »aber Vorsicht ist trotzdem geboten.«

»Sollten wir vielleicht rausgehen?« Ich versuchte, die Stimme zu senken, ohne in einen Flüsterton zu verfallen.

»Vorläufig ist das hier in Ordnung«, sagte er, »wir werden noch genug Spaziergänge im Hof unternehmen.«

So viele auch wieder nicht, dachte ich, es geht ja nur um ein paar Monate.

Ossip blätterte in einem der Bücher. »Falls Sie wirklich mehr über den Einfluß der griechischen Kirche auf uns wissen möchten, nur zu.«

Ich lachte. »Möglich ist alles«, sagte ich. »Es lassen sich viele Gesichtspunkte und Betrachtungsweisen in eine Forschung einbeziehen. Doch ich muß mich auf das Wesentliche konzentrieren, sonst bringe ich meine Arbeit nie zu Ende.«

»Das wollen wir auf keinen Fall«, sagte Ossip und lächelte ironisch.

»Außerdem«, sagte ich, »bekommen wir sonst Probleme mit Geller ... kennen Sie ihn?« Natürlich weiß er, wer das ist, sagte ich mir. Schließlich muß er alles wissen.

»Ihr Professor, wenn ich mich nicht irre«, sagte Ossip.

»Stimmt«, sagte ich. »Er hätte kein Verständnis dafür, wenn ich mich plötzlich auf die griechische Kirche konzentriere.«

»Können Sie ihn nicht irgendwie austricksen?«

Ich schüttelte den Kopf. »Nicht Geller.«

»Okay.« Ossip stand abrupt auf. »Ich begleite Sie nach draußen.«

»Ist etwas passiert?« Ich schaute mich um, ob jemand in die Bibliothek gekommen war.

»Nikolai erwähnte, Sie hätten es eilig. Sie müssen konsequent bleiben.«

»Hab' ich vergessen«, gab ich zu. Ich stand auf und half Ossip, die Bücher zurück in die Regale zu stellen. »Gibt es noch etwas, worüber wir reden müßten?« fragte ich wie nebenbei.

»Nichts Neues unter der Sonne«, erwiderte er, »aber das ist für die letzten Monate charakteristisch.«

»Und das ist gut so, nehme ich an«, sagte ich.

»Die Interpretationen überlasse ich den klugen Köpfen, mit denen Sie arbeiten.«

Wir verließen die Bibliothek und gingen die breite Treppe hinunter, die in die große Säulenhalle am Eingang führte.

»Gut, Doktor Dolev«, wurde Ossip auf einmal förmlich. »Es hat mich gefreut, Ihnen helfen zu können. Falls Sie noch Fragen haben, finden Sie mich in der Bibliothek.«

»Vielen Dank.«

Wir verabschiedeten uns in der Mitte des Ganges.

»Wir sehen uns nächste Woche«, sagte ich leise.

Ossip ging, ohne weitere Höflichkeiten auszutauschen, seiner Wege. Genau in dem Moment erschallten die ersten Töne von »Avinu sche-ba-schameim«.

Rasch lief ich den langen Gang hinunter Richtung Chorraum. Ich wollte gerade eintreten, als sich die Tür öffnete und Michail herauskam. Er schloß die Tür hinter sich und blieb vor mir stehen.

»Doktor Dolev.« Er verneigte sich leicht.

Michails bloße Anwesenheit löste stets Unruhe in mir aus. Seine wäßrigen Augen, der ausdruckslose Blick, die monotone, leicht nasale Stimme, und ausgerechnet jetzt, in dieser angespannten Situation, irritierte er mich noch mehr. Ich versuchte, ein Lächeln aufzusetzen, ich weiß nicht, ob es mir gelang. Michail versperrte mir weiter den Eingang zum Chorraum.

»Doktor Dolev«, wiederholte er, »*Sie* zu spät zur Chorprobe? Das kennt man ja gar nicht von Ihnen. Ich hoffe, es ist alles in Ordnung.«

»Alles bestens«, antwortete ich so natürlich wie möglich, »danke der Nachfrage.«

Er schaute mich weiter an. »Ich stehe Ihnen jederzeit zur Verfügung«, sagte er mit derselben flachen Intonation.

»Professor Geller und ich wissen das sehr zu schätzen.«

Er lächelte und verneigte sich ein zweites Mal. Dann trat er einen Schritt zur Seite, öffnete die Tür und machte eine einladende Handbewegung: »Bitte.«

***

Als ich aus der Kirche trat, fühlte ich mich erleichtert. Doch noch durfte ich es nicht zeigen. Alle Achtung, Irith, das war geradezu perfekt, sagte ich mir immer wieder. Amnon wäre stolz auf dich.

## 19

## Jochanan

»Gar nicht schlecht für einen ersten Bericht«, sagte Amnon. Er legte das beschriebene Blatt auf den Tisch und machte sich darauf einen kleinen Vermerk.

»Dabei hat sie keinerlei Instruktionen in der Richtung erhalten«, bemerkte ich.

Im Verfassen von Berichten wurden wir gründlich geschult, aber bei Irith hatten wir aus Zeitmangel darauf verzichtet.

»Ja, an einigen Stellen merkt man das«, sagte Amnon, »aber sie kann es auch so. Sie weiß, wo sie sich kurz zu fassen hat, und konzentriert sich auf das Wesentliche.«

»Ich glaube, sie findet langsam Gefallen daran«, sagte ich.

»Am Schreiben?«

»Überhaupt.«

»Freut mich, daß sie Gefallen daran findet«, sagte Amnon trocken. »Viel Zeit bleibt ihr dazu ja nicht.«

»Willst du etwa Dov wieder einsetzen?«

Amnon stand auf und öffnete das Fenster. »Das habe ich noch nicht entschieden. Er soll erst mal zu Hause bleiben und wieder zu Kräften kommen.«

»Ich habe ihn gestern besucht«, sagte ich. »Er hat jeden Tag Physiotherapie. Schwimmt ein bißchen. Ich glaube, er gewinnt der Situation auch positive Seiten ab.«

Amnon blickte auf die Straße hinunter. »Wenn alle so großen Gefallen daran finden«, sagte er, »warum lassen wir die Dinge dann nicht einfach laufen?«

»Was soll das heißen?«

»Das heißt, in der Kirche läuft alles ruhig. Ich würde sogar sagen, die Lage ist stabil. Was man von anderen Dingen nicht gerade behaupten kann. Lenken wir unsere Aufmerksamkeit also darauf.«

»Auf die Basken? Die ETA?«

»Das ist eine Sache, um die du dich kümmern sollst.«

Ich zuckte die Achseln. »Wie kommen die Spanier denn in dem Mordfall voran?«

Er machte eine wegwerfende Handbewegung. »Was gibt es da voranzukommen? Die Basken haben die Verantwortung für den Anschlag übernommen. Die Chance, die Mörder zu fassen, geht gegen Null.«

»Und in welcher Verbindung stehen sie zu unseren ›Cousins‹?« fragte ich.

Amnon setzte sich wieder. »Es ist noch unklar, ob Gaddafi oder die Iraner, aber jemand aus der Region unterstützt die Basken finanziell und auch technisch. Das wissen wir mit Sicherheit. Zum einen von den Spaniern, aber auch von unseren Kollegen in Amerika. Zwischen den einzelnen terroristischen Gruppen hegt man ein bestimmtes Maß an Philanthropie. Bruderschaft unter Gangstern, wenn man so will. Wir wissen zum Beispiel, daß Gaddafi terroristische Gruppen in Deutschland finanziell unterstützt. Auch in Italien, ohne daß diese Unterstützung unmittelbar seinen Interessen dient.«

»Aber diesmal«, sagte ich, »glaubst du, daß die Unterstützung rein geschäftlich ist.«

»Die Basken haben acht Millionen Dollar in bar erhalten. Dazu Waffen im Wert von dreieinhalb Millionen. Was sagst du dazu?«

»Daß wir auch ohne die iberische Halbinsel genug um die Ohren haben.«

Amnon ging nicht darauf ein. Er stand auf und humpelte zu seinem Safe. Kurz darauf hielt er eine Broschüre mit rotem Einband in der Hand: *»Der baskische Untergrund«*, sagte er, »habe ich vor einer Woche aus Spanien erhalten. Ist ins Englische übersetzt. Ein außergewöhnlich gut recherchierter Bericht mit jeder Menge Insider-Informationen. Es ist alles da: Hierarchie, Namen, Strategie, Vorgehensweisen.« Er blätterte einige Seiten um. »Am Ende findest du eine Auflistung der Terroranschläge der letzten Jahre.« Er reichte mir die Broschüre. »Lies das.«

Ich nahm das Heft und schaute es mir näher an, diese achtzig eng bedruckten Seiten schienen kein angenehmer Zeitvertreib zu sein. »Haben wir das nicht zufällig auf hebräisch?«, sagte ich resigniert.

»Lies es«, sagte Amnon. »Ich möchte auch, daß du ins Archiv gehst und das gesamte Material durchsiehst, das wir über die Basken haben. Es ist nicht allzuviel. Und schreib eine Zusammenfassung.«

»Zusammenfassung?«

»Acht, zehn Seiten. In der Größenordnung«, sagte Amnon.

»Wie dringend ist das?« fragte ich. Das hatte mir gerade noch gefehlt. Eine Zusammenfassung zu schreiben.

»Nicht sehr«, sagte Amnon. »Aber jetzt kommen wir zur eigentlichen Sache.«

»Ich höre«, sagte ich. Es war einige Wochen her, daß er erwähnte, er hätte etwas für mich im Ofen. Jetzt war es soweit.

Amnon zog eine Akte aus der Schublade. Er schlug sie auf und ließ seinen Blick darüber gleiten. »Eine alte Akte, die jetzt wieder aktuell wird. Erinnerst du dich, daß wir den französischen Attaché überprüft haben?«

»Duboux oder so ähnlich.«

»Claude Duboux. Du hast dich mit ihm beschäftigt.«

»Ich kann mich an keine heiße Spur erinnern.«

»Möglich«, sagte Amnon, »aber jetzt habe ich das Gefühl, daß wir uns Monsieur noch einmal vorknöpfen sollten.«

»Warum?« fragte ich. »Ist etwas passiert?«

»Bis jetzt nicht«, sagte Amnon, »bis jetzt nicht.«

»Wie kommst du dann darauf?«

Amnon antwortete nicht. Nicht sofort. Er blätterte die Akte in Ruhe durch und schlug schließlich wieder die erste Seite mit Claude Duboux' Foto in der oberen rechten Ecke auf. Es zeigte einen eleganten, gutaussehenden Mann knapp über vierzig, mit Krawatte und Brille. Amnon tippte mit dem Zeigefinger auf das Foto, und der Anflug eines Lächelns trat auf seine Lippen.

»Intuition«, sagte er nur.

## 20

»Wenn er sich von seinem Gehalt diese Wohnung leisten kann, verdient er nicht schlecht«, meinte Alex.

»Für unsere Begriffe tut er das. Er kriegt um die dreitausend Dollar im Monat.«

»Brutto?«

»Netto.«

Alex pfiff. »Dreitausend netto? Meinst du, die Franzosen würden mich auch nehmen?«

»Das Problem ist nur, daß Duboux fast das Doppelte ausgibt.«

»Wirklich?« Alex hielt das Fernglas dichter an seine Augen. »Wie ungezogen von ihm. Na ja, wenn die Franzosen nicht wissen, wie man das Leben genießt, wer dann?«

»Nach deinem neuen Flitzer zu urteilen, kommst du auch ganz gut zurecht.«

»Schick, was?« sagte Alex stolz. Er nahm das Fernglas herunter und tätschelte liebevoll das BMW-Lenkrad. »Gebraucht gekauft, aber das merkt man gar nicht.«

»Günstig?«

»Mein Subaru und noch tausendvierhundert dazu. Der war sowieso kurz vorm Auseinanderfallen. Moment mal«, wieder sah er durchs Fernglas, »ist er das? Soll ich Maschiach Bescheid geben?«

»Gib mir mal.« Deutlich sah ich am Hauseingang den Mann, dessen Foto ich mir sehr gut eingeprägt hatte. »Das ist er. Mach den Motor an.«

»Und wenn er zu Fuß geht?«

»Er geht nie zu Fuß. Das wäre das erste Mal, daß er kein Taxi nimmt.«

Als hätte Duboux mich gehört, winkte er ein vorbeifahrendes Taxi heran, das sofort anhielt.

»Stell Maschiach ein bißchen lauter«, sagte ich.

Alex grinste und drehte an dem Knopf eines kleinen Kästchens, das sich neben dem Radio befand. Er liebte diese Spielzeuge.

»Ibn Gvirol? Welche Hausnummer?« dröhnte Maschiachs Stimme durch den Wagen. Alex drehte schnell leiser.

»Ecke Nordau«, antwortete Duboux.

»Der spricht ja Hebräisch«, stellte Alex fest.

»Klar, ist ja auch schon drei Jahre hier.«

»Dann laß uns mal hören.«

»Sind Sie aus Paris?« Das war wieder Maschiach.

»Ja.«

»Tourist?«

»Nein.« Duboux war nicht gerade gesprächig, aber Maschiach war der letzte, der sich davon beeindrucken ließ. Taxifahrer in Israel sind eine Spezies für sich, und sie legen Wert auf gute Gespräche. Maschiach spielte den Taxifahrer nahezu perfekt: Gerade erzählte er in nervtötender Ausführlichkeit von einem einwöchigen Paris-Urlaub, der vier Jahre zurücklag, und hängte übergangslos eine Analyse des Durchschnittsfranzosen an: »Da heißt es immer, die Franzosen sind unsympathisch«, sagte er. »Ich weiß gar nicht, was die alle haben. Zu mir war bisher jeder nett.«

Maschiach laberte ununterbrochen weiter, Duboux sagte kein

Wort. Alex und ich konnten nur hoffen, daß unser Gelächter im Taxi nicht zu hören war.

»… wie klein die Welt ist«, plapperte Maschiach weiter, »ich hab' Familie in Paris. Der Bruder meiner Frau. Wohnen Sie in der Nordau-Straße?«

»Nein.«

»Dann wohnen Sie in der Dubnow, wo ich Sie aufgelesen habe, stimmt's? Eine schöne Ecke. Aber ziemlich teuer, was? Ist Ihnen das nachts nicht zu laut?«

»Manchmal.«

»Klar, aber so ist das nun mal im Stadtzentrum. Wir sind gleich da. Soll ich unten auf Sie warten?«

»Nicht nötig, danke.«

»Nachts ist es in dieser Gegend schwierig mit Taxis. Es kann sein, daß Sie eine gute halbe Stunde an der Straße stehen. Wissen Sie was, rufen Sie die Zentrale an, und ich komme Sie abholen. Das heißt, ich oder jemand anders, spielt ja keine Rolle.«

»Jetzt trägt er aber ein bißchen dick auf«, sagte Alex. »Duboux ist doch nicht blöd.«

Aber es funktionierte. Maschiach entschuldigte sich, daß er keine richtige Visitenkarte habe, während er die Telefonnummer auf einen Zettel schrieb. »Sagen Sie, daß Jossi Sie geschickt hat, und im Handumdrehen kriegen Sie ein Taxi.«

Die Telefonnummer, die er Duboux in die Hand drückte, lief über unsere Tel Aviver Leitstelle. Wir hatten zehn »freie« Nummern für verschiedene Zwecke. Schon früh am Abend hatten wir uns eine davon gesichert, und der Diensthabende wußte Bescheid. Wenn dieses Telefon klingelte, mußte er sich mit »Funktaxi-Zentrale« melden, die Adresse notieren und Alex über den Beeper eine Nachricht zukommen lassen.

Blieb nur zu hoffen, daß sich Duboux nicht auf andere Weise ein Taxi besorgte.

***

Zehn Minuten später saßen wir mit Melone und Schafskäse an der Tel Aviver Strandpromenade. Mir war heiß. Offensichtlich hatte ich mich schon an die kühlen Jerusalemer Temperaturen gewöhnt.

»Du warst großartig, Maschiach«, sagte Alex. »Bist du sicher, daß du in deinem Leben nicht mal irgendwann Taxifahrer warst?«

Maschiach war gerade damit beschäftigt, ein Stück Melone und ein Stück Käse auf seine Gabel zu spießen. »Improvisation«, meinte er mit vollem Mund, »ist das Geheimnis des Erfolgs.«

»Was hältst du von dem Franzosen?« fragte ich.

Maschiach zuckte die Achseln. »Ihr habt gehört, was ich gehört habe. Wer ist das überhaupt?«

»Französische Botschaft. Attaché für irgendwelche Angelegenheiten.«

»Und ...?«

»Schon mal was von Geheimhaltung gehört?«

»Ja, schon«, entgegnete Maschiach geduldig. »Aber, Menschenskind, wenn ich mir die halbe Nacht als Taxifahrer um die Ohren schlagen muß, kannst du mir auch sagen, was los ist. Was stimmt denn nicht mit diesem Duboux?«

»Er ist Hobby-Ägyptologe und kennt sich sehr gut im alten Ägypten aus.«

»Ja und?«

»Und hat auch nicht gerade das schlechteste Verhältnis zum heutigen Ägypten«, fügte Alex hinzu.

»Ägypten ist ein befreundetes Nachbarland«, deklamierte Maschiach im Ton eines Nachrichtensprechers.

»Sehr lustig«, sagte Alex.

»Er macht zu viele Reisen nach Ägypten«, sagte ich, »und er trifft sich mit zu vielen Leuten von der ägyptischen Botschaft. Das hat mit seiner konsularischen Tätigkeit eigentlich wenig zu tun.«

»Das ist alles?« fragte Maschiach. Er sah wenig beeindruckt aus.

»Das«, sagte ich, »und Amnons Intuition.«

»Oh«, sagte Maschiach, »dann ist vielleicht wirklich was dran.«

»Ja«, sagte Alex, »vielleicht so wie bei Phillips.«

Auch Robert Phillips war Angestellter einer Botschaft gewesen. Fern des Scheinwerferlichts der Bälle und diplomatischen Empfänge widmete sich Phillips vor allem zwei Dingen: seiner Arbeit als Übersetzer und seinem Hobby – historischen Stätten. Vor knapp zwei Jahren – damals arbeitete ich zusammen mit Ephraim und Alex noch in unserem Tel Aviver Büro – stellte sich heraus, daß Phillips neben Kirchen und antiken Festungen auch Armeestützpunkte und Flughäfen als »historische Stätten« betrachtete. Jedenfalls fand er keine überzeugendere Erklärung für die Fotos in seiner Wohnung. Über diese Angelegenheit wurde Stillschweigen bewahrt. Phillips wurde nach Hause geschickt, und die Regierung seines Landes sandte zur Beilegung des Falles eine diplomatische Note. Robert Phillips' Hobby sei in einschlägigen Kreisen nicht bekannt gewesen, hieß es entschuldigend. Es sei ja auch kein Schaden entstanden. Und nichts zur Presse vorgedrungen.

Der springende Punkt war jedoch, über welche Kanäle wir von Phillips' Fotos erfahren hatten. Ausgerechnet einem Undercover-Mossad-Mann waren sie im kommunistischen Ausland angeboten worden. Er schickte die Bilder nach Israel mit dem Hinweis, daß der Fotograf offensichtlich aus einem englischsprachigen Land stamme. Das war eine ziemlich dürftige Spur.

Wie immer in solchen Fällen wurde in Tel Aviv ein Spezialteam gebildet, mit Ephraim an der Spitze. Nach zwei Wochen erfolgloser Nachforschung griff Ephraim zum Telefon und rief Amnon in Jerusalem an. Amnon antwortete, er sei tagsüber in Jerusalem zu beschäftigt, aber er könne ja abends noch in Tel Aviv arbeiten. Was wie ein Scherz klang, sah dann so aus: Amnon verbrachte einen Abend mit dem Sicherheitschef der amerikanischen Botschaft. Den folgenden Abend machte er eine

Stippvisite beim Sicherheitschef der britischen Botschaft und schließlich bei dem der Botschaft Kanadas. Am Morgen des dritten Tages kam er in Ephraims Büro, legte die Akte von Philipps auf den Tisch und sagte: »Geht dieser Sache mal nach. Ich bin spät dran.« Eine Stunde später war er wieder in Jerusalem.

Philipps, ein kleines Rädchen im Getriebe und blutiger Amateur, gestand nach zehn Minuten Verhör. Bei der anschließenden internen Lagebesprechung wurde Amnon vom Boß gefragt, wie er aus den Dutzenden von Akten, mit denen er sich zwei Nächte um die Ohren geschlagen hatte, gerade Philipps herausgegriffen habe.

»Intuition«, erwiderte Amnon nur, »reine Intuition.«

Auf sein Konto gingen damals schon andere Enthüllungen, einige davon recht bedeutend; in der logischen Kombination winziger Details, die scheinbar nichts miteinander zu tun hatten, war Amnon unübertroffen. Bei ihm fügte sich jedes Puzzle Stück für Stück zu einem umfassenden Bild zusammen. Aber Amnon setzte problemlos noch eins drauf: Seine wahren Fähigkeiten bewies er in Situationen – und davon gab es leider recht viele –, in denen uns keinerlei Details vorlagen, nicht die geringste Spur, an die man anknüpfen konnte. Hier kam Amnons Intuition ins Spiel. In Fällen, in denen ganze Abteilungen im dunkeln tappten, deutete sein Gespür in die richtige Richtung.

Amnon hatte nie versucht, dieses Phänomen zu erklären oder die Grenze zwischen Wissen, Analysefähigkeit, Berufserfahrung und dieser beneidenswerten Begabung aufzudecken. So genügte mittlerweile Amnons Ruf, um im Falle eines Falles eine Untersuchung einzuleiten. Und wenn jemand fragte, wieso, hieß es nur: Amnons Intuition – damit war die Sache gegessen.

***

Die Nachricht traf kurz nach Mitternacht ein. Diesmal spielte ich den Taxifahrer. Wir glaubten nicht, daß Duboux sich an das

Kennzeichen erinnern würde, trotzdem tauschten wir vorsichtshalber die Nummernschilder aus.

Ich fuhr mit dem Taxi vor, während Alex' BMW in einigem Abstand unter einem Baum parkte. Ich wartete, bis Alex im Treppenhaus war. Jetzt mußte er ganz oben angekommen sein. Ich hupte, und ein paar Sekunden später ging im Treppenhaus das Licht an. Wieder einige Sekunden später erschien Duboux im Eingang. Leicht schwankend kam er zum Taxi. Ich konnte seine Alkoholfahne schon riechen, als er sich schwerfällig auf die Rückbank fallen ließ.

»Sie lassen sich's gut gehen, wie?«, fragte ich und bemühte mich um einen lockeren, kumpeligen Ton. Ich erwartete keine Antwort.

Zu meiner Überraschung lächelte Duboux und nickte. »Ihr Israelis«, lallte er, »könnt vielleicht gut kämpfen, aber viel Verstand habt ihr nicht. Na, ich hoffe, Sie sind jetzt nicht eingeschnappt.«

Ach was, ich war nicht beleidigt. Was immer er da Feines intus hatte, es machte ihn sehr gesprächig, und das war ganz in meinem Sinne.

»Sie sprechen sehr gut Hebräisch«, sagte ich als nächstes. »Wie lange sind Sie schon in Israel? Nein, lassen Sie mich raten.« Ich dachte kurz nach. »Zehn Jahre?«

»Danke, danke.« Duboux war so benebelt, daß er sich über jedes Kompliment freute. »Drei Jahre. Ich habe es in dem Ulpan gelernt, in den sie mich vom Konsulat geschickt haben.«

»Alle Achtung. Und bleiben Sie noch lange in Israel?«

Selbst für einen neugierigen Taxifahrer war das eine sonderbare Frage, aber ich wußte, daß für Duboux in seinem Zustand einige Regeln außer Kraft gesetzt waren.

»Oh, ich fühle mich hier wohl«, er sang beinahe, »wenn es nach mir ginge, würde ich noch Jahre hierbleiben.«

»Sie sind sicher schon viel rumgekommen.«

»Oh, là, là, wo bin ich noch nicht gewesen!«

»Waren Sie schon in China?«

»Ups.« Er mußte lachen und schüttelte den Kopf. »Nein, da war ich tatsächlich noch nicht. Eines Tages vielleicht.«

»Griechenland?«

»Schon oft. Fast den ganzen Sommer. Dieses Jahr auch.«

»Rußland?«

»Nein, würde ich aber gern.«

Ich zögerte kurz, bevor ich ihn weiter ausfragte. Wir erreichten gerade einen heiklen Punkt. »Und arabische Staaten?«

Duboux dagegen zögerte keine Sekunde. »Ich war in Ägypten. Auch in Beirut, aber das ist schon eine Weile her.«

»Und wie fanden Sie Ägypten? Meine Frau will unbedingt dorthin, aber was soll ich Ihnen sagen, ich kann nicht.« Eigentlich stimmte der Satz nur zur Hälfte. Tami hatte nie den Wunsch geäußert, nach Ägypten zu fahren, selbst als sie noch meine Frau war, aber ich konnte tatsächlich nicht so ohne weiteres in die arabischen Staaten reisen. Und dienstlich lagen sie außerhalb meines Zuständigkeitsbereichs, ich war nun mal nicht beim Mossad, sondern beim Inlandsgeheimdienst Schin Beth.

»Kairo ist ein wenig primitiv«, sagte Duboux, »gewöhnungsbedürftig.«

»Wie oft muß man hin, um sich dran zu gewöhnen?« Ich warf einen Blick in den Rückspiegel, um zu prüfen, wie wachsam er war.

»Was weiß ich. Ich war schon einige Male dort, aber richtig eingewöhnt habe ich mich nie.«

»Haben Sie Verwandte in Ägypten?«

Duboux' Antwort war geradezu verblüffend schlicht. »Ja«, sagte er, »meine Schwester. Sie arbeitet in der Botschaft in Kairo.«

»Wie praktisch. Ich habe Verwandte in London. Wenn ich hinfahre, weiß ich immer, wo ich wohnen kann. Spart das Hotel.« Ich hoffte, daß wenigstens Maschiach und Alex ihre Freude an meinem Gefasel hatten.

»Vor allem das *Hilton* in Kairo lohnt sich. Es ist genau wie das in Tel Aviv oder Paris. Wie in Europa«, sagte Duboux.

»Ahh«, sagte ich bewundernd, »das *Hilton*. Und das Konsulat bezahlt, stimmt's?« Ich biß mir fast auf die Zunge. Hatte er überhaupt erwähnt, daß er beim Konsulat arbeitete?

Diesmal antwortete Duboux weniger schnell. Er wirkte plötzlich nachdenklich. »Bitte«, sagte er schließlich, »halten Sie hier.«

Ich brauchte einen Augenblick, um den Taxameter zu betätigen. Duboux gab mir einen Schein. Wechselgeld wollte er keins.

***

Ich konnte aufatmen. Gleich mehrfach hatte ich mir die Aufnahme des Gespräches angehört: Gott sei Dank hatte Duboux das Konsulat erwähnt. Trotzdem wurde ich das Gefühl nicht los, daß er uns für dumm verkaufte. Ich hoffte inständig, daß ich die Sache nicht vermasselt hatte.

## 21

## Irith

Außer uns beiden war niemand im Chorraum. Bis zum Beginn des Gebets war noch über eine Stunde Zeit. Ossip saß auf der Orgelbank, gelassen wie immer, und griff in die Tasten.

»Wissen Sie, Irina«, begann er ernsthaft, »ich muß dem Schicksal für die Gelegenheit danken, mich mit Ihnen unterhalten zu dürfen. Ich hatte völlig vergessen, wie angenehm es ist, ein intelligentes Gespräch über Musik zu führen.«

»Danke«, sagte ich. »Hoffentlich erfahre ich irgendwann mal, warum das Schicksal ausgerechnet uns zusammengeführt hat.«

Dabei versuchte ich, Ossips Miene zu ergründen. Sicher weiß er mehr als ich, aber sagen wird er kaum etwas.

»Ich mache ein echtes Kompliment, von ganzem Herzen«, sagte Ossip wie zu sich selbst, »und was bekomme ich zur Antwort? Eine gut getarnte Frage.«

Gut, daß ich ihn schon besser kannte, man konnte wirklich meinen, er wäre verletzt.

»So habe ich das nicht gemeint«, sagte ich.

Ossip redete weiter, als hätte er mich nicht gehört. »In diesem Gewerbe stellt man gewisse Fragen nicht. Sie müssen sich damit abfinden, daß Sie nichts erfahren werden. Niemals.« Das letzte Wort unterstrich er mit einem disharmonischen Akkord.

Ich nickte.

»Besser so«, sprach er weiter, nachdem der Akkord verklungen war, »denn meist ist die Wahrheit viel langweiliger als die Phantasie. Eigentlich immer.«

Er ignorierte mich und spielte etwas Neues. Ein scheinbar zufälliges Sammelsurium von Klängen und Fragmenten aus musikalischen Sätzen, Farbsplittern, ungeordnet und formlos. Aber allmählich nahmen die Klänge Form an, und Ossips anfangs amüsierte und beinahe gleichgültige Miene wurde konzentrierter. Er improvisierte weiter, webte das musikalische Material zu einem farbigen Klangteppich, der den Nuancenreichtum der Orgel in sich vereinte. Hin und wieder flocht er einen bekannten Vers aus der christlichen Liturgie oder ein Thema von Bach in seine Improvisation ein.

Ich hörte ihm zu, anfangs wie eine nachsichtige Mutter einem Kind zuhört, das sein Talent unter Beweis stellen will. Bis ich erkannte, wie er die Originalfassungen in ihre Einzelteile zerlegte, sie erweiterte und die Proportionen der einzelnen Teile veränderte, bis der neue Teil in den energetischen Strom der Improvisation eingesogen wurde. Die mütterliche Nachsicht machte mehr und mehr reiner Neugier Platz und schließlich echter Bewunderung. Ossip war ein Musiker. Punkt. Und er verfügte über eine seltene und echte Begabung.

»Warum haben Sie aufgehört?« fragte ich, als er plötzlich abbrach.

Wieder legte sich dieser Schleier über sein Gesicht.

»Wo haben Sie spielen gelernt?« fragte ich weiter.

»Hier und da«, antwortete er nebulös.

»Sie spielen wunderbar«, sagte ich aufrichtig, »ich beneide Sie um diese Begabung.«

»Ach, das ist doch nichts«, meinte er leichthin.

»Spielen Sie auch andere Instrumente?«

»Ich spiele nicht, ich mache nur Lärm. Klarinette. Ein bißchen Gitarre, Schlagzeug.«

»Sind Sie sicher, daß es in Ihrer Familie nicht vielleicht Klezmer-Musiker gab?« Ich weiß nicht, wie ich auf diese Frage kam, doch sie hatte eine enorme Wirkung.

Der Vorhang der Gleichgültigkeit vor Ossips Gesicht war plötzlich zerrissen. Scharf fixierte er mich. »Klezmer ... der Hintergrund ist ein anderer«, sagte er langsam, jede Silbe betonend, »ein völlig anderer.«

Sein Blick ruhte immer noch auf mir. Offensichtlich wollte er etwas sagen, konnte sich aber nicht dazu durchringen.

»Michail fährt wieder nach Europa«, sagte er unvermittelt.

Ich schwieg.

Ossip stand auf und begann, auf der kleinen Bühne unruhig auf und ab zu gehen. »Er hat vor, nach Wien zu fliegen. Erst gestern hat er es erzählt.«

»Interessant«, erwiderte ich trocken.

Ossip lief weiter und wandte sich mir zu. »Ja, Sie haben richtig gehört«, brauste er auf, »ich habe soeben das Thema gewechselt. Und zwar nicht ohne Absicht.«

»Ich will Sie zu nichts drängen.« Ich bereute bereits, daß ich ihm die Frage gestellt hatte.

»Verzeihen Sie, Irina. Sie haben eine empfindliche Stelle

berührt.« Sein Zorn verflog so plötzlich, wie er gekommen war.

»Tut mir leid. Das wollte ich nicht.«

»Schon gut.« Ossip richtete seinen Blick auf einen fernen Punkt in der Jerusalemer Landschaft, die durch die kleine Fensteröffnung neben der Bühne zu sehen war. »Vielleicht«, sagte er mehr zu sich selbst, »können wir später einmal darüber reden.«

Ich stand auf und nahm seine Hand. Ihm war anzusehen, wie sehr er mit sich kämpfte.

»Ich vermute, du ahnst bereits, was es ist«, sagte Ossip sichtlich bedrückt.

»Ja«, flüsterte ich.

»Vorhin sagte ich noch, daß die Wirklichkeit langweiliger ist als die Phantasie.« Er lächelte in sich hinein. »Das stimmt nicht immer. Es gibt Ausnahmen.«

Ich spürte, wie er sich quälte, und wollte ihn ablenken.

»Wie kommst du darauf, daß mit Michail etwas nicht stimmt?« fragte ich sanft.

Mir war, als sähe ich Dankbarkeit in Ossips Lächeln. Er löste seine Hand aus meinem Griff, stieg von der Bühne und setzte sich in die erste Reihe. »Nichts Handfestes«, sagte er von unten herauf. Er hatte seine Stimme bereits wieder im Griff, als hätte unser Gespräch eben nie stattgefunden.

»Sondern?«

»Angesichts seiner häufigen Flüge in den letzten Monaten«, fuhr Ossip fort, »und seines Verhaltens in letzter Zeit mache ich mir Gedanken.« Zerstreut strich er sich durch den Bart.

»Wie verhält er sich denn?«

»Um es mit einem Wort zu sagen: eigenartig. Er ist ungeduldig, verschwindet für Stunden aus der Kirche und erscheint kaum noch zu den Gebetszeiten. Etwas geht in ihm vor. Und wenn in einem kalten Fisch wie Michail etwas vorgeht, muß man mit allem rechnen.«

»Was ist denn zu befürchten?«

Er zuckte mit den Schultern. »Keine Ahnung. Kann sein, daß es nur Hirngespinste von mir sind. Kann auch sein, daß es Veränderungen in Moskau gibt. Es ist alles offen.«

Na Klasse, dachte ich. Was macht man in einer solchen Situation?

»Was runzelst du so sorgenvoll die Stirn?« fragte Ossip.

»Ich weiß nicht, wie ich diese Information deuten soll«, sagte ich.

»Das ist auch nicht deine Aufgabe«, sagte Ossip. »Mußt du denn immer alles wissen?«

»Tja«, sagte ich, »immer diese wißbegierigen Forscher.«

»Irina, Musikwissenschaften – das ist eine Sache. Auf anderen Gebieten kann übertriebene Neugier sehr schädlich sein, um nicht zu sagen: gefährlich. Tu mir den Gefallen und heb dir deinen Forscherdrang für die Gebiete auf, in denen du dich gut auskennst.«

»Wahrscheinlich hast du recht«, sagte ich.

»Jedenfalls«, sprach Ossip weiter, »sollte man Michail scharf im Auge behalten. Innerhalb der Kirche übernehme ich das.«

»Und außerhalb? Soll man ihn rund um die Uhr beschatten?«

»Nicht zu direkt. Michail ist kein Anfänger, er sieht sich vor.«

»Siehst du dich auch vor?«

Statt einer Antwort zuckte Ossip nur mit den Schultern.

## 22

## Jochanan

Sarah öffnete die Tür, und ich hielt ihr die Topfblume hin, die ich in Tel Aviv gekauft hatte.

»Bekommt man dich also auch mal wieder zu Gesicht.« Doch bevor ich zu einer Erklärung ansetzen konnte, sagte sie: »Laß gut sein. Seit Dovs Verwundung in Gaza glaube ich dir sowieso kein Wort mehr.«

»Willst du mir das Ding nicht abnehmen?« versuchte ich, die Blume endlich loszuwerden.

»Dov sitzt im Garten. Nimm den Topf mit und stell ihn auf den Rasen. Wir werden schon ein Plätzchen für ihn finden.« Sarah ging in die Küche und rief über die Schulter: »Möchtest du etwas trinken? Was Kaltes?«

»Danke.« Ich folgte ihr ein Stück über den Flur.

»Wenn du Tee oder Kaffee möchtest, sag es ruhig. Oder lieber was Scharfes? Wir haben jede Menge da. Jeder zweite Besucher bringt eine Flasche mit.«

»Nein, nur eine kleine Erfrischung«, erwiderte ich und flüchtete nach draußen.

Nur mit kurzen Hosen bekleidet, lehnte Dov in einem Liegestuhl. Sein linkes Knie war verbunden, eine Krücke lag neben ihm auf dem Rasen.

Er sah mich und winkte mich heran. »Eine Topfpflanze? Bist du verrückt geworden? Fehlt es in diesem Haus etwa an Pflanzen?«

»Die bleibt hier. Unter keinen Umständen nehme ich sie wieder mit, vergiß es.«

»Stell sie in die Ecke«, er deutete auf ein Blumenbeet, »Sarah wird die Sache schon in die Hand nehmen. Ist die Akte interessant?«

»Warum fragst du?«

Dov brachte seinen Liegestuhl in Sitzposition. »Du bringst sonst nie Akten mit.«

»Dir kann man eben nichts vormachen.«

*»Observation and deduction«*, deklamierte Dov. »Na, von wem ist das?«

»Dov Rivlin?«

»Nein, nein. Es war Sherlock Holmes' Methode, aber danke für das Kompliment.«

Ich nahm einen Stuhl und setzte mich neben ihn. »Und wie geht's sonst so? Was macht die Gesundheit?«

»Gott sei Dank kann ich nicht klagen. Nur die Schulter tut manchmal noch weh. Ansonsten ist alles gut verheilt.«

Ich schaute mir die Schulter an. Eine kleine Narbe und die Nähte waren noch zu sehen. »Sieht doch ganz gut aus, nur gegen den Bauch würde ich was unternehmen.«

Dov grunzte etwas Unverständliches.

»Und was macht das Knie?«

»Die Ärzte sind zufrieden, aber trotzdem ist es beschissen. Ich kann es kaum beugen und muß mit diesem blöden Stock durch die Gegend schlurfen.« Er deutete auf seine Krücke.

»Gut. Du kannst in Amnons Fußstapfen treten.«

»Der humpelt doch auf dem rechten Bein.«

»Dann ergänzt ihr euch zumindest. Bekommst du viel Besuch?«

»Ach, jeden Tag gehen mir andere Leute auf die Nerven. Vorgestern ist sogar Ephraim aus Tel Aviv gekommen. Ah, und Micky hat angerufen und wollte wissen, wie es mir geht.«

»Der Boß? Du meine Güte.«

»Höchstpersönlich«, sagte Dov.

»Und wie kommst du mit der Physiotherapie voran?«

»Viel zu gut.« Sarah brachte ein Tablett mit Saft und kleinen kuchenartigen Pasteten. »Du müßtest mal sein Gesicht sehen, wenn die Therapeutin kommt. Ich vermute ja, daß er längst kerngesund ist. Er schauspielert nur, um die Behandlung in die Länge zu ziehen.«

»Ja, sie haben so eine kleine Blondine aus der Rehabilitation für mich engagiert.« Dov lächelte entschuldigend. »Was kann ich denn dafür?«

»Glaub ihm kein Wort. Jedesmal, wenn sie da ist, muß ich aufpassen, daß die beiden keinen Blödsinn machen.« Sarah hatte das Tablett auf einem kleinen Plastiktisch abgestellt. »Probier mal den Kuchen, Jochanan, du siehst hungrig aus.«

»Sei unbesorgt. Er schmeckt«, sagte Dov zu seiner Frau. »Hast du nicht Lust, die Dachziegel zu reparieren oder die Antenne zu richten?«

Sarah machte eine verzweifelte Handbewegung. »Okay, okay. Macht, was ihr wollt. Und, Jochanan, iß den Kuchen.«

Ich legte meine rechte Hand aufs Herz. »Ich schwöre bei allem, was mir lieb und teuer ist, daß ich ihn sofort vertilgen werde.«

»Jetzt fängt der auch schon an«, meinte Sarah und verschwand.

»Okay«, sagte Dov, »wie kommt Irith Dolev klar?«

»Sie macht einen recht guten Eindruck.«

»Und gibt's in der Kirche was Neues? Etwas Interessantes, meine ich.«

Ich genehmigte mir ein Stück Kuchen. »Alles beim alten. Ossip ist etwas aufgefallen, aber interessant würde ich es nicht unbedingt nennen.«

»Trotzdem?«

»Michail fliegt ein bißchen zu oft nach Europa. Immer für ein, zwei Tage.«

»Wirklich?« Dov trank einen Schluck Saft und dachte nach. »Gut. Das ist noch kein Grund zur Aufregung, in Rußland ist eine Menge in Bewegung. Hängt vielleicht damit zusammen.«

»Denke ich auch, aber Ossip sieht das anders.«

»Was meint Amnon?«

»Wir sind kaum dazu gekommen, über die Kirche zu sprechen.«

»Ja, er war gestern hier und hat erzählt, was für dringende Aufgaben es jetzt gibt. Er hat dir mehrere Akten vermacht, habe ich gehört.«

»Dir auch.«

»Mir?«

Ich öffnete meine Aktentasche. »Das hier«, ich reichte ihm die Broschüre, »hat Amnon mir gegeben.«

Dov begutachtete sie mißtrauisch. »Was ist das?«

»Nichts Besonderes. Ich weiß, daß du dich langweilst. Und da dachte ich mir, eine Kurzlektüre über deine baskischen Freunde könnte dich etwas ablenken.«

Dov starrte mich verdutzt an. »Bekommt man auch eine Erklärung dazu?«

Ich biß von dem Kuchen ab. »Ganz einfach«, sagte ich mit vollem Mund, »Amnon hat mich gebeten, eine Übersetzung und eine Zusammenfassung anzufertigen. Nur habe ich weder Zeit noch Kraft dazu.«

Wieder studierte Dov die Broschüre, diesmal aufmerksamer. Er blätterte durch die ersten Seiten, überflog die Einleitung. In der Zwischenzeit widmete ich mich Sarahs Kuchen, der wirklich lecker schmeckte.

»Interessant«, sagte Dov schließlich.

»Ich wußte, daß du das sagen würdest.«

»Natürlich, mit denen habe ich noch eine Rechnung offen.« Er wackelte mit seinem verbundenen Knie.

»Wie lange brauchst du für die Zusammenfassung? Diskret, versteht sich. Sagen wir acht Seiten?«

»Was heißt hier diskret?«

»Amnon.«

»Ah. Okay. Er wird nichts davon mitkriegen. Gib mir zwei Tage.«

»Du bist toll. Egal, was sonst über dich geredet wird.«

Dov lachte. »Wo wir schon bei Amnon sind ... er ist zwar manchmal ein Scheißkerl, aber er kann auch schwer in Ordnung sein. Nur ist beides gleichermaßen nervig.«

»Weil er dich aus dem Verkehr gezogen hat?«

»Ja. Sarah hat ihn für zwei Minuten in die Finger bekommen und sich sofort mit ihm verbündet. Zu mir hat Amnon dann gesagt, bis er keine Bestätigung von Sarah hat, daß ich wieder fit bin, bleibe ich zu Hause.«

»Versuch's doch mal mit der Physiotherapeutin. Dann wird Sarah die Sache schon beschleunigen.«

»Ja, so eine Physiotherapeutin würde mir schon gefallen.«

»Sie ist blond, sagtest du.«

»Und nett, sehr nett, und lacht die ganze Zeit. Leider bin ich zu alt für sie, aber wie wär's mit dir?«

»Hör auf. Als ob ich nicht schon genug Probleme mit Frauen hätte ...«

Dov richtete sich ein wenig auf. »Ernsthaft?«

»Kann man so sagen.«

»Etwas, wobei ein humpelnder Alter helfen kann?«

Ich seufzte leise. Zu gern hätte ich Dov von meinen Problemen erzählt, er war klug, sympathisch, diskret und hätte mir sicher einen guten Rat gegeben. Doch mir war schon seit einer ganzen Weile klar, daß die Schwierigkeiten mit Tami längst über die Phase hinaus waren, in der ein guter Rat noch etwas gebracht hätte. Es war einfach vorbei.

»Nein, laß mal, es ist zu kompliziert. Obwohl, eigentlich ist es ganz einfach. Mir ist nicht mehr zu helfen.«

»Das ist nicht der erste Fall, in dem die Frau und unser Beruf nicht zusammenpassen. Ich kann dir aus unserer Abteilung sofort einige Beispiele aufzählen.«

»Ich weiß.«

»Und glaub bloß nicht, daß es in diesem Haus hier immer ohne Reibereien abgeht. Wir haben auch unsere schwierigen Zeiten.«

Ich schwieg. Was sollte ich dazu sagen.

»Gut«, Dov merkte, daß ich verlegen war, »dann will ich dich nicht länger nerven. Wie ist der Kuchen?«

»Spitzenmäßig. Das muß ich Sarah sagen.«

»Brauchst du nicht. Sie hört das ständig und von allen.«

## 23

Osnats energische Anschläge waren über den ganzen Gang zu hören.

»Was hat dir die arme Tastatur getan, daß du sie so malträtierst?«

»Hi, Jonachan, er ist schon drin, bittet dich aber, ein paar Minuten zu warten«, antwortete Osnat, ohne ihr Tippen zu verlangsamen.

»Es gibt Kuchen.« Langsam holte ich die verlockende Tüte hinter meinem Rücken hervor, ohne die mich Dov nicht aus dem Haus gelassen hätte.

Damit hatte ich sie. »Kuchen, woher?«

»Von Sarah.«

»Dann sei so lieb und mach uns einen Kaffee. Du warst bei Dov? Wie geht es ihm?«

»Besser als mir.«

»Quatschkopf. Wie war es in Tel Aviv?«

»Heiß«, sagte ich.

»Apropos Tel Aviv«, sagte Osnat, als ich mit zwei Tassen dampfendem Kaffee wieder vor ihr stand, »du hast ein Fax von Alex bekommen. Vor einer halben Stunde.«

»Wo?«

Osnat deutete auf die Ablage auf ihrem Schreibtisch. »Ich bin noch nicht dazu gekommen, es in dein Fach zu legen.«

»Danke.« Ich setzte mich mit dem Fax und meinem Kaffee auf einen Stuhl in der Ecke.

Der Text war typisch Alex: »Du hattest recht. Die Franzosen haben kein Geld, weil sie es für Taxis und Huren ausgeben.« Ich lachte kurz auf. Als ich Duboux zu Hause abgesetzt hatte, war mir die Idee gekommen, daß er seine Zeit eventuell mit einem Callgirl verbrachte. Und während ich mich schon auf dem Rückweg nach Jerusalem befand, hatte Alex nachgebohrt. Er war schließlich nicht umsonst im Treppenhaus gewesen. »Eine Studentin«, las ich weiter, »Wohnung Nummer 12, dritte Etage. Ihr Preis: 600 Dollar die Nacht, für Staatsbeamte leider nicht steuerlich absetzbar. Nicht schlecht, Jochanan. Laß dich mal sehen. A.«

Zugegeben. Viel war das nicht, aber vielleicht der Anfang einer Spur. Ein Diplomat in einem fremden Land, der mehr für ein Mädchen ausgab, als er verdiente. Das konnte ziemlich heikel werden: das klassische Profil, das zur Erpressung regelrecht einlud. Ein paar tausend Dollar im Monat waren im Spionagedienst nur Kleingeld, selbst die Ägypter konnten sich das leisten. Als Gegenleistung bekamen sie eine sichere Quelle und Informationen. Meist erwiesen sich diese Informationen als zweit- oder drittklassig, doch immerhin bestand die Chance, daß sich die Investition eines Tages bezahlt machte – selbst ein Kulturattaché konnte mit streng geheimen Angelegenheiten betraut sein. Außerdem, Duboux mochte heute noch Kulturattaché sein, aber morgen war er vielleicht schon Leiter der Sicherheitsabteilung und in vier, acht Jahren – wer weiß – vielleicht sogar Botschafter in einem interessanten Land.

»So spannend?« fragte Osnat. »Du hast deinen Kaffee noch gar nicht angerührt.«

Ich faltete das Fax zusammen. »Wir werden sehen.«

»Ist Jochanan schon da?« drang Amnons Stimme aus der Sprechanlage.

Vorsichtig balancierte ich den Kaffee, die Akte und mich in sein Büro.

»Wie ich sehe, hast du die Lage im Griff«, sagte Amnon und wies auf die Kaffeetasse.

Ich setzte mich. »Bei Osnat ist auch Kuchen. Von Sarah.«

»Nicht jetzt.« Er nahm sein kleines Metallineal und begann, damit herumzuspielen.

Es herrschte dicke Luft. Angesichts der schmalen Palette an Gesichtsausdrücken, die Amnon für den Dienst bereit hielt, erkannte ich das sofort.

»Du warst in Tel Aviv«, begann er in neutralem Ton.

»Bin gestern abend zurückgekommen.«

»Alex war bei der Beschattung von Duboux dabei«, fuhr er fort, immer noch abwartend.

»Er hat mir geholfen. Und Maschiach.«

»Ich weiß. Ich habe gestern abend mit Ephraim gesprochen. Ich muß zugeben, daß ich etwas überrascht war.«

Ich sah ihn an. »Was genau stört dich? Daß die Beschattung über Tel Aviv lief?« Ich wußte, daß für Amnon Formalitäten oberste Priorität hatten, daran hätte ich denken müssen.

»Nein, die Sache hätte nicht nur nicht über Ephraim laufen dürfen, auch Alex hatte dort nichts zu suchen. Niemand hatte dort etwas zu suchen. Es war allein unsere Angelegenheit.«

»Mit ›unsere‹ meinst du Jerusalem?«

»Noch enger gefaßt, deine und meine.«

»Bevor ich nach dem Grund frage – hätte ich da allein drauf kommen müssen?«

Amnon seufzte ungeduldig und fing an, mit seinem Stuhl zu kippeln. »Hättest du. Ich dachte nicht, daß ich es extra erwähnen muß.«

»Was ist los, Amnon?« fragte ich leise. »Was stört dich an Alex? Es ist nicht das erste Mal, daß ich mit ihm zusammenarbeite.«

»Ich habe überhaupt nichts gegen Alex.«

Ich schwieg. Ich war mir keiner Schuld bewußt, also trank ich in Ruhe meinen Kaffee.

Amnon stützte seine Ellbogen auf den Tisch und beugte sich leicht nach vorn. »Jochanan«, seine Stimme klang fast warm, »jetzt hör mir mal gut zu. Meine Nase sagt mir, daß, wenn wir deinen Attaché auch nur ein wenig schütteln, jede Menge Dreck herausfallen wird.«

»Kann sein.« Ich öffnete die Akte und zog Alex' Fax heraus. »Ich habe dazu etwas Interessantes.«

»Später. Ich weiß«, er betonte das letzte Wort, »daß sich ein ernster Fall dahinter verbirgt.«

»Wie ernst?« fragte ich.

»Etwa in der Größenordnung von Israel Beer.« Er hielt inne, um meine Reaktion abzuwarten.

»Machst du Witze?« Die Frage war überflüssig, Amnon machte nie Witze. »Damit habe ich nicht gerechnet.«

»Du solltest es im Hinterkopf behalten«, sagte Amnon. »Worauf ich hinauswill, ist folgendes. Wenn die Sache anfängt, Staub aufzuwirbeln, wird sich sehr schnell die Frage stellen: Wem gehört dieser Fall? Etwas vereinfacht ausgedrückt, es geht um Zuständigkeiten.«

»Wie in der Politik.«

»Insbesondere in der Innenpolitik, ja. Stinkt zwar etwas, aber so ist das nun mal in unserem Gewerbe.«

Ich trank meinen Kaffee aus und versuchte, meine Gedanken zu ordnen. Ehrlich gesagt war ich es nicht gewohnt, in diesen Kategorien zu denken.

»Wie ich sehe, bist du geradezu entzückt«, sagte Amnon.

»Was weiß ich. Das ist alles ein bißchen ...«, ich suchte nach dem passenden Ausdruck, »ein bißchen zu hoch für mich.«

»Hier ist nichts zu hoch«, erwiderte Amnon, »bestenfalls Rasenhöhe. Und unter uns, ich hasse diese berechnenden Spielchen auch. Wenn ich heute in der Hierarchie ziemlich weit oben sitze, habe ich das einzig und allein meiner qualifizierten Arbeit zu verdanken. Angefangen habe ich hier als völliger Außenseiter, ohne irgendwen aus der Clique da oben zu kennen, und ich habe in all den Jahren weder nach oben gebuckelt noch nach unten getreten. Du kannst es dir vielleicht nur schwer vorstellen, aber ich hatte nicht immer die Freunde und die Beziehungen, die ich heute habe.« Sein Blick wanderte über die Wand und blieb an seinem Armeefoto hängen. »Oberst, Brigade-Kommandeur – in der Armee hat das vielleicht etwas zu bedeuten, aber beim Schin Beth interessiert niemanden, ob du Panzer gefahren bist.«

Ich wußte immer noch nicht, worauf er hinauswollte.

»Okay. Lassen wir die alten Geschichten. Ich wollte nur klarstellen, daß die fachliche Seite unserer Arbeit immer oberste Priorität hat, ohne Kompromisse oder Ausreden. Sie ist das kleine und das große Einmaleins, aber ...«, Amnon zog das letzte Wort in die Länge, »selbst ein alter Fuchs wie ich muß in politischen Kategorien denken. Und das bedeutet, nicht nur an mich denken. Nicht nur an die nächsten ein, zwei Jahre, sondern auch an die Abteilung, an unsere Effizienz, unser Prestige. Jetzt fragst du dich bestimmt, warum ich dir das alles erzähle.«

Ich nickte.

»Ganz einfach.« Amnon beugte sich zu mir vor. »Ich rede hier von Personalpolitik, und bei meinen Mitarbeitern denke ich immer langfristig. Speziell bei dir denke ich an eine neue Position. Ich spreche nicht von morgen oder nächster Woche, sondern über die Situation, wie sie in drei, vier Jahren sein wird. Und auf die muß man jetzt schon hinarbeiten, von allein passiert da nichts.«

Komplimente von Amnon waren eine Rarität. Und so eine feierliche Erklärung schien geradezu unfaßbar. Ich wußte, daß ich etwas Entsprechendes hätte erwidern müssen, aber mir fiel partout nichts ein. Und das sagte ich ihm.

»Gut, fahren wir fort. Wenn wir – du und ich – es schaffen, die Geschichte Duboux zu knacken, wird das beachtliche Resonanz erzeugen. Und zwar im gesamten Dienst.«

»Und dann?«

»Kurz und gut, das kann uns zu einem größeren Budget verhelfen, um ein paar fähige neue Leute zu gewinnen. Wir haben das dringend nötig.«

»Ich weiß«, sagte ich.

»Und auf der persönlichen Ebene«, Amnon wartete, um sicherzugehen, daß ich ganz Ohr war, »kann dich dieser Fall karrieremäßig voranbringen. Für die Stelle, auf der ich dich in ein paar Jahren sehe, mußt du eine Reihe von spektakulären Erfolgen vorweisen. Da heißt es schnellstens Punkte sammeln.«

»Wie viele Punkte wird Duboux bringen?« fragte ich.
»Mehr, als du denkst.«
»Okay«, sagte ich, »also schnappen wir ihn uns.«
Amnon nickte zufrieden. »Natürlich wird dann automatisch *mir* Beifall gespendet, weil ich einen alten Fall noch einmal aufgerollt habe. Für mein Ego mag das ganz nett sein, für Jochanan Raviv hingegen bedeutet das den Durchbruch, denn so einen Fall vergißt niemand so leicht. Und ich rede hier nicht nur vom Schin Beth. Wenn der Duboux-Fall wirklich internationales Gewicht hat, wird das bis zum Mossad, sogar bis zum Verteidigungsministerium durchschlagen. Darum ist es äußerst ratsam, wenn Jochanan Raviv den Fall allein löst – als Solo-Auftritt quasi. Und bevor du fragst: Ja, ich bin sicher, daß du ihn lösen kannst. Nicht, daß es leicht wird, Duboux ist nicht so dumm, wie er uns weismachen will, aber du hast das Zeug dazu.«
»Als Einzelkämpfer?«
»Das heißt nicht, daß du ab heute auf dich allein gestellt bist. Im Gegenteil, ich werde dir helfen, wo ich kann. Aber hinterher im Rampenlicht muß es ausschließlich dein Fall sein.«
Das klang gut. Fast zu gut und gleichzeitig beängstigend.
»Ich hoffe, du behältst recht«, sagte ich.
Amnon klopfte mir auf die Schulter. »Geh nach Hause, Jochanan«, sagte er, »nimm dir einen halben Tag frei. Du siehst aus, als solltest du erst mal eine Nacht darüber schlafen.«

## 24

Alex hatte es sich in einem Sessel bequem gemacht und legte die Beine auf den Tisch. Gründlich betrachtete er die Fotos. »Wie heißt es im Film doch immer so schön«, meinte er, »sie könnte glatt seine Tochter sein. Sieh mal.«
Sie war blond, teuflisch blond. Anfang zwanzig vielleicht und

sehr gutaussehend. Duboux hatte einen exquisiten Geschmack. Auf dem Foto war sie beinahe schön, grazil und teuer gekleidet. Sigal Rubin, las ich auf der Rückseite.

»Sie nennt sich Nicole«, fuhr Alex grinsend fort. »Aus beruflichen Gründen. Sie ist übrigens vierundzwanzig.«

Warum zum Teufel gaben sich diese Callgirls alle europäische Namen?

»Was steckt bei ihr dahinter?« fragte ich.

»Geld, nichts anderes. Sie ist alleinstehend, aus gutem Haus. Ihr Vater ist Richter am Bezirksgericht. Die Mutter Psychologin. Unsere Nicole war auf einer guten Schule, dann Armee, Universität. Sie studiert ...«, Alex schaute auf das Formular und schüttelte den Kopf, »ich glaub's nicht: Philosophie und hebräische Literatur.«

»Warum nicht?« Die Grundzüge der Betriebswirtschaft beherrschte sie ja schon.

»Also, ich würde mich sofort ins Bett legen und dafür 600 Dollar kassieren.«

Jetzt konnte ich mir ein Lächeln nicht verkneifen. »Du willst mit Duboux ins Bett gehen?«

»Na gut. Sagen wir 1000 Dollar.«

»Nimm es nicht persönlich, Alex, aber wenn du mit Nicole konkurrieren willst, würde ich mit dem Preis etwas runtergehen.«

»Was weißt du schon über meine Wahnsinnstechniken? Hat Ricky was erzählt?«

»Allen«, erwiderte ich trocken, »immerzu.«

»Glaub ihr kein Wort«, sagte Alex.

Ich lachte. »Apropos Techniken, warum gehst *du* nicht zu Nicole?«

»Nein, nein.« Er hielt kurz inne und sah sich wieder die Fotos an. »Du weißt, es wäre mir eine Freude – eine große Freude sogar, dir dieses Vergnügen, ich meine, diese Verpflichtung abzunehmen. Nur wenn dir dein Boß Schwierigkeiten macht ...«

»Macht er definitiv.« Das Gespräch mit Amnon lag noch nicht lange zurück.

»Na ja«, sagte Alex, »sieh es doch mal von der positiven Seite. Wann hat man im Dienst schon mal die Chance, ein Callgirl zu besuchen. Verglichen mit der Behandlung, die Dov in Spanien zuteil wurde, kommst du ziemlich gut weg. Hast du an Kondome gedacht?«

Ich stand auf. »Idiot.«

***

Der Klingelton war sanft. Nicole öffnete sofort. Ein schwarzes, sorgfältig geschminktes Augenpaar prüfte mich kurz.

»Nicole?«

»Kommen Sie herein.«

Schwere, teure Möbel. Ein flauschiger Teppich von Wand zu Wand. Indirekte Beleuchtung sorgte für gedämpftes, weiches Licht.

»Möchten Sie etwas trinken?« Ihre Stimme war leise, streichelnd. Ich fragte mich, ob das ihre natürliche Art zu sprechen war.

»Einen Kaffee, gern. Schwarz mit einem Stück Zucker.«

»Vielleicht einen Brandy dazu?«

»Nein, nur Kaffee, danke.«

»Na klar. Machen Sie es sich bequem. Wir haben viel Zeit.«

Ich setzte mich langsam in einen Ledersessel und atmete tief durch. Mach jetzt bloß keinen Quatsch, Jochanan, ermahnte ich mich.

Nicole kam mit einem kleinen Tablett zurück: eine zierliche Porzellantasse, ein Kännchen Kaffee, ein kleiner Teller mit Würfelzucker. Während ich mir Kaffee eingoß, schaute ich Nicole an. Sie war groß, hatte helles Haar, das ihr über die Schultern fiel, und trug einen Satin-Umhang. Sein glänzendes Weiß brachte ihre sonnengebräunte Haut wirkungsvoll zur Geltung.

Ich mußte mich fast zwingen, den Blick wieder von ihr abzuwenden.

»Sie wirken angespannt«, sagte sie, als ich den Kaffee umrührte.

Ich antwortete nicht.

»Ihr erstes Mal, stimmt's?«

»Könnte man so sagen.«

»Seien Sie ganz locker«, sagte sie mit beruhigender Stimme.

»Das bin ich«, log ich.

»Na wunderbar.« Nicole setzte sich in den Sessel gegenüber und schlug die Beine übereinander. Sie brauchte sich überhaupt nicht anzustrengen, um aufreizend zu wirken. »Erzählen Sie mir von sich«, sagte sie. »Was machen Sie beruflich?«

Ich stellte meinen Kaffee ab. »Ich bin Polizist«, sagte ich.

Nicole kniff kurz die Augen zusammen und schüttelte den Kopf. »Polizist?« wiederholte sie. Sie wirkte nicht erschrocken. Ein bißchen unter Druck, aber nicht erschrocken.

»Richtig.«

»Sind Sie jetzt im Dienst?«

»Richtig.«

»Ah.« Sie biß sich auf die Lippen. Dann schien sie sich beruhigt zu haben. »Oder erlauben Sie sich einen Scherz mit mir?«

Ich holte den Ausweis aus meiner Geldbörse und legte ihn auf den Tisch, doch Nicole würdigte ihn keines Blickes.

»Wie ein normaler Polizist sehen Sie aber nicht aus.«

»Bin ich auch nicht.«

»Was dann?«

»Unwichtig.«

»Moment.« Sie stand auf.

»Setzen Sie sich«, sagte ich lauter als gewollt, »Sie gehen nirgendwohin.«

»Ich wollte nur meine Zigaretten holen«, sagte sie und blieb stehen.

Ich holte meine Schachtel »Time« und ein Feuerzeug heraus und legte beides auf den Tisch. »Setzen Sie sich.«

»Muß ich vor irgend etwas Angst haben?« Sie nahm wieder Platz.

»Nicht, wenn Sie kooperieren.« Banale Worte, aber zur richtigen Zeit und am richtigen Ort. Ich mußte jetzt die Initiative ergreifen.

»Und wie?«

»Erzählen Sie einfach ein wenig von sich.«

Abfällig musterte sie meine billige israelische Zigarettenmarke, zog dann aber resigniert eine Zigarette heraus und zündete sie sich an. »Und wenn ich Ihnen nicht glaube?« fragte sie nach einem tiefen Zug. »Vielleicht sind Sie einfach ein Verrückter? Geben sich als Polizist aus? Und wenn ich jetzt mal bei der Polizei nachfrage?«

Sie stand auf, blieb aber stehen und schaute mich erwartungsvoll an. Ich sah, wie es in ihrem Kopf arbeitete.

»Und Sie haben wirklich keine Lust auf eine Nummer?«

»Nein.«

»Sicher?«

Dieser Tonfall in ihrer Stimme war neu. Ihre Augen fixierten mich, funkelten verführerisch. Sie lächelte mich an. Mein Gott, was für eine schöne Frau.

»Fangen Sie damit gar nicht erst an.«

»Nur um Sie ein wenig in Stimmung zu bringen.« Sie machte Anstalten, ihren Umhang zu öffnen.

»Ich sagte, Sie sollen nicht damit anfangen.«

»Dann haben Sie es eben gesagt«, sagte sie und öffnete den Umhang.

Ich steckte mir eine Zigarette an. »Es reicht, Sigal«, sagte ich, »Schluß mit den Spielchen.«

Sie schrak zusammen. »Woher –«

»Sigal Rubin«, sagte ich müde, »tun Sie mir einen Gefallen – uns beiden. Bringen wir die Sache schnell hinter uns. Sie fangen an, mir auf die Nerven zu gehen.«

Sigal schloß ihren Umgang wieder. Sie brauchte ein Weilchen, um zu verdauen, daß ich offensichtlich alles über sie wußte – vielleicht nicht alles, aber genug, um sie in Schwierigkeiten zu bringen.

»Haben Sie sich wieder beruhigt?« fragte ich.

Ein leichtes Lächeln trat auf ihre Lippen. Ein Lächeln anderer Art, nicht verführerisch. Sie war jetzt einfach natürlich.

»Sie sind in Ordnung«, sagte sie. »Ich weiß nicht, wie Sie heißen, aber Sie sind in Ordnung.«

»Haben Sie sich beruhigt?«

»Ich habe mich nie aufgeregt«, sagte sie. »Woher kennen Sie meinen Namen? Dumme Frage. Was wollen Sie wissen?« Ihre Stimme klang jetzt überaus sachlich.

»Einer Ihrer Kunden heißt Duboux«, sagte ich.

»Claude?«

»Ich brauche einige Details über ihn.«

»Über Claude? Was hat er gemacht?«

Ich antwortete nicht.

»Was für Details? Das, was ich über ihn weiß, wird Sie und Ihre Leute vielleicht weniger interessieren.«

»Kommt er oft vorbei?«

»Einmal die Woche, regelmäßig. Manchmal öfter.«

»Wie bezahlt er?«

»In Dollar.«

»Bar?«

Das belustigte sie. »Wie sonst?«

»Sechshundert?«

»Ja«, sagte sie und blies Rauch aus, »Normaltarif.«

»Normal heißt minimal?« Das gehörte nicht zu der Art von Informationen, die essentiell waren, aber es interessierte mich einfach. Sechshundert Dollar pro Nacht, mal zwanzig Nächte im Monat? Oder sogar fünfundzwanzig?

»Mindestens, ja. Claude steht nicht so auf Extras. Und selbst wenn er mal will, mache ich ihm das umsonst. Er ist ein Stammkunde, Sie verstehen.«

»Wie breit ist denn die Palette der Extras?« Auch auf diese Frage brauchte ich eigentlich keine Antwort. Und ich bekam auch keine.

Wieder trat ein Lächeln auf ihre Lippen. Sie warf mir einen Blick zu, halb verführerisch, halb amüsiert. »Lassen wir das. Es sei denn, Sie wollen es wirklich wissen?«

»Nicht unbedingt.« Ich holte das Aufnahmegerät aus der Hemdtasche, drückte auf den Aufnahmeknopf und stellte es auf den Tisch.

***

Die Wohnung war leer. Alex war nicht zu Hause. Ich überlegte, was ich in Tel Aviv mit einem Abend anfangen konnte. Für die Spätvorstellung war es schon zu spät, und im Fernsehen kam nichts Erträgliches, und so wählte ich schließlich Tamis Nummer.

»Hast du Lust, mich zu einem Kaffee einzuladen?«

»Nicht heute«, sagte sie, »geht absolut nicht.«

»Hast du viel zu tun?«

»Geht dich nichts an«, sagte sie bissig.

»Schon gut, ich wollte dir nicht zu nahe treten.«

»David muß jeden Moment kommen. Er fliegt morgen zurück.«

»Okay, dann viel Spaß euch beiden.«

»Sorry, daß ich so allergisch reagiert habe.«

»Du hast ja recht«, sagte ich, »es geht mich wirklich nichts an.«

»Dein Anruf hat mich einfach überrascht.«

»Das war nicht geplant. Eine spontane Idee.«

»Bist du in Tel Aviv?«

»Für ein paar Tage.«

»Bei deinen Eltern?«

»Bei Alex.«

»Besser so.« Sie hatte meine Eltern noch nie leiden können.

»Okay«, sagte ich, »halt die Ohren steif.« Wem sage ich das, dachte ich.

»Sollen wir uns für morgen verabreden?« fragte sie.

Ich zappte noch einmal durch die Kanäle. Nach fünf Minuten Soaps gab ich auf und begann, Alex' Schallplattenbestand zu durchforsten. Zwischen die vielen Sechziger-Jahre-Schlager und unseren populären Arik Einstein hatten sich auch zwei, drei Klassik-Platten verirrt. Eine davon zog ich heraus, »Orgelwerke« von Bach stand auf der Hülle.

Die ersten Klänge verblüfften mich. Das war Bach? Mir war, als hätte ich das schon tausendmal gehört, als Rock 'n' Roll-Verschnitt oder als Jazz-Adaptation und vielleicht auch in *Phantasia* von Walt Disney ... Ich schaute auf die Hülle, Seite A: »Toccata und Fuge in d-Moll«, stand da. Toccata und Fuge. Ich wußte weder, was das eine, noch, was das andere war, mit d-Moll wußte ich auch nichts anzufangen, aber das war nicht weiter schlimm. Die Musik war einfach wunderbar.

Eigentlich hatte ich vorgehabt, das Material aus dem Büro durchzuackern, aber jetzt ertappte ich mich dabei, wie ich andächtig den Orgelklängen lauschte. Als der erste Teil zu Ende war, nahm ich den Tonarm hoch und setzte ihn zurück auf den Anfang. Ich hörte das Stück noch ein zweites Mal, während ich den kurzen Text auf der Hüllenrückseite las.

»Das Werk wurde um 1700 komponiert«, stand da. »Der erste Teil ist ein ausgefallenes Beispiel für Bachs Improvisationskunst wie für seine Virtuosität. Bei der Fuge« – ich muß Irith fragen, was das ist, dachte ich –, »die im Anschluß zu hören sein wird, offenbart Bach seine vollendete Beherrschung der Kontrapunktik in ihrer Gesamtheit. Nachahmungen in den verschiedenen Stimmlagen ...«

Ja, diesmal war ich darauf aus, alles zu erfassen und zu verstehen. Ich erkannte jede Nachahmung und konnte in dem Klangwirrwarr die einzelnen Stimmen voneinander unterscheiden. Zu hören, wie sie verwoben waren und sich perfekt in das große Ganze einfügten, war gar nicht so schwer.

Ich verwarf endgültig die Idee, die Unterlagen durchzugehen. Statt dessen holte ich das Buch über Bach aus meiner Tasche, das ich in Jerusalem gekauft hatte. Ich drehte die Musik lauter und begann zu lesen.

***

Alex fand mich in das Buch vertieft. Im Hintergrund erklangen zum fünften oder sechsten Mal die Toccata und die Fuge von Bach.

»Wo hast du denn die Platte her? Ist die etwa von mir?« Er schaute sich die Hülle genauer an. »Hab' ich seit Jahren nicht gehört. Ich glaube, das war ein Geschenk von irgendeiner Frau. Und was liest du?«

Ich zeigte ihm die Titelseite.

»Bach? Du liest ein Buch über Bach?«

»Und gar nicht mal uninteressant«, verteidigte ich mich.

»Ja, sicher«, Alex schüttelte den Kopf, »nur nichts für mich. Erzähl mir lieber von Nicole.«

»Wann mußt du morgen früh raus?«

Er begriff sofort. »Noch was trinken?«

Wir fanden etwas Passendes in der Jehuda-ha-Makkabi. Ohne Musik und so gut wie menschenleer.

»Brandy?« fragte Alex, nachdem ich bestellt hatte. »Erst Bach und jetzt Brandy. Lassen wir Nicole erst mal beiseite, erzähl mir lieber, was mit dir los ist.«

»Wieso?«

»Hier stimmt doch was nicht«, unkte Alex. »Du hörst klassische Musik? Du liest ein Buch über Bach? Du bestellst nachts um eins Brandy?«

»Ich habe mit Tami gesprochen«, sagte ich.

»Was heißt das?«

»Ich habe sie von dir aus angerufen.«

»Und wozu soll das gut gewesen sein?«

»Du mußt mir nicht sagen, daß ich bescheuert bin.«

Da kamen unsere Bestellungen.

»Vergiß nicht, daß wir morgen ins Konzert gehen.«

Alex nahm einen Schluck von seinem Bier. »Ricky möchte eine Freundin mitbringen«, sagte er.

»Ricky ist groß«, erwiderte ich, »sie braucht meine Erlaubnis nicht.«

»Du kapierst wieder gar nichts. Ricky wird sie dir vorstellen.«

»Ah«, sagte ich.

»Genau.«

»Kennst du sie?«

»Nein, aber Ricky meint, sie würde dir gefallen.«

Ich probierte einen vorsichtigen Schluck von dem Brandy. »Lieber nicht«, sagte ich.

»Okay.« Er drang nicht weiter in mich.

»Außerdem bin ich nach dem Konzert mit Irith Dolev verabredet.«

»Okay. Vielleicht ein anderes Mal«, sagte Alex. »Erzähl mir von Nicole.«

Da gab es tatsächlich zwei aufschlußreiche Neuigkeiten. Zunächst einmal der rein finanzielle Aspekt. Inklusive Restaurants, Wein, Parfüm und anderer Geschenke gab Duboux im Monat zwischen dreitausend und fünftausend Dollar für Nicole aus. In manchen Monaten lag die Summe weit darüber, einmal hatte er sie sogar drei Tage nach Prag eingeladen. Flug, Hotel, Essen – alles inklusive.

»Na ja, Prag ist nicht wer weiß wie teuer«, bemerkte Alex, »der alte Knauser.«

Ich lachte. »Nur hat er ihr obendrein pro Tag dreitausend Dollar extra gezahlt«, sagte ich.

»Hoppla, was verdient der Mann im Monat noch mal?« fragte Alex.

Wir wußten beide, daß die Rechnung nicht aufging. Selbst für sein üppiges Gehalt waren seine Ausgaben zu hoch, Duboux mußte eine zusätzliche Einnahmequelle haben. Und auch der zweite Punkt, den Nicole erwähnt hatte, wies in die richtige Richtung. Duboux hatte zwei-, dreimal zuviel getrunken und sich zu ominösen Andeutungen hinreißen lassen. Er breitete nicht gerade Staatsgeheimnisse vor ihr aus, aber Nicole hatte sich auch nicht sonderlich für Duboux' Geschichten interessiert. Sollte er doch, wie er immer wieder versprach, in ein paar Jahren ein Buch schreiben und die Welt in Staunen versetzen ...

»Unterm Strich«, sagte Alex, »ist es noch zu früh zum Feiern.«

»Wovon redest du?«

»Sieh mal«, sagte Alex, »seine Familie könnte Geld haben. Und was sein Gefasel angeht, wäre er nicht der erste Mann, der nach einer halben Flasche Brandy Geschichten erfindet.«

»Dieser Pessimismus paßt gar nicht zu dir«, sagte ich.

»Ich bin weder pessimistisch noch optimistisch. Ich bin Realist oder, wie Ephraim zu sagen pflegt: Bis hierher reichen die Indizien. Und du weißt, daß es manchmal auch Rauch ohne Feuer gibt.«

»Was würdest du tun? Duboux fallenlassen?«

»Bist du verrückt geworden?« sagte Alex. »Habe ich etwas von Fallenlassen gesagt? Nein. Man muß die Sache weiterverfolgen, aber vorsichtig, und sich nicht zu früh freuen. Das ist alles.« Er gab der Kellnerin ein Zeichen und bestellte sich noch ein Bier. »Möchtest du was essen?«

»Nein, du hast mir gerade den Appetit verdorben«, sagte ich.

»Weil ich recht habe«, sagte Alex ruhig und bestellte sich einen Käsetoast.

Vielleicht hat er recht, dachte ich, während ich die Tatsachen nochmal durchging.

»Also, was sagst du?« fragte Alex, als er mit seinem Toast fertig war und das Schweigen andauerte.

»Ich sage, daß sich hinter Duboux eine ernsthafte Geschichte verbirgt«, sagte ich.

Alex schüttelte den Kopf. Er nahm sich eine Handvoll Pistazien, die auf einem Teller an der Bar lagen. »Und mein Gefühl sagt mir, daß du an übersteigerter Motivation leidest.«

Ein paar Sekunden lang schaute ich ihn schweigend an. Alex tat meist so, als ob ihn nichts interessiere, dabei konnte einem leicht entgehen, wie hellwach und aufmerksam er eigentlich war.

»Und die Tatsache, daß du schweigst«, fuhr Alex fort, »bestätigt den Verdacht, daß du mir irgendwas verheimlichst.«

»Trink dein Bier aus«, sagte ich, »hier will ich nicht darüber reden.«

***

»Ich möchte es nur einmal sagen, Alex: Du bist der dritte und letzte, der davon erfährt.«

»Okay, okay«, Alex kurvte durch die Ibn Gvirol, »warum fängst du nicht einfach an?«

Ich berichtete ihm Punkt für Punkt von dem Gespräch mit Amnon. Von seinen Ahnungen in bezug auf Duboux und seinen Plänen in bezug auf meine Person.

»Gut«, sagte Alex, »jetzt sehe ich klarer.«

»Du glaubst, du verstehst das«, sagte ich, »aber solange du nicht mit Amnon arbeitest, weißt du nicht, wie sich das wirklich anfühlt. Als würdest du dich die ganze Zeit unter einem Vergrößerungsglas befinden.«

»Daß Amnon jemand ist, der außerordentlich gern die Erwartungen hochschraubt, habe ich schon lange verstanden«, sagte Alex.

»Ja, aber jetzt, wo er alles für mich vorbereitet, habe ich das Gefühl, daß ich Ergebnisse präsentieren muß. Auf einmal ertappe ich mich dabei, wie mir gewisse Aspekte in den Sinn kommen, über die ich mir noch nie den Kopf zerbrochen habe. Was die anderen sagen werden, was für einen Eindruck es machen wird. Verstehst du … auf einmal liegt eine Karriere vor mir.«

»Und darum«, sagte Alex nüchtern, »muß hinter Duboux ein ernsthafter Fall stecken.«

»Versteh doch«, ich hörte den geringschätzigen Ton in seiner Stimme, »das ist meine Prüfung. Ich habe nicht vor, Duboux etwas anzuhängen oder Tatsachen zu fälschen, aber aus dem Vorhandenen muß ich das Maximum rausholen. Und dazu noch schnell und elegant.«

Die restliche Strecke bis zu seiner Wohnung fuhr Alex schweigend.

»Und was ist mit der Kirche?« fragte er schließlich, als er an den Bordstein fuhr.

»Amnon meint, Irith hat die Sache im Griff. Alles ruhig dort. Mir kommt das mehr als entgegen.«

»Ich hoffe nur, daß du die Kirche nicht auf die leichte Schulter nimmst«, sagte Alex.

Zu dumm, daß ich seine Warnung nicht ernster nahm.

## 25

## Irith

Das Konzert für Violine und Orchester von Bartók näherte sich seinem Ende. Wie es schien, zur Erleichterung der meisten Zuhörer. Da kann man nichts machen, dachte ich. Das Publikum hat keinen Sinn für die moderne Klassik des zwanzigsten Jahrhunderts; die Klangfülle und die vollendete Technik des Violinisten Itzhak Perlman, das perfekte Gleichgewicht zwischen ihm und dem Orchester entging den meisten. Die Zuhörer verstanden die sehr persönliche musikalische Sprache des ungarischen Komponisten einfach nicht.

Auch Jochanan, der zwei Reihen vor mir saß, sah leidend aus. Ich mußte lächeln, als er wieder und wieder auf die Uhr schaute und wohl zum hundertsten Male im Programmheft blätterte. Bartók beim ersten Hören zu genießen ist ein schwieriges Unterfangen. Sogar einige meiner Studenten haben Schwierigkeiten, die schroffen Klänge zu verdauen. Mit Strawinsky oder Schönberg, Webern, Penderecki, Stockhausen oder Boulez ist es ähnlich.

Beim letzten Akkord klatschte das Publikum sofort gemäßigt, vor allem aber wohl erleichtert Beifall. Sie verehren den Violinisten, dachte ich, und das Orchester, aber nicht das Werk an sich, denn unverzüglich startete der Großangriff auf die Ausgänge.

Am Ausgang des Hechal ha-Tarbut sah ich Jochanan wieder, ohne das befreundete Pärchen, das während des Konzertes neben ihm gesessen hatte. Mit einer kaum merklichen Kopfbewegung gab er mir zu verstehen, daß er mich auch gesehen hatte. Und obwohl wir verschiedene Wege nahmen, trafen wir gleichzeitig am Treffpunkt ein, einer Kombination aus Kneipe und Restaurant am Kikar Dizengoff: laute Musik, Horden von Menschen, die meisten Jugendliche oder Soldaten, standen eng zusammengequetscht und prosteten sich zu.

»Ich hasse diese Kneipen mit dieser schrecklichen Musik«, schrie ich gegen die Lautstärke an, »ich hasse die Dizengoff überhaupt.«

»Schreckliche Musik«, sagte Jochanan, »reden Sie von Bartók?«

Ich lachte. »Ich habe Sie leiden sehen. War es so schlimm?«

»Ich glaube, meine Freunde reden nie wieder ein Wort mit mir.«

»Sagen Sie nicht, ich hätte Sie nicht gewarnt. Na, wenigstens Bach haben Sie genossen, geben Sie es zu.«

»Ja, stimmt.«

Ich wußte, er meinte es wirklich ehrlich.

»Ich habe meine Hausaufgaben gemacht. Heute morgen habe ich eine Kassette mit seinem Konzert gekauft und es mehrmals gehört. Nur daß auf der Kassette niemand zwischen den Sätzen gehustet hat. Warum müssen bei einem Konzert immer alle husten?«

»Wahrscheinlich wegen des Naphthalins in den Pelzen. Jedenfalls klingt es, als würden Sie Fortschritte machen.«

»Das ist noch nicht alles«, brüstete sich Jochanan. »Ich lese gerade Holzmanns Bach-Biographie.«

»Ah, sehr gut.« Ein populärwissenschaftliches Buch für das breite Publikum. Kein wirklich revolutionäres Fachbuch, aber ich freute mich, daß Jochanan die Sache so ernst nahm. »Wenn Sie Fragen haben ...«

Er lächelte. »Nach meinem peinlichen Auftritt in der Vorlesung traue ich mich kaum, eine zweite Frage zu stellen.«

»Seien Sie ganz beruhigt«, sagte ich. »Außerdem bekomme ich es ja mittlerweile gut bezahlt ...«

»Apropos«, erwiderte Jochanan. Unter dem Tisch fühlte ich plötzlich seine Hand auf meinem Knie. Ich nahm den Umschlag.

»... vierhundert Dollar sind wirklich okay«, fuhr ich fort, als wäre nichts geschehen. »Wie viele Frauen kennen Sie, die vierhundert die Woche extra verdienen?«

»Was glauben Sie«, gab Jochanan sich cool, »gestern erst habe ich eine kennengelernt, die es auf sechshundert in einer Nacht bringt, die Extras nicht eingerechnet. Wenn Sie wissen, was ich meine.«

»Dann muß sie recht begabt sein.«

»Wahrscheinlich. Ich habe es nicht getestet.«

»Tut mir leid zu hören, aber zumindest begegnen Sie sehr interessanten Leuten.«

»Ich langweile mich nicht«, sagte Jochanan.

»Sind Sie verheiratet?«

»Nicht mehr.«

»Das heißt, geschieden?«

»Noch nicht.«

»Das dachte ich mir, mehr oder weniger.« In Wahrheit wußte ich es natürlich, doch das durfte ich ihm nicht sagen. Ich steckte den Umschlag in meine Tasche und schaute mich vorsichtig nach allen Seiten um. Ein neues Fahrrad für Rotem, dachte ich, und eine kleine Orgel für Itai, damit er aufhört, mir das Klavier zu ruinieren. Ilan achtete sowieso nicht auf unsere Ausgaben, und weder Nachbarn noch Freunde würden sich über ein neues Fahrrad und eine Spielzeugorgel ereifern.

»Okay. Jetzt können Sie fragen, was Sie wollen.«

»Nur eins – was ist ein Cembalo? Das kommt in dem Buch ständig vor. Muß irgendein Musikinstrument sein.«

»Ein Cembalo ist ein Tasteninstrument, das zu Bachs Zeiten sehr verbreitet war. Klavier war damals recht selten, es gewann erst im 19. Jahrhundert an Popularität.«

»Worin unterscheiden sie sich?«

»Äußerlich sind sie sich recht ähnlich, auch die Tastatur ist identisch. Der Unterschied liegt im System der Klangerzeugung. Beim Klavier löst jede Betätigung der Taste ein kleines Hämmerchen aus, das eine Saite anschlägt. Beim Cembalo schlägt ein Federkiel eine Saite an. So entsteht ein zarter Klang, ähnlich wie bei einer Harfe oder einer Gitarre, etwas ganz Besonderes.«

»Gibt es Aufnahmen davon?«

»Jede Menge. In den Plattenläden können Sie Musik von Bach für das Cembalo finden. Sogar das Concerto, das wir heute auf dem Klavier gehört haben.«

»Ich glaube, das Orchester hat wunderbar gespielt«, sagte Jochanan. »Auch wenn in den Zeitungen immer nur Verrisse stehen.«

Seit wann las Jochanan Konzertkritiken?

»Vergessen Sie, was die Kritiker schreiben. Verlassen Sie sich nur auf Ihre eigenen Ohren.«

»Vielleicht erzählen Sie meinen Ohren, was es Neues in der Kirche gibt?«

Jetzt war *ich* an der Reihe, einen Umschlag auf seinem Knie zu deponieren. »Haben Sie Michails Flug schon überprüft?«

»Erwarten Sie tatsächlich eine Antwort?« kam prompt die Gegenfrage. Sieh an, unser Jochanan konnte auch zynisch sein.

»Ich habe nur so das Gefühl, daß unsere Verdächtigungen nichts weiter als Verdächtigungen sind.«

»Hat Ossip das gesagt?« fragte Jochanan.

»Nicht so ausdrücklich.«

Er schüttelte den Kopf. »Wie kommen Sie dann darauf? Unterhalten Sie sich mit anderen Leuten darüber?«

»Es war nur ein Gedanke«, beschwichtigte ich ihn.

Jochanan schaute mich prüfend an. Er wirkte irgendwie verstimmt.

»Vielleicht denke ich manchmal zu viel«, fügte ich schnell hinzu.

»Richtig«, aber er schaute mich immer noch abwartend an.

Ob er spürte, daß ich etwas vor ihm verbarg? Völlig unmöglich, sagte ich mir, er versteht nur nicht, was los ist. Das ist alles.

Auch auf dem Nachhauseweg drehten sich meine Gedanken um Jochanan. Er fand mich anziehend, das war klar. Dabei wußte er selbst nicht, was er mit diesem Gefühl anfangen sollte, wahrscheinlich würde er auch nie etwas unternehmen. Jochanan war der Typ des ewigen Bewunderers, dem immer der Mut fehlen würde, den ersten Schritt zu tun. Trotzdem, ich mochte ihn. Seine verlegene Art, wenn wir zusammen waren, weckte beinahe mütterliche Zuneigung in mir. Und gleichzeitig machte es mir Spaß, mit ihm zu spielen und meine Wirkung auf ihn zu testen. Es wurde Zeit, daß ich wieder alles in normale Bahnen lenkte und nicht ständig diesen Nervenkitzel suchte, mich nur um des Amüsements willen zu amüsieren. Ich hatte die Grenze ohnehin schon weit überschritten. Die neue Aufgabe, die neue

Situation weckten ungeahnte Seiten in mir. Hoffentlich traten sie nicht allzu deutlich hervor.

## 26

## Jochanan

Unser gemeinsames Namensschild hatte unsere Trennung nicht überstanden. Jetzt klebte ein einfacher Büro-Aufkleber an der Wohnungstür. *Tami Raviv* hatte sie darauf geschrieben. An den Rändern sah man noch die Klebspuren des alten Schildes. Sollte ich probieren, ob auch das Schloß ausgewechselt war? Ich verzichtete lieber darauf und klingelte.

»Du kommst zu spät.« Mit tropfnassen Haaren öffnete Tami die Tür. »Komm rein. Ich muß mich nur noch schnell fönen. Was soll denn dieser Aufzug mit Krawatte?« Schon war sie Richtung Bad verschwunden.

»Ich war im Konzert«, rief ich ihr hinterher.

»Konzert?« Ihre Stimme kämpfte gegen den Fön an.

»Mit den Philharmonikern«, sagte ich laut.

»Wie war's? Willst du einen Kaffee? Mach mir auch einen, ja?«

»Es war sehr schön.« Ich ging in die Küche. »Du hast ja eine Mikrowelle gekauft.«

»Was? Ich kann dich nicht hören«, rief sie.

Besser so, sagte ich mir. Ich schaute auf die Herdplatte, sie war leer. »Wo ist denn der Kessel?«

»Ich habe ihn weggeworfen. Nimm den Wasserkocher, neben der Spüle.«

Es erschien mir sinnlos, wegen eines Kessels in Nostalgie zu verfallen, trotzdem drehte ich das neue Gerät eine Weile hilflos in den Händen.

»Moment.« Mit feuchtem Haar stand sie neben mir. »Laß mich das machen.«

Ich ließ mich auf einen der Küchenstühle fallen und schaute ihr zu, wie sie den löslichen Kaffee in die Tassen gab und Kuchen aus dem Kühlschrank holte.

»Gut siehst du aus«, sagte ich.

»Danke. Was sagst du zu meiner Frisur?« Sie deutete auf ihren Hinterkopf.

»Macht dich jünger.«

»So alt bin ich auch wieder nicht, vielen Dank. Ich wollte sie endlich kurz haben. Ständig diese Haarmassen durch die Gegend zu tragen kann auf die Dauer ganz schön nerven.« Sie goß das kochende Wasser auf und musterte mich kurz. »Du hast zugenommen, Jochanan.«

»Ein bißchen.« Ich schaute auf meinen Bauch. Ich muß einfach jeden Tag joggen, überlegte ich.

»Was meintest du vorhin wegen der Mikrowelle?« fragte sie.

»Ich habe nur zur Neuanschaffung gratuliert.«

»Danke.«

»Und zu dem neuen Schild an der Tür«, konnte ich mir nicht verkneifen.

Sie warf mir einen schnellen Blick zu. »Bist du gekommen, um zu streiten?«

»Nein.«

»Falls doch, ich bin nicht dazu aufgelegt.«

»Ich bin einfach nur müde.«

»Müde oder gereizt?«

»Beides.«

»Arbeit?«

»Ohne Ende.«

»Wie geht's Alex?«

»Ganz gut.«

»Grüß ihn von mir. Ich sehe ihn manchmal beim Schwimmen. Und die mit dem schwarzen Pony – ist das seine Freundin?«

»Ja.«

»Sieht süß aus. Und was ist mit dir, hast du was an der Hand?«

»Was an der Hand?«

»Na komm, du weißt schon, was ich meine: ein Verhältnis, einen Flirt, was fürs Bett. Irgend etwas.«

»Nein.« Ich würde wohl kaum hier sitzen, wenn ich mit jemand anderem zusammen wäre.

»Fehlt es dir?« Sie stellte ihre Tasse ab und griff mit ihrer warmen Hand nach meiner.

Ich schaute sie an. Die kurzen Haare, die immer noch feucht schimmerten, die weiße Stirn, die auf einmal transparent wirkte. Blaue Augen, die unverwandt in meine schauten. Sie strich über meinen Arm. Für eine Sekunde glaubte ich, einen Anflug von Besorgnis, von echter Anteilnahme zu entdecken. Was wollte sie von mir?

»Nein, nicht wirklich«, sagte ich angestrengt. »Und wie ist es mit David?«

David war Tamis neue Flamme. Er war Pilot bei El Al. Sie hatte ihn angeblich nach unserer Trennung kennengelernt. Vielleicht.

»Er investiert in unsere Beziehung.«

»Geht es dir gut mit ihm?« Meine Stimme klang heiser.

»Er paßt ganz gut in mein Leben. Er fliegt sehr viel. In letzter Zeit haben wir uns kaum gesehen.«

»Hauptsache, du bist jetzt glücklich.« Das klang irgendwie hohl, aber mehr brachte ich nicht über die Lippen.

Tami entging der bittere Ton nicht. »Schon komisch«, sagte sie.

»Was?«

»Bei dir habe ich mich immer beklagt, daß du nie zu Hause bist. Die ständige Fahrerei nach Jerusalem. David sehe ich vielleicht nur halb soviel wie dich damals … Offensichtlich war es nicht das, was mich an dir gestört hat.«

»Offensichtlich«, entgegnete ich. »Ist Post für mich gekommen?«

»Ich bringe immer alles zu deinen Eltern. Letzte Woche war nichts dabei.«

»Das meiste kommt schon direkt nach Jerusalem.«

»Und wie läuft's sonst? Wie ist die Wohnung?«

»Echt schön.« Daß noch so gut wie alle Möbel fehlten, verschwieg ich lieber.

»Vielleicht kommen wir mal vorbei. David hat Familie in Jerusalem und redet jedes Wochenende davon, sie zu besuchen. Am Ende klappt es nie, aber falls doch irgendwann ...«

»Warum nicht.«

Nichtssagende Höflichkeiten, um zu überdecken, was längst in die Brüche gegangen war. Wir wußten beide, daß es einen solchen Besuch nie geben würde.

## 27

Duboux' Gesicht war im Fernglas deutlich zu erkennen. Ich konnte sogar sehen, wie er die Stirn in Falten legte, während er seinem Begleiter zuhörte. Plötzlich nickte er energisch und schien etwas zu erwidern. Die Entfernung zwischen unserem Auto und den beiden Männern betrug knapp zweihundert Meter, und die Straßenbeleuchtung war nur sehr schwach. Es war kurz vor Mitternacht. Allerdings war die Technik in den letzten Jahren nicht stehengeblieben, mit unserer Ausrüstung konnten wir Leute aus viel größerer Entfernung und bei absoluter Dunkelheit beobachten.

»Tut sich was?« fragte Alex.

Ich drückte auf die Zoom-Taste. Der Bildausschnitt wurde breiter, jetzt stand Duboux in voller Größe im roten Rahmen der Linse. Wie immer in eleganter Abendgarderobe, unterhielt er sich schon eine ganze Weile mit einem anderen, mir unbekannten Mann. Ich schoß ein Bild von den beiden.

»Überhaupt nichts«, sagte ich. »Sie reden nur.«

Die beiden Männer unterhielten sich weiter, und wir warteten weiter. Mein Finger lag auf dem Auslöser. Alex und ich sprachen instinktiv leise, als könnte Duboux uns hören. Man mußte immer davon ausgehen, daß in der Nähe noch andere Leute umtriebig waren.

»Sie gehen los«, sagte ich. »Fahr hinterher. Langsam.«

Unser Auto fuhr im Schrittempo und ohne Licht in sicherem Abstand zu Duboux und seinem Begleiter. Die beiden Männer gingen die Straße in gemächlichem Spazierschritt in südlicher Richtung hinunter. Wir befanden uns in der ha-Massger-Straße im Süden Tel Avivs, einem Viertel mit viel Industrie. Hin und wieder blieben sie stehen, und ich hob schnell die Nachtsichtkamera, doch die braune Aktentasche blieb die ganze Zeit über fest in Duboux' Händen.

»Worauf wartet der denn noch?« zischte Alex. »Er soll sie ihm endlich in die Hand drücken, damit wir Feierabend machen können.«

»Geduld«, sagte ich.

»Bei deinem Bartók ist mir die Geduld endgültig ausgegangen.«

»Wenn du die Musik unserer Zeitgenossen nicht zu schätzen weißt, wirst du es nicht weit bringen.«

»Und was ist mit Pink Floyd? Oder Prince?«

»Nicht schlecht, aber – gleich.«

»Was heißt hier ›gleich‹?«

»Gleich übergibt er sie. Fahr näher ran.«

Ich schaltete auf den Winder-Modus um und lauschte den leisen Klickgeräuschen – drei pro Sekunde –, die der Apparat bei jedem Auslösen machte. Es sollte sich lohnen.

»Klasse, Duboux«, sagte ich. »Langsam, langsam … braver Junge.« Er hatte dem anderen Mann die Tasche übergeben. In der nächsten Bildsequenz schüttelten sie sich die Hände. Und ich machte eine Nahaufnahme von dem Gesicht des Unbekannten.

»Maschiach«, rief ich ins Funkgerät.

»Schon okay«, antwortete er, »ich bin ihm auf den Fersen.«

»Laß dich bloß nicht erwischen.«

»Na hör mal, bei der Armee nannten sie mich Geist.«

»Und mich Koch«, sagte Alex, »mir kannst du nichts erzählen.«

Maschiach kicherte leise. Unsichtbar wie ein Geist … Geister eignen sich gut für die Spionage, und in der Tat hatte Maschiach mehrere Jahre in der Elite-Kampfeinheit gedient und war von dort direkt zu uns geschickt worden.

Ich fotografierte weiter. »Er lächelt sogar in die Kamera«, sagte ich zu Alex.

»Worauf warten wir eigentlich noch? Warum nehmen wir sie nicht fest?«

»Erst wenn wir grünes Licht von Amnon bekommen. Außerdem wissen wir noch nicht, wer sein Partner ist. Mal sehen, was Maschiach rausfindet.«

»Und wenn wir ihn jetzt festhalten und einem kurzen Verhör unterziehen?« sagte Alex.

»Damit er uns seinen Diplomatenausweis vor die Nase hält? Dann stehen wir dumm da«, widersprach ich.

»Und wenn wir jetzt eine Pizza essen gehen?« blieb Alex hartnäckig.

»Ich muß noch mal ins Büro. Ich warte auf Material.«

»Wovon redest du?« fragte Alex.

»Komm mit und sieh es dir an.«

»Wir können uns eine Pizza holen und sie im Büro essen«, sagte Alex. Er aß für sein Leben gern.

»Mit Salami?«

»Das ist nicht koscher«, erwiderte Alex.

*»Oi, gwald«*, sagte ich.

So absurd das klingen mochte, beim Schin Beth gab es eine Anweisung, die das Mitbringen von nicht-koscherem Essen in die Büros ausdrücklich untersagte, nur nahm das niemand ernst.

In der Armee lief das etwas anders. Ein Freund, mit dem ich im Offizierslehrgang war, landete erst im Knast und flog dann ganz raus, weil er am Schabbath ein Schweinesteak gegessen hatte. Hinterher hatte er natürlich auch noch geraucht. Er war ein kampferprobter Unteroffizier und hatte im Libanon Dutzende Male sein Leben riskiert, um schließlich wegen Übertretung der Speisegesetze im Militärgefängnis zu landen.

Es war schon nach eins, aber in unserem Tel Aviver Büro herrschte geschäftiger Trubel. In den meisten Räumen brannte noch Licht. »Der amerikanische Verteidigungsminister kommt«, erklärte mir Alex, während er in der kleinen Küche der dritten Etage saubere Teller suchte.

Wir gingen in sein Büro.

»Was ist das?« fragte Alex, als er den Umschlag auf seinem Schreibtisch sah.

»Ich glaube, das ist für mich«, sagte ich. »Von Itamar.«

»Itamar?« fragte Alex überrascht. »Aus Wien?«

Itamar Goldmann kannte ich ebenfalls vom Offizierslehrgang, nur daß er ihn mit mir abgeschlossen hatte. Nicht, daß Goldmann am Schabbath nicht geraucht hätte, aber er ließ sich nie dabei erwischen. Und nach dem Ende der Armeezeit lag seine Laufbahn klar vor ihm: Er beherrschte mehrere Sprachen, hatte Freude am Risiko und verfügte noch dazu über Vitamin B (sein Vater bekleidete einen hohen Posten im Verteidigungsministerium). Mit diesem Startkapital öffneten sich ihm rasch die Türen, und er bekam eine interessante Aufgabe beim Mossad, abseits jeglicher Routinearbeit. Vor einem Jahr waren ihm die Wiener Angelegenheiten übertragen worden.

»Der gute alte Itamar Goldmann«, bestätigte ich, »ich habe ihm ein Telex geschickt und ihn gebeten, ein Auge auf Michail zu werfen, wenn er in die Stadt kommt.«

»Weiß Amnon davon?«

»Noch nicht. Und er wird auch nichts erfahren, es sei denn, es gibt etwas Interessantes.«

»Schön«, sagte Alex, »nun mach schon den Umschlag auf.«

Während ich die Nachricht las, portionierte Alex die Pizza und öffnete die Cola-Büchsen. »Was schreibt er?« fragte er und schob mir den Teller zu.

»Hochinteressant. Michail hat den Wiener Flughafen gar nicht verlassen«, sagte ich.

»Tja«, sagte Alex.

»Er hat sich am Terminal mit jemandem getroffen und eine halbe Stunde mit ihm geredet. Dann ist er in die Maschine nach London gestiegen.«

»Und damit haben wir seine Spur verloren«, riet Alex.

»Itamar hat natürlich London angerufen. Von dort aus hat Michail den ersten Flug nach Tel Aviv genommen.«

»Das heißt, er ist schon wieder da?«

»Eine Spritztour von zwölf Stunden. Das ist alles. Itamar schreibt, die Fotos kommen extra.«

»Es gibt auch Fotos?« Alex drückte eine Taste der Sprechanlage.

Wenige Minuten später lagen zehn gestochen scharfe Fotos vor uns auf dem Tisch. Sie zeigten Michail, wie er sich mit einem unbekannten Mann unterhielt, im Hintergrund der Wiener Flughafen. Alex berührte die Fotos nur am äußersten Rand, um keine Flecke zu machen.

»Er sieht russisch aus«, sagte er.

»Michail?«, fragte ich. »Er *ist* Russe.«

»Nein, du Knallkopf, der andere. Er sieht nicht wie ein Kirchenmann aus, aber ich gehe jede Wette ein, daß er Russe ist. Kennst du ihn zufällig?«

»Nein.«

»Soll ich das mal zur Überprüfung ins Archiv schicken?«

»Ja«, sagte ich, »aber möglichst ohne Staub aufzuwirbeln.«

»Vertrau mir«, sagte Alex. »Willst du noch was?« Sehnsüchtig fixierte er das letzte Stück Pizza.

»Komm«, sagte ich, »du kannst im Auto weiteressen.«

»Was hast du es so eilig?«

»Ich muß heute noch zurück nach Jerusalem. Auf mich wartet jede Menge Arbeit.«

## 28

## Irith

Besorgt betrachtete ich die Kassetten, die sich auf dem Tisch meiner Kammer in der Kirche stapelten. Die Einarbeitungstreffen mit Jochanan und seinem »unsichtbaren« Kollegen hatten mich zwei Wochen von meiner eigentlichen Arbeit abgehalten. Heute, beschloß ich, werde ich den Rückstand aufholen. Nur stellte ich schnell fest, daß ich nicht die erforderliche Konzentration aufbrachte, und ertappte mich dabei, wie ich die Wände anstarrte und über Dinge nachdachte, die keinen rechten Zusammenhang ergaben. Ich durfte nicht zulassen, daß meine neue Beschäftigung das Forschungsprojekt beeinträchtigte, denn Geller hatte tatsächlich nicht lange gebraucht, um meine Zerstreutheit zu bemerken.

»Wir hatten doch einen Zeitplan verabredet«, sagte er bei unserem Treffen in der vergangenen Woche. Der leichte Tadel war nicht zu überhören gewesen.

»Ich war etwas müde in letzter Zeit.«

»Du kommst nicht so richtig voran, oder irre ich mich? Du weißt«, fügte er hinzu, um seine Kritik etwas abzuschwächen, »daß die Möglichkeit zu dieser Arbeit ziemlich einzigartig ist. Warum willst du die Fachwelt unnötig hinhalten?«

Ich legte eine Kassette in den Rekorder, das »Ave Maria« in der russischen Fassung, doch ich spürte, daß ich nicht allein war.

»Guten Tag, Doktor Dolev.«

»Michail!« Ich rang um ein Lächeln. Wie können Sie so schnell zurück sein? wäre es mir fast herausgerutscht.

»Entschuldigen Sie die Störung.« Michail war auf der Türschwelle stehengeblieben.

»Kommen Sie herein.« Sei ganz natürlich, befahl ich mir. Er weiß von nichts.

»Ich wollte mich nur verabschieden.«

»Sie verlassen die Kirche?« Ich hoffte, daß meine Stimme lediglich überrascht klang und nicht die heimliche Freude verriet.

»Ja«, Michail nickte traurig, »ja, bald.«

Ich gab mir Mühe, einen Ausdruck von Anteilnahme auf mein Gesicht zu zaubern. »Ich vermute, Sie übernehmen eine neue Aufgabe, die sicher nicht weniger interessant ist.«

»Ganz gewiß, Doktor Dolev, ganz gewiß. Ich kehre in die Heimat zurück, in die Moskauer Kirche.«

Als ob der KGB-Stab in Moskau Ähnlichkeiten mit einer Kirche hatte.

»Das ist doch wunderbar«, sagte ich, »ich freue mich für Sie. Und wann nehmen Sie Ihre Arbeit dort auf?«

»In den nächsten Tagen, schon in den nächsten Tagen«, antwortete Michail und neigte auf diese für ihn typische Weise den Kopf. »Sie teilen dem verehrten Professor Geller doch mit, daß ich Jerusalem verlasse?«

»Natürlich tue ich das. Sicher wird es auch ihm leid tun, daß Sie fortgehen.«

***

»Michail hat mir die gute Nachricht gerade überbracht.«

Ossip blickte von seinem Buch auf, er wirkte angespannt, aber beherrscht. »Machen wir einen kleinen Spaziergang«, sagte er.

»In die Bibliothek?«

»Nein, nach draußen.«

Angeregt über die Beziehung von Text und Musik in den Bach-Kantaten diskutierend, verließen wir die Kirche und gingen die Heleni ha-Malka hinunter. Erst als wir in die Schivtei-Israel-Straße abbogen und an dem leicht vernachlässigten Gebäude des Erziehungsministeriums vorbeikamen, hatten wir das Gefühl, frei sprechen zu können.

»Michail geht weg«, begann ich und erzählte auch schnell den Rest unserer kurzen Unterredung.

»Gut«, erwiderte Ossip, »vielleicht ist das die Erklärung.«

»Wofür?«

»Für sein merkwürdiges Verhalten und die häufigen Flüge. Eine neue Funktion kann das alles erklären.« Doch in seiner Stimme schwangen Zweifel.

»Du scheinst damit nicht vollends zufrieden.«

»Irina.« Er war stehengeblieben. »Wie oft unterhaltet ihr beide euch normalerweise? Höchstens einmal im Monat.«

»Wenn's hoch kommt.«

»Eben«, sagte Ossip. »Warum erzählt er eine so wichtige Neuigkeit dann ausgerechnet dir? Vor allen anderen?«

»Er hat es sonst niemandem erzählt?« Ich war überrascht.

»Jetzt verstehst du wahrscheinlich, warum es mir spanisch vorkommt. Vor allem, wenn ich bedenke, wie hastig das alles passiert. Wann, sagte er, verläßt er die Kirche?«

»In ein paar Tagen.«

»Siehst du? Das ist viel zu überstürzt. Eine neue Funktion ergibt sich nicht von heute auf morgen, das wird in der Regel Monate im voraus geplant.«

»Vielleicht war er sich nicht sicher, ob er die neue Position auch bekommt?« schlug ich vor. »Vielleicht hat er erst vor einer halben Stunde die Zusage bekommen und wollte es einfach jemandem erzählen?«

»Kann sein.« Ossips Stimme war immer noch voller Zweifel.

Auch ich war mit meiner Deutung alles andere als zufrieden. Schweigend traten wir den Rückweg an, das Problem weiter hin und her wälzend. Ich schrak regelrecht zusammen, als in der nahegelegenen Altstadt die Kirchenglocken zu läuten begannen.

»Ist es schon zwölf? Ich muß in die Uni.«

»Gehst du vorher noch mal zurück in die Kirche?«

»Nein. Ich parke außerhalb.«

Ossip blieb stehen, während ich zu meinem Auto hastete und mich auf den Weg nach Tel Aviv machte.

## 29

»Wir setzen uns mit Tränen nieder
und rufen dir im Grabe zu:
Ruhe sanfte, sanfte ruh!«

Mit diesen Worten endet Bachs Matthäuspassion. Und gleichzeitig der wunderbarste Chorsatz, den er je geschrieben hat, zwei Chöre erzählen den Leidensweg Jesu, zwei Orchester weben dazu eine polyphone Struktur, die in ihrer Komplexität und Tiefe atemberaubend ist. Doch erst auf dem Höhepunkt des Dramas verschmilzt Bach, der Musiker, mit Bach, dem Gläubigen, um auf diese Weise den Höhepunkt der musikalischen Lyrik zu schaffen.

»Euer Grab und Leichenstein
soll dem ängstlichen Gewissen
ein bequemes Ruhekissen
und der Seelen Ruhstatt sein.«

Sangen die Chöre. Man mußte nicht unbedingt Christ oder überhaupt religiös sein, um von diesen Klängen, die vor mehr als zweihundertfünfzig Jahren entstanden waren, in den Bann gezogen zu werden. Es ist eine Musik, die Ereignisse von vor zweitausend Jahren beschreibt. Trotzdem war ihre Kraft im Wandel der Zeit nur verstärkt worden, ja sie hatte an Intensität noch gewonnen.

Niemand redete, als das Stück ausklang. Schweigend schob ich die Platte zurück in ihre Hülle und ließ einige Sekunden verstreichen – die Zeit, die jeder Musikliebhaber benötigt, um nach einem solchen Erlebnis in die Realität zurückzufinden.

»Ein schwerer Abschied«, begann ich, »doch wir lassen die geistliche Musik Bachs jetzt hinter uns. Wenn Sie das Hörerlebnis wiederholen wollen, erinnere ich Sie daran, daß im Bibliotheksbestand mindestens sechs verschiedene Aufnahmen der Matthäuspassion zur Verfügung stehen. Es lohnt sich.«

»Dann kommt sie also in der Prüfung dran?« rief jemand dazwischen.

Ich stimmte in das allgemeine Gelächter ein. Nach dem Treffen mit Ossip konnte ich ein wenig Humor gebrauchen, selbst wenn es ein noch so abgedroschener Witz war.

»Wer jetzt enttäuscht ist«, fuhr ich fort, »dem verspreche ich, daß die Musik, die im kommenden Semesterabschnitt zu hören sein wird, durchaus mit der Matthäuspassion und der Hohen Messe mithalten kann. Wir wenden uns dann der Instrumentalmusik Bachs zu. Ich habe Ihnen eine Werkliste zum Anhören vorbereitet.« Ich legte den Stapel Kopien auf den Tisch. »Jetzt werden wir uns mit zwei anderen Werken Bachs beschäftigen. Auch das zwei wahre Meisterwerke: zum einen ›Das musikalische Opfer‹, zum anderen ›Die Kunst der Fuge‹. Wer von Ihnen hat sie schon mal gehört?«

Joseph Mangold hatte die Hand gehoben und begann wie gewohnt sogleich zu dozieren: »Die ›Kunst der Fuge‹ wurde 1750 komponiert und –«

»Danke, Joseph. Ich wollte lediglich wissen, wer ›Das musikalische Opfer‹ schon gehört hat?«

Beinahe alle hoben ihre Hände.

»Gut«, sagte ich, »jetzt würde ich gern wissen, wer sich mit dem Werk schon tiefgehender beschäftigt und die Kontrapunktierung, die Harmonie analysiert hat.«

Die meisten nahmen ihre Hände wieder herunter. Wie immer blieb es bei dem harten Kern aus Joseph Mangold, Dorith Tenne und noch zwei, drei anderen.

»Wenn das so ist«, sagte ich, »werden wir zunächst ein wenig den historischen Hintergrund beleuchten. Interessante Umstände, die uns lehren, daß Bach nicht nur ein genialer Musiker war, sondern auch ein überaus cleverer Geschäftsmann.«

»Bei zwanzig Kindern kein Wunder«, warf ein Student aus den hinteren Reihen salopp dazwischen.

»Richtig«, sagte ich, »und wer mit Johann Sebastian Bachs Intimleben nicht vertraut ist, dem sei es noch einmal gesagt: Bach war Vater von zwanzig Kindern. Das ist Tatsache. Und glauben Sie mir, eine Familie dieser Größe allein von einem Musikergehalt zu ernähren war in der damaligen Zeit so gut wie unmöglich.«

»Aber nach der Arbeit konnte man sich in den Kirchen immer noch etwas dazuverdienen«, sagte Dorith Tenne.

Wem erzählst du das, dachte ich und mußte lächeln.

Ich hatte gerade die Schallplatte aus der Hülle genommen, als die Tür aufging und Viktor Geller hereinschaute. »Pax hominibus bonae voluntatis«, sagte er. *Friede den Menschen auf Erden, die guten Willens sind.* »Störe ich?«

»Stören – du?!« Ich versuchte, mir meine Freude nicht allzusehr anmerken zu lassen.

»Ich habe in der Mediothek verzweifelt ›Das musikalische Opfer‹ gesucht, und die Bibliothekarin meinte, du hättest sämtliche Aufnahmen mitgenommen.«

»Kein Problem, ich kann gern auf eine Platte verzichten.«

»Nein, nein, wenn ich schon mal hier bin, nutze ich gleich die Gelegenheit, einen aufschlußreichen Vortrag über Bach zu hören.«

Beinahe lief ich rot an. »Wenn du versprichst, mich nicht zu korrigieren … Das Problem mit Professor Geller ist«, wandte ich mich an die Studenten, »daß er über jedes Thema Bescheid weiß. Sogar Joseph kann noch ein, zwei Kleinigkeiten von ihm lernen.«

»Sie übertreibt wie immer, aber ich verspreche, meinen Mund zu halten, wenn ich nach der Vorlesung auf einen Kaffee eingeladen werde«, erwiderte Geller, während er die Stufen hochstieg und sich einen freien Platz in der letzten Reihe suchte.

»Sie sind soeben Zeugen einer Erpressung geworden«, verkündete ich, »mir bleibt nichts anderes übrig, als zu kooperieren.«

Die meisten Studenten lächelten, Gellers Humor und Bescheidenheit waren allgemein beliebt.

»Gut«, fuhr ich fort, »kehren wir von Bachs familiärer Situation zur Entstehungsgeschichte des ›Musikalischen Opfers‹ zurück. Dieses Buch hier«, für alle sichtbar hob ich den schweren Band hoch, »mit dem Titel *Gödel, Escher, Bach – Ein Endloses Geflochtenes Band* von Douglas R. Hofstadter beschreibt die Umstände sehr präzise. Eine Pflichtlektüre für Bach-Liebhaber.«

»Wo bekommt man das?« fragte ein Mädchen.

»Im Buchhandel, nehme ich an. Selbst wenn Sie es nicht kaufen wollen, empfehle ich, wenigstens den Umschlagtext zu lesen. Schon allein diese kurze Zusammenfassung wird Sie in die Lage versetzen, etwas Intelligentes über die historischen Hintergründe zu sagen, ohne sich durch die ganzen siebenhundert Seiten gekämpft zu haben. Verzeihung, Joseph«, ich sah, daß Mangold vehement Einspruch erheben wollte, »wir wissen alle, daß Sie es bereits gelesen, vielleicht sogar selbst *geschrieben* haben. Ich spreche aber vom Rest der Welt.«

»Gut, wenn ihr alle wißt, was ich weiß, bin ich beruhigt«, sagte Mangold in einem seltenen Anfall von Humor.

»Da kommt mir eine Idee«, sagte ich und schaute auf die Uhr. »Joseph, trauen Sie sich zu, in den verbleibenden zehn Minuten

Ihr Fachwissen über ›Das musikalische Opfer‹ unter Beweis zu stellen?« Ich wartete seine Antwort gar nicht erst ab, sondern war schon die Stufen zur letzten Reihe hochgegangen und setzte mich auf den freien Platz neben Geller.

»Wie geht es dir, Irina?« Geller strich mir sanft über den Arm, während die monotone Stimme Mangolds von der unmöglichen Forderung Friedrichs des Großen erzählte, ausgehend von seiner winzigen improvisierten Melodie, dem »königlichen Thema«, ein Werk zu komponieren. Bach jedoch nahm die Herausforderung an und brachte innerhalb weniger Tage das Unglaubliche zustande – »Das musikalische Opfer« war geboren.

»Schön, dich zu sehen«, flüsterte ich. »Was machst du denn heute an der Uni? Du hast doch gar keinen Unterricht.«

»Das nicht, aber heute ist die Haushaltssitzung beim Dekan. Sie haben vor, unser Budget fürs nächste Jahr erheblich zu kürzen, also bin ich gekommen, um ein wenig Krach zu schlagen und ein, zwei Tische umzuschmeißen. Außerdem wollte ich beim ›Musikalischen Opfer‹ etwas nachprüfen. Und mit dir einen Kaffee trinken.«

***

In der Cafeteria für das akademische Personal eroberten wir den einzigen freien Tisch. Geller besorgte Kaffee, während ich uns Kuchen organisierte und schnell die Zigarette zu Ende rauchte, die ich mir nach der Vorlesung angezündet hatte.

»Ich mache sie schon aus«, beruhigte ich ihn, als er auf den Tisch zukam. »Das ist heute erst meine vierte.«

Geller, für den jede qualmende Zigarette einer Kriegserklärung gleichkam, fühlte sich berufen, mir das Rauchen abzugewöhnen.

»Unter normalen Umständen würde ich dir das nicht durchgehen lassen«, er stellte die Kaffeetassen ab, »aber nachdem du mir Kuchen spendiert hast, plagen mich Gewissensbisse.«

»Keine Sorge, es werden sich jede Menge andere Gelegenheiten bieten.« Normalerweise gab ich mir Mühe, nicht mehr als eine Schachtel am Tag zu rauchen, aber in den letzten Wochen hatte ich es fast auf zwei gebracht.

»Du weißt, wie ungesund es ist. Wo dein Mann auch noch Arzt ist ...«

»Ilan raucht selbst.«

»Na gut«, lenkte Geller ein. »Außerdem habe ich sowieso andere Gründe, dir ordentlich den Kopf zu waschen.«

»Ich weiß«, sagte ich, »ich bin zu langsam.«

»Ich frage mich, was in dir vorgeht. Neuerdings interessierst du dich anscheinend auch noch für die griechische Kirche. Welchen Einfluß sie auf die russisch-orthodoxe Kirchenmusik hatte, warum und wann. Dabei gehört das überhaupt nicht zu unserem Thema.«

»Sieh mal, Viktor«, sagte ich, ohne die Fortsetzung zu kennen.

»Irina«, er legte seine Hand auf meinen Arm, »ich schätze deine intellektuelle Neugier. Doch wenn ich in der Kirche einen Blick in dein Zimmer werfe, sehe ich, daß du einfach nicht vorankommst. Schon vor zwei Wochen haben wir darüber geredet.« Er nahm einen Schluck von seinem Kaffee und seufzte. »Was ist mit dir los, daß du in letzter Zeit so merkwürdig bist?«

»Merkwürdig?« Ach, Viktor, ich wollte, ich könnte es dir erzählen.

»Ich kann es schwer in Worte fassen«, hörte ich ihn sagen, »ich habe das Gefühl, daß du etwas vor mir verheimlichst.«

»Entschuldige –« Ich war aufgesprungen und rannte beinahe zur Toilette. Ich ließ mir lange kaltes Wasser übers Gesicht laufen, bevor ich mich wieder aufrichtete und im Spiegel betrachtete. Wie dumm ich doch war! Wie konnte ich nur denken, daß Geller nichts mitbekam? Er kannte mich einfach zu gut, konnte in mir lesen wie in einem Buch. Ich atmete tief durch und wartete darauf, daß der Brechreiz abflaute. Reiß dich zusammen, redete ich mechanisch auf mich ein, reiß dich jetzt zusammen. Ich spülte mein Gesicht noch einmal ab und ging wieder nach draußen.

Geller wartete vor der Tür. Er nahm meinen Arm und führte mich zu meinem Stuhl. »Soll ich dich nach Hause bringen?«

»Ach, es ist nichts«, ich versuchte zu lächeln, »ich bin in letzter Zeit nur etwas geschafft.«

»Hier«, er schob mir die Tasse zu, »trink deinen Kaffee.« Plötzlich breitete sich ein Lächeln über sein Gesicht. »Moment mal. Ist es vielleicht etwas Erfreuliches? Etwas, wozu man gratulieren darf?« Erwartungsvoll schaute er mich an.

Was für eine wunderbare Idee, dachte ich. Eine Schwangerschaft. Wie viele Erklärungen würde mir das ersparen.

»Viktor, ein solches Ereignis würde ich doch nicht vor dir geheimhalten.«

»Du siehst angeschlagen aus«, sagte Geller. »Bist du sicher, daß du dir keinen Virus eingefangen hast?«

»Ich glaube nicht.« Er schaffte es tatsächlich, daß ich mir Sorgen machte. »Mir sind nur die Vorlesungen und die Fahrten nach Jerusalem ein bißchen zu viel. Auf einmal merke ich, daß ich keine Energiereserven habe.«

»Es würde sich aber lohnen, welche zu aktivieren.«

Ich schaute ihn an. Er klang wie ein Großvater, der für seinen Enkel eine Überraschung bereithielt.

»Es lohnt sich wirklich.«

»Was verheimlichst du mir?«

»Ahh! Auf einmal bist du neugierig!« Geller lachte. Er nahm einen Umschlag aus seiner Jackettasche, zog übertrieben langsam ein Blatt daraus hervor, faltete es auseinander und las es in aller Gemütsruhe durch.

»Willst du raten?« Er genoß jede Sekunde des Hinhaltens.

»Ich will es lesen.«

»Ach so, bitte, warum sagst du das nicht gleich?« Mit einer angedeuteten Verbeugung reichte er mir das Blatt.

»Ist das wahr?« fragte ich, als ich zu Ende gelesen hatte. »Ist das wirklich wahr?«

Der Brief kam von Professor Franklin Adams – *dem* Franklin Adams, Chefredakteur des *Journal of American Musicological Society*, einer der international renommiertesten musikwissenschaftlichen Fachzeitschriften. In dem Schreiben dankte er seinem guten und hochgeschätzten Freund Professor Geller für die spannenden Informationen über das Forschungsprojekt in der Russischen Kirche von Jerusalem ... sobald Doktor Dolev die Zusammenfassung der Ergebnisse zum Abschluß gebracht haben würde ... hatte er keinen Zweifel daran, daß die Zeitschrift ihren Artikel in der nächsten Ausgabe veröffentlichen würde ... er bat nur darum, ihm das Material so bald wie möglich zukommen zu lassen ...

»Ich kann das einfach nicht glauben«, sagte ich, »er hat noch keine Zeile davon gelesen und verpflichtet sich bereits zur Publikation ...«

»Und ob er schon etwas gelesen hat«, sagte Geller, »ich habe ihm Material geschickt. Und ich habe reichlich Propaganda für dich gemacht. Das Problem mit Adams ist, daß er seine Versprechen manchmal nicht allzu wörtlich nimmt, aber mit mir wird er keine Spielchen treiben. Hauptsache ist – freust du dich überhaupt?«

»Freuen?« Ich beugte mich zu ihm und küßte ihn auf die Wange. »Ich könnte schreien! Du bist einfach wunderbar.«

»Okay«, sagte er mit gespielter Ungeduld, »also was sagst du? Zurück an die Arbeit?«

## 30

# Jochanan

»Nein, kenne ich nicht.« Amnon schüttelte den Kopf und legte das Foto auf den Tisch.

»Findest du, daß er russisch aussieht?« fragte ich.

Amnon wählte ein anderes Foto aus und studierte es näher gründlich. Ich wußte, daß er jedes Detail genauestens analysierte, jedes winzige Informationsteilchen, das ihm das Foto liefern konnte. »Etwas Slawisches hat er. Gute Fotos. Itamar?«

»Itamar.« Ich hatte befürchtet, daß Amnon ein Faß aufmachen würde, weil ich den Mossad einbezogen hatte.

»Sehr gut«, sagte Amnon, »eine gute Initiative, gute Arbeit. Von dir und auch von ihm.«

Das überraschte mich. Ich war auf eine Standpauke über geordnete Arbeitsabläufe und rechtzeitige Koordination gefaßt gewesen. In politischer Hinsicht machten ihm Ephraim, Alex und das Tel Aviver Büro offensichtlich mehr Sorgen als Itamar und der Mossad. Der Mossad stellte für ihn keine Bedrohung dar. Darin lag eine bestimmte Logik, nur mußte ich mich an diese Denkweise erst gewöhnen.

»Jedenfalls«, fuhr Amnon fort, »was uns betrifft, ist Michail schon Vergangenheit. In Anbetracht dessen müssen wir nicht einmal klären, wen er in Wien getroffen hat.«

»Du meinst, eine Archivrecherche ist überflüssig?« fragte ich. Ich wagte nicht zu sagen, daß Alex in Tel Aviv schon Nachforschungen anstellte.

»Wozu«, sagte Amnon. »Michail tritt ab. Danke und auf Wiedersehen.«

»Ossip sieht das anders«, fügte ich hinzu.

Amnon hob die Brauen. »Anders?«

»Er kauft Michail die Geschichte mit dem Abgang nicht ab.«

»Sieht er denn gegenteilige Anzeichen?«

»Nicht, daß ich wüßte.«

»Ich verstehe.«

»Du verstehst *was?«* fragte ich.

»Moment«, sagte Amnon, »einen Moment.«

Volle zwei Minuten saß er da, ohne auch nur mit der Wimper zu zucken. Osnat kam herein, doch als sie Amnon wie versteinert dasitzen sah, warf sie mir einen Blick zu und ging wieder hinaus. Ich begann gerade, mich unwohl zu fühlen, als Amnon plötzlich wieder zum Leben erwachte.

»Ich werde die Fotos prüfen lassen«, sagte er in normalem Tonfall, als wäre er gerade danach gefragt worden. »Ich sehe zwar keine Anhaltspunkte für Ossips Bedenken, aber lassen wir ihn der Sache nachgehen. Wenn du mich fragst, verläßt Michail die Kirche tatsächlich.«

»Um nach Moskau zu gehen?«

»Sicherlich. In den letzten Monaten hat es im Moskauer Apparat jede Menge Veränderungen gegeben. Wir wissen noch nicht, ob die Kurskorrekturen, die Jelzin zugeschrieben werden, ernst gemeint sind oder nur kosmetischer Natur. Eines wissen wir jedoch mit Sicherheit: Die personellen Veränderungen in der Führungsspitze sind noch nicht abgeschlossen, das gilt auch für den KGB.«

»Ist Michail für die Sowjetunion tatsächlich solch ein Gewinn?«

»Für Rußland«, korrigierte Amnon und fuhr fort: »Persönlich schätze ich ihn weniger. Ein kleiner Mann. Befaßt sich gern mit Nichtigkeiten. Doch die Erfahrung lehrt, daß jeder neue Boß seine Mannschaft mitbringt. Dadurch vergrößert er seinen Einfluß, auf seine Leute kann er sich verlassen, sie gehören nicht zu irgendwelchen alten Seilschaften und sind niemandem außer ihm zur Loyalität verpflichtet.«

»Diesen Aspekt habe ich nicht bedacht«, sagte ich.

»Es gibt noch zahlreiche andere. Es passieren auch Dinge außerhalb von Jerusalem und Tel Aviv.«

»Kann ich mir vorstellen«, sagte ich.

»Gut, was ist mit Duboux?«

Ich gab ihm den Umschlag mit den Fotos. »Monsieur Duboux spaziert nachts gern durch den Süden Tel Avivs.«

»Einfach so«, sagte Amnon, öffnete den Umschlag und breitete die Fotos vor sich aus. »Wo hast du ihn fotografiert?«

»In der ha-Massger. Gegen Mitternacht.«

»Die sind nicht so gut geworden.« Amnon zog seine Brille aus der Hemdtasche und studierte die Bilder gründlich. »Wer ist der andere Kerl?«

»Ein Journalist, Freiberufler. Arbeitet für mehrere europäische Fernsehsender. Morgen fahre ich nach Tel Aviv und gehe der Sache auf den Grund.«

»Hat er etwas mit den Ägyptern zu tun?«

»Genau diese Richtung will ich morgen untersuchen.«

»Wie siehst du die Sache weiter?«

»Wenn ich das Prinzip verstanden habe, übergibt Duboux dem Journalisten jede Woche Material. Gleicher Tag, gleiche Uhrzeit. Das heißt, man kann sie in fünf Tagen zur Tatzeit festnehmen. Ich muß nur sicherstellen, daß unser Journalist auch wirklich ein Journalist ist. Nicht daß er über diplomatische Immunität oder so was verfügt.«

»Prüf das gründlich, Jochanan. Und ohne Staub aufzuwirbeln. Vom mir aus kann die Festnahme auch noch eine Woche warten. Hauptsache, wir bauen keine Scheiße.«

»Ein, zwei Tage, länger brauche ich dafür nicht.«

»Aber man sollte zumindest vorher mit den Franzosen Kontakt aufnehmen, ich will da kein Porzellan zerschlagen.«

»Also festnehmen oder nicht?«

»Nun zügle mal dein Cowboy-Temperament. Geh der Sache weiter nach: Duboux, seinem Freund, seinem Callgirl. Bevor ich grünes Licht gebe, möchte ich auf Nummer Sicher gehen. Auf eine Woche mehr oder weniger kommt es nicht an.«

»Aber es hält mich in Tel Aviv fest. Ich habe hier jede Menge Arbeit.«

»Ich halte dir hier den Rücken frei. Konzentriere du dich auf Duboux.«

Er wollte noch etwas sagen, als über die Durchwahl ein Anruf reinkam. Er griff sofort nach dem Hörer. »Amnon«, sagte er. Er hörte zu, wobei sein Gesichtsausdruck zunehmend ernster wurde. »Zunächst einmal«, sagte er schließlich beschwichtigend, »nicht in Panik verfallen, nicht die Nerven verlieren. Das ist nichts Neues.« Wieder hörte er zu, mit ausdruckslosem Gesicht, sein Blick glitt durch den Raum und blieb an mir hängen. Ich bekam das Gefühl, daß das Gespräch mit mir zu tun hatte.

»Hängt es mit Duboux zusammen?« fragte ich im Flüsterton.

Amnon schüttelte den Kopf und konzentrierte sich weiter aufs Hören.

»Die Kirche?« riet ich weiter.

Amnon gab mir ein Zeichen zu schweigen. »Ich verstehe«, sagte er zu der Person am anderen Ende. »Wer weiß noch davon? ... Bist du sicher? ... Ich sagte dir schon, es besteht kein Grund zur Panik. Hör mir jetzt gut zu. Hörst du?«

Auf einmal kam mir in den Sinn, daß Amnon wegen mir nicht frei sprechen konnte. Ich stand auf, doch er bedeutete mir sitzenzubleiben. »Na, siehst du, das klingt schon besser. Du mußt jetzt ruhig abwarten. Gut, daß du mit mir gesprochen hast, aber das ist mir nicht neu. Ich kümmere mich darum. Bis dahin verhalte dich ruhig und behalt die Geschichte für dich. Zu niemandem ein Wort.« Er hörte wieder zu und wiederholte, diesmal energischer: »Nein, zu niemandem. Ich kümmere mich darum.« Plötzlich schrie er fast. »Frag mich nicht, wie. Wenn es soweit ist, wirst du allein wissen, was zu tun ist.« Dann legte er auf.

»Osnat«, rief er in die Sprechanlage, »ich brauche dich.«

»Was ist passiert?« fragte ich.

»Nicht jetzt. Ich muß weg.«

»Kann ich helfen?« Wieder hatte ich das Gefühl, daß ich ihn eigentlich eher störte.

»Nein, das ist eine heikle Angelegenheit. Ich muß Informationen zu einem bestimmten Thema gegenlesen. Sei heute abend um sieben Uhr hier, halb acht. Bis dahin bin ich zurück und setze dich ins Bild. Es wird dich interessieren.«

Osnat kam herein.

»Ich habe keine Zeit für Erklärungen«, sagte er, »ich muß weg. Storniere alle meine Termine. Ich bin gegen sieben zurück, bitte warte auf mich.«

»Klang ja sehr dramatisch«, sagte sie, als er weg war.

»Ist es ein Problem für dich, bis sieben zu bleiben?«

»Sieben?« Sie lachte. »Schön wär's. Vor neun werde ich hier kaum rauskommen. Schlimmer als bei meinem Mann.«

Osnats Mann war der leitende Systemadministrator des Schin Beth. Hin und wieder half das, bürokratische Wege abzukürzen und schneller Informationen aus unserem Netz zu ziehen.

»Mußt du keinen Babysitter besorgen?«

»Das hat sich längst eingespielt. Ein Glück, daß meine Eltern in unserer Straße wohnen. Sag mal, bist du die ganze Zeit in Tel Aviv? Man bekommt dich ja kaum noch zu Gesicht.«

»Das wird auch noch ein paar Tage so weitergehen, morgen muß ich wieder.«

»Alex ist doch ein guter Freund von dir ...«

»Ja, schon. Warum?«

»Nur so ...«

»Wie kommt es, daß jede Frau, die Alex zufällig einmal gesehen hat, immer wieder nach ihm fragt? Warum fragt keine nach mir?«

»Meinst du das ernst?«

»Ja.«

»Deine Sorgen möchte ich haben.« Osnat lachte. »Da muß ich erst mal nachdenken –«

»Nein, nein, du sollst nicht nachdenken. Antworte einfach.«

»Ich weiß nicht«, sagte sie, »er hat irgendwie ... etwas Anziehendes.«

»Sieht er gut aus?«

»Ich erinnere mich kaum. Ich habe ihn vielleicht einmal für zehn Minuten gesehen. Mit dir, vor zwei Jahren.«

»Genau das frustriert mich ja so«, sagte ich.

»Er sah ganz gut aus«, sprach Osnat weiter, »nicht umwerfend, aber gut. Er verstand was von Klamotten. War nett. Aber ... aber es ist nicht deswegen.«

»Nun rück schon raus damit, *was* ist es?

»Ich weiß nicht. Macht dich das so fertig?«

»Sieht fast so aus, als wäre ich neidisch, nicht«, sagte ich leichthin.

»Als ob du das nötig hättest, dir laufen doch sicher ein Haufen Frauen nach.«

»Und wie«, sagte ich, »ich trau' mich schon gar nicht mehr aus dem Haus.«

»Also, wenn du es unbedingt wissen willst. Alex macht schon in der ersten Sekunde einen netten Eindruck, bei dir braucht man ein bißchen mehr Zeit. Und du erweckst eher etwas anderes, wie soll ich sagen ... beinahe Zuneigung wie für ein Kind.«

Das saß. »Hast du ein Bonbon für mich?«

»Hör auf. Du hast nach Alex gefragt. Punkt.«

»Ich weiß.«

»Willst du, daß wir etwas für dich arrangieren?«

»Wieso, hast du jemand Bestimmten im Auge?«

»Darüber habe ich mir noch nicht den Kopf zerbrochen. Hast du besondere Ansprüche?«

Jetzt war ich an der Reihe nachzudenken. Was als Witzelei angefangen hatte, klang auf einmal sehr ernst.

»Ehrlich gesagt habe ich keine Ahnung«, sagte ich.

»Du machst mir Spaß. Du hast keine Ahnung, wen du magst?«

»Nein. Nicht wirklich. Darauf habe ich schon lange keinen Gedanken mehr verschwendet.«

»Dann tu es jetzt!« Es klang wie ein Befehl. »Größe, Bildung, Persönlichkeit, Haarfarbe, Oberweite, Interessen.«

»Hast du ein Formular zum Ausfüllen?«

»Jochanan, nun mal ernst.«

»Eine Musikwissenschaftlerin«, hörte ich mich auf einmal sagen, »eine, die Musik mag.«

Osnat schaute mich verblüfft an. Auch ich war einigermaßen überrascht.

»Das ist das erste, an was du bei einer Frau denkst?« fragte sie. »Ich rede mit dir über Oberweiten, und du kommst mir mit Musik.«

»Ist das verboten?«

»Nur damit wir uns richtig verstehen. Du hast mich nach Alex gefragt, und ich kenne ihn kaum, aber ich gehe jede Wette ein, daß er seine Wunschliste nicht gerade mit den künstlerischen Neigungen beginnen würde.«

»Da kennst du ihn besser, als du denkst.«

In der Tat stünde klassische Musik bei Alex vielleicht auf Platz 78.

»Gut«, kam Osnat zur Sache, »sie muß also Musik mögen. Was noch?«

Ich sollte ihr einfach die Beschreibung von Irith geben, dachte ich.

## 31

## Irith

Ich nahm das Fieberthermometer wieder aus dem Mund: 38,7. Offensichtlich hatte Geller recht gehabt.

Zur Feier der bevorstehenden Veröffentlichung hatte ich Ilan am Vorabend zum Essen eingeladen. Schon im Restaurant hatte ich die ersten Symptome gespürt, aber schnell verdrängt. Ich wollte mich über meinen Artikel freuen und die Euphorie ordentlich auskosten. Zu Hause jedoch fühlte ich mich schon richtig mies. Ilan untersuchte mich.

»Kopfschmerzen genügen dir wohl nicht mehr? Erfindest du jedes Mal eine andere Ausrede?«

Dabei hatte ich ohnehin vorgehabt, mit ihm zu schlafen. Ich wollte einfach einen perfekten Abend, und der Sex war relativ gut, angenehm.

»Heute tauschen wir die Rollen«, sagte ich hinterher zu Ilan, »heute bin *ich* es mal, die sich umdreht und sofort einschläft.«

Morgens ging es dann richtig los. Plötzliches Erbrechen gegen halb sechs, danach konnte ich nicht wieder einschlafen. Zum Frühstück brachte ich keinen Bissen herunter, und nachdem die Kinder in der Schule waren, legte ich mich wieder hin. Ich hoffte, schnell wieder zu Kräften zu kommen, um wenigstens die Vorlesung halten zu können. Als ich aufwachte, blieben mir noch zwanzig Minuten bis Vorlesungsbeginn. Ich maß noch einmal Fieber und beschloß, mit 38,5 zu Hause zu bleiben. Ich rief im Fachbereich an und döste wieder ein.

Mittags stand ich mit dem festen Vorsatz auf, etwas zu essen, beließ es aber bei Joghurt und Kaffee. Dann wagte ich es, mir eine Zigarette anzuzünden, und setzte mich an den Schreibtisch, um das Grundgerüst für den Artikel zu entwerfen. Im Schreiben hatte ich noch wenig Erfahrung, ich gehörte nicht zu diesen ungemein produktiven Musikwissenschaftlern, die am laufenden Band Artikel publizierten. Wenn du eine Professur bekommen willst, hielt mir Geller immer wieder vor, mußt du veröffentlichen. »Publish or perish« – publiziere oder geh unter. Diese eiserne Regel gilt für einen Kernphysiker an der New Yorker Universität ebenso wie für einen Literaturwissenschaftler an der Sorbonne und eine Musikwissenschaftlerin an der Universität Tel Aviv.

Trotzdem kam ich nicht voran. Alle möglichen Dinge gingen mir durch den Kopf, nur nicht mein Artikel. Ich mußte an Ilan denken, der hingebungsvoll und zärtlich wie immer war und nicht ahnte, was in dem Menschen vorging, der ihm am nächsten stand. Dann grübelte ich über Geller nach. Was hatte ihn eigentlich dazu bewogen, ausgerechnet mich zu protegieren? Was dachte er jetzt über mich? Zweifellos ahnte er etwas, aber selbst sein kluger Kopf konnte sich schwerlich vorstellen, was sich hinter meiner angeblichen Müdigkeit und dem stockenden Arbeitstempo der letzten Wochen verbarg.

Und Ossip. Von Treffen zu Treffen wurden wir vertrauter. Wenigstens einer, den ich nicht betrog.

Wenig später rief Ilan aus dem Krankenhaus an und wollte wissen, wie es mir ging.

»Obermies«, sagte ich, »aber das geht vorbei.«

»Wenn du mit Fieber zu solchem Sex fähig bist«, sagte Ilan, »dann werd bloß nicht gesund.«

»Ich liebe dich«, sagte ich.

Letztlich wird die ganze Sache in absehbarer Zeit vorbei sein, sprach ich mir Mut zu. Ich werde einfach einen höheren Gang einlegen, und wenn alles wie am Schnürchen läuft, habe ich es bald hinter mir. Was bleiben wird, ist der Artikel im *Journal of American Musicological Society*, ein paar Erinnerungen, die ich mit niemandem teilen darf, und einige tausend Dollar. Bis jetzt hatte ich nur ein paar hundert davon ausgegeben, aber bei der nächsten Reise nach Europa konnten wir ein bißchen über die Stränge schlagen.

Das Fieber schien noch weiter zu steigen, ich verzichtete lieber aufs Messen, nahm zwei Aspirin und hoffte inständig, in den nächsten Stunden schlafen zu können. Vor fünf würden Ilan und die Kinder nicht zurückkommen.

Die Tabletten schienen zu wirken, die Kopfschmerzen ließen nach, und endlich fiel ich in einen tiefen, festen Schlaf, bis mich das Telefon weckte. Ein lautes, hartnäckiges Klingeln, das partout nicht nachließ. In den ersten Sekunden redete ich mir ein, daß ich träumte. Ich hatte doch extra den Stecker herausgezogen. Kraftlos tastete ich nach dem Telefon neben dem Bett. Die

Leitung war tot. Dann endlich realisierte ich, daß ich den Apparat im Wohnzimmer nicht herausgezogen hatte. Ich stand auf und machte mich mit wackligen Beinen auf den Weg zur Couch.

»Doktor Dolev? Ist dort Doktor Dolev?« drang die Stimme aus dem Hörer, noch bevor ich einen Laut herausbrachte.

»Am Apparat«, sagte ich. Und dann erkannte ich seine Stimme, seine Art zu sprechen. »Ossip?«

»Irina«, er klang gefaßt, aber angespannt, »ich dachte, du würdest heute kommen. Ich habe auf dich gewartet.«

»Wie spät ist es?« murmelte ich. »Was ist das für ein Lärm? Ich kann dich kaum verstehen.«

»Ich rufe aus einer Telefonzelle an. Das war ein Bus. Es ist gleich drei.«

»Drei?« wiederholte ich langsam. »Hast du drei gesagt?«

»Zehn vor drei, ja.«

»Tut mir leid, Ossip, mir geht es nicht gut.«

»Das dachte ich mir schon. Professor Geller war heute morgen da. Er hat Nikolai erzählt, daß du gestern gar nicht gut ausgesehen hättest.«

»Ich glaube, mich hat ein Virus erwischt.«

»Kommst du morgen?«

»Ich wollte mich ein paar Tage ausruhen. Gibt es einen besonderen Grund?« Schon im nächsten Augenblick bereute ich die Frage. Ohne Grund würde Ossip wohl kaum anrufen.

Seine Antwort kam mit Verzögerung. »Kennst du die Symphonie Nr. 94 von Haydn? Es gibt bald ein Konzert, dort wird sie gespielt«, sagte er leise.

»Ossip, wovon redest du?« Ich hatte das Gefühl, daß mir mein Gehirn davonschwamm.

»Die Symphonie Nr. 94?« wiederholte Ossip hartnäckig. Seine Stimme hatte einen eindringlichen, verzweifelten Unterton.

Ich bemühte mich, einen klaren Gedanken zu fassen. Die meisten Symphonien von Haydn hatten Beinamen. Die Symphonie Nr. 94 – verflixt, wie hieß sie doch gleich? Abschiedssymphonie?

Nein. Die Abschiedssymphonie war die Nr. 45. Ich kramte weiter in meinem Gedächtnis: Die Uhr? Die Henne? Der Kuckuck? Gab es überhaupt eine Symphonie namens »Kuckuck«?

Auf einmal kam mir die Erleuchtung: Die Symphonie mit dem Paukenschlag, ihr englischer Titel war »Surprise«. Jemand würde uns eine Überraschung bereiten. Das war es, was Ossip mir übermitteln wollte.

»Kommst du morgen in die Kirche?«

»Ich kann heute noch kommen, wenn du willst. Ich nehme ein Taxi«, sagte ich, ohne darüber nachzudenken, wie ich das Ilan beibringen sollte.

»Heute ist ungünstig«, sagte Ossip. »Sie wissen, daß es dir nicht gut geht, und außerdem bleibst du nie länger als bis zwei. Komm besser morgen.«

»Okay.«

»Auch wenn du dich nicht gut fühlst. Es ist wichtig.«

»Ich komme morgen.«

»Ich warte in der Bibliothek«, sagte er und hängte ein.

Als ich aufgelegt hatte, überkam mich wieder starker Brechreiz. Ich schaffte es gerade noch ins Bad. Dann schleppte ich mich kraftlos auf die Couch, blieb dort liegen und kämpfte gegen neuerlichen Brechreiz und Schüttelfrost an. Ich rief Ilan auf der Station an, doch er war im OP. Er muß mich bis morgen auf die Beine bringen, sagte ich mir, bevor ich in einen unruhigen Schlaf fiel. Im Traum hörte ich eine unendlich zarte, leise Musik – und plötzlich den Paukenschlag.

## 32

Ilan weckte mich früher als sonst, der Frühstückstisch war auch schon gedeckt. Er freute sich, daß ich über Toast, Marmelade und Tee herfiel.

»Vielleicht bleibst du heute trotzdem zu Hause?«

»Ilan, es ist schade um jeden Tag«, sagte ich, »der Artikel ...«

»Der Artikel kann warten. Wenn du nach Jerusalem fährst, statt dich auszukurieren, hast du rein zeitmäßig gar nichts gewonnen.«

Daß er immer so logisch sein mußte.

»Bist du sicher, daß du Auto fahren kannst?« fragte er besorgt.

»Es geht mir schon viel besser. Offensichtlich versteht mein Arzt sein Handwerk.«

»Obwohl er bis jetzt keine Ahnung hat, was das gewesen ist.«

»Kein Virus?«

»Virus«, Ilan lachte, »diese Diagnose ist zu allgemein. Klingt nach Poliklinik.«

»Eine Allergie?« schlug ich vor. »Oder eine Magenverstimmung.«

»An eine Allergie glaube ich nicht, aber möglich. Essen, Getränke, na ja. Vielleicht hat dich auch nur jemand angeniest. Es gibt Millionen Möglichkeiten, sich etwas aufzulesen.«

»Aids ist es nicht?« fragte ich neutral.

Ilan schaute mich liebevoll an. »Hast du denn ungeschützten Sex außerhalb unserer Ehe?«

»Ständig.«

»Mit einem Studenten aus der Fakultät?«

»Mit dreien. Außerdem mit zwei Dozenten und dem Hausmeister.«

Er lachte. »Aids hast du nicht, aber jetzt wird mir klar, warum du so müde bist.«

»So viel habe ich noch nie geschlafen«, sagte ich und mußte schon wieder gähnen.

»Und so fest. Du warst nicht wachzukriegen.«

»Hast du es versucht?«

»Zweimal sogar. Im Fernsehen lief eine Reportage. Ich dachte, sie könnte dich interessieren, aber wie gesagt, du bist partout nicht wach geworden.«

»Bloß gut. Wenn du mich geweckt hättest, wäre ich dir wahrscheinlich an die Kehle gesprungen.«

»Und dann«, unbeeindruckt trank Ilan weiter seinen Kaffee, »rief jemand an und wollte dich sprechen. Ich sagte ihm, daß du schon im Bett bist. Er klang ziemlich enttäuscht.«

»Jemand von der Fakultät?«

Ilan zuckte mit den Schultern. »Keine Ahnung. Ich konnte ihn kaum verstehen. Er meinte, ihr würdet euch heute treffen, aber wenn nicht, dann würde er dir eine Nachricht hinterlassen.«

»Moment, Ilan, Moment.« Ich spürte, wie mir das Blut aus dem Gesicht wich. Mein Herz raste. »Versuch, dich zu erinnern. Was hat er *genau* gesagt?«

Ilan bestrich eine Scheibe Toast mit Marmelade. »Genau, was ich gesagt habe. Wenn ihr euch heute nicht trefft, hinterläßt er dir Material oder eine Nachricht. Das war alles, glaube ich.«

»Aha.« Ich gab mich desinteressiert. »Wie klang er denn?«

»Nicht wie der Latin Lover, von dem du träumst«, sagte Ilan ironisch. »Er klang russisch, eben ein wenig schwermütig.« Er biß von seinem Toast ab. »Tu mir einen Gefallen. Wenn du schon solchen Blödsinn treibst, dann bitte mit Stil. Einen echten Latino würde ich ja noch akzeptieren. Aber einen Russen? Das ist unter deinem Niveau. Gut, ich gehe dann mal die Kinder wecken. Es ist schon nach sieben.«

»Ilan?« Vor der Türschwelle fing ich ihn ab. »Brauchst du heute den Fiesta?«

»Na ja, das ganze Krankenhaus wird komisch gucken, wenn ich mit dem Käfer vorfahre, aber was soll's.«

»Vielleicht erhöhen sie dein Gehalt, wenn sie den Oldtimer sehen. Warte ...« Ich schmiegte mich an ihn. »Mein erster Ehemann, du sollst wissen, daß ich dich liebe.«

»Den Fiesta hast du doch jetzt schon«, sagte er argwöhnisch, »was willst du noch?«

Ich lachte und rieb mich an seinem Bein. »Wart ab, bis ich aus Jerusalem zurück bin. Ich habe schon einen Plan. Vielleicht läßt du die Kinder heute bei deiner Mutter?«

»Du bist so merkwürdig in letzter Zeit«, sagte er. Wie Geller. Wortwörtlich.

»Wieso?«

»Bei jeder Gelegenheit fällst du über mich her, egal, ob krank oder gesund ...«

»Ist das etwa eine Beschwerde?«

»Klingt es danach?«

»Mir bleiben noch fünfzehn Jahre bis zu den Wechseljahren«, erwiderte ich nur.

»Zwischen den Wechseljahren und dem Sexualtrieb besteht kein biologischer Zusammenhang.«

»Dann habe ich eben einfach nur Lust auf dich«, sagte ich und zog ihn am Ohrläppchen.

»Aber wir sind verheiratet ...«

»Dann stehe ich eben auf verheiratete Männer, selbst wenn sie mit *mir* verheiratet sind. Und jetzt muß ich los.«

## 33

Wie viele Käfer-Fahrer hatte ich mit den Jahren ein ganz besonderes Verhältnis zu meinem Wagen entwickelt. Wir hatten ihn gleich in der Woche gekauft, als wir aus New York zurückgekommen waren, und er hatte mich noch nie im Stich gelassen. Doch heute morgen hatte ich das Gefühl, daß ich Ilans neuen Ford brauchen würde.

Zum Glück gab es keinen Stau, und ich schaffte die Strecke nach Jerusalem in weniger als einer Stunde. Zehn Minuten vor der verabredeten Zeit saß ich bereits in der Bibliothek und blätterte desinteressiert in einem riesigen Buch: *Rußlands geistliche*

*Würdenträger, Band 2*, das auf einem der Tische lag. Wo zum Teufel blieb er denn?

In der leeren Bibliothek herrschte eine bedrückende Atmosphäre, und allmählich überkam mich ein ungutes Gefühl. Wieviel Zeit war vergangen? Wo war Ossip? Er hätte längst hier sein müssen. Vielleicht war er im Garten?

Ich verließ die Bibliothek und machte mich auf die Suche. Tatsächlich saßen auf den Gartenbänken einige Priester und genossen die Sonne – ich grüßte sie mit einem schnellen Nicken –, aber Ossip war nicht unter ihnen.

Auch im Gebetsraum war er nicht. Also sah ich in meinem Fach nach, ob er mir eine Nachricht hinterlassen hatte, aber als auch das Fach leer war, war ich sicher, daß er inzwischen in der Bibliothek auf mich warten würde. Auf dem Weg zur Treppe schrak ich zusammen, so laut waren die plötzlich einsetzenden Orgelklänge, die aus dem Chorraum drangen. Da war er also! Betont gemächlich näherte ich mich der Tür, es kostete mich enorme Beherrschung, sie ebenso langsam zu öffnen –

Auf der Orgelbank saß Swetlana, die Brille auf der Nase, und spielte die Begleitung zum dreiundzwanzigsten Psalm.

»Ich suche Ossip«, sagte ich ohne Vorrede.

Befremdet schaute Swetlana mich an. »Ossip liegt im Krankenhaus«, erwiderte sie, »wußten Sie das nicht?«

***

»Tut mir leid! Auch Familienangehörige dürfen nicht hinein. Wie oft muß ich das heute denn noch erklären?«

Ich biß mir hilflos auf die Unterlippe. Nur eine Wand von mir entfernt lag Ossip auf der Intensivstation. Ich mußte ihn sehen!

»Entschuldigen Sie, Schwester«, probierte ich es erneut.

Ungeduldig drehte sie sich zu mir um. »Was?«

»Kann ich wenigstens mit dem Arzt sprechen, der ihn behandelt?«

»Wenn er nicht schon weg ist«, sagte sie zornig. »Er hat die ganze Nacht gearbeitet. Und die Priester sind ihm weiß Gott schon genug auf die Nerven gegangen. Als wollten die hier ihre neue Außenstelle eröffnen …«

»Es ist wichtig«, erwiderte ich ruhig, »und ich wäre Ihnen wirklich dankbar, wenn Sie mal nach dem Arzt Ausschau halten könnten.«

Die Schwester verschwand, weiter vor sich hin schimpfend, im Behandlungsraum. Ich war mir nicht sicher, ob sie meine Bitte überhaupt zur Kenntnis genommen hatte, doch nach einer Minute kam sie wieder heraus.

»Warten Sie hier.« Sie deutete unwirsch auf eine Reihe Holzstühle.

Ich setzte mich und dachte an Ossip. Was war ihm passiert? Swetlanas Worte kamen mir in den Sinn: »Vermutlich das Herz. Ganz plötzlich beim Morgengebet.« Ich wollte jetzt nicht darüber nachdenken.

»Irith?« Die Stimme kam mir bekannt vor. »Was machst du denn hier?«

»Giora!« Ich umarmte ihn fest. Was für ein Glück, dachte ich, von allen Ärzten der Welt ausgerechnet ihn hier anzutreffen.

Giora Ronen hatte zusammen mit Ilan Medizin studiert, und bis wir nach New York gingen, waren er und seine Frau bei uns häufige und gern gesehene Gäste gewesen. Vor zwei Jahren hatte Giora dann die Festanstellung im Hadassah bekommen und war nach Jerusalem gezogen, aber hin und wieder trafen wir uns noch.

»Was machst du denn auf der Intensivstation?« Ich hatte seine Schultern noch nicht wieder losgelassen, brauchte dringend eine Stütze, auch wenn ich registrierte, daß uns die Schwester verwundert anschaute.

Giora lachte. »Genau diese Frage stelle ich mir schon seit zwei Jahren, aber momentan … trage ich mich mit der ernsthaften Absicht, endlich nach Hause zu gehen. Das war eine schwere Nacht.«

»Moment mal, arbeitest du hier?«

»Im Hadassah? Irith, guten Morgen ...«

*»Hier«*, blieb ich hartnäckig, »auf der Intensivstation.«

»Nicht immer. Nur letzte Nacht war ich turnusmäßig an der Reihe.«

»Wunderbar!« Auf einmal hatte ich das Gefühl, daß sich die Sache doch noch zum Guten wenden würde.

»Und was treibt *dich* her?« Giora wurde ernst. »Ist etwas passiert?«

»Können wir irgendwo in Ruhe reden?«

»Wir können es im Ärztezimmer probieren, um die Uhrzeit ist da bestimmt niemand.«

Er zog mich in ein kleines, ungelüftetes und mit medizinischer Ausrüstung vollgestopftes Zimmer am Ende des Ganges.

»Ist es so ernst, daß –«, begann er verwundert.

»Heute morgen ist bei euch ein Ossip eingeliefert worden. Sagt dir das was?«

»Ossip?«

»Ein Priester, ein russischer.«

»Stimmt. Von der Kirche. Ich wußte nicht, daß er Ossip heißt. Aber woher kennst du ihn denn? Ich meine, er ist doch kein Verwandter von dir oder so?«

»Wir arbeiten zusammen an einem Forschungsprojekt.«

»Tja, der Mann hatte einen schweren Herzinfarkt. Wir versuchen, ihn zu stabilisieren.«

»Konntest du mit ihm sprechen?«

»Machst du Witze? Er stand kurz vorm klinischen Tod, als er eingeliefert wurde.«

»Meinst du, er kommt durch?«

»Gib ihm ein paar Stunden Zeit«, sagte Giora, »dann wissen wir mehr. Vielleicht.«

Ossip wird es schaffen, sagte ich mir. Er muß leben.

»Weißt du, wie es zu dem Anfall gekommen ist?«

»Nach dem, was uns erzählt wurde, hat es ihn urplötzlich beim Morgengebet erwischt. Sieht so aus, als könnte Gott ihn nicht allzugut leiden.«

»Und das kommt dir normal vor?«

»Uns fehlt seine Krankenakte, und ich konnte auch seinen familiären Hintergrund nicht in Erfahrung bringen: Gab es Herzkrankheiten in der Familie? Und die üblichen Risikofaktoren: War er Raucher, war es sein erster Infarkt ... ich weiß gar nichts. Aber selbst wenn wir nur Alter und Gewicht heranziehen – ja, solche Fälle gibt es.«

»Er ist noch nicht mal vierzig«, sagte ich.

Giora zuckte mit den Schultern. »Wir hatten auch schon jüngere, vor einem Monat wurde ein Einunddreißigjähriger eingeliefert. Einunddreißig!«

»Und kommt dir bei Ossip irgendwas eigenartig vor?«

»Wieso, sollte es?«

»Keine Ahnung.«

»Irith, du bist lange genug mit einem Arzt verheiratet, um dir all diese Fragen selbst zu beantworten. Irgend etwas beunruhigt dich doch.«

Was sollte ich ihm sagen? Daß ich einen Verdacht hegte? Daß der Zeitpunkt des Infarktes einfach zu exakt abgestimmt war, um Zufall zu sein? Ich konnte Giora nicht um eine Erklärung bitten, ohne ihm meinerseits eine zu geben.

»Du vermutest, daß dieser Infarkt nicht natürlich ist?«

Ich zog es vor, nicht darauf zu antworten. Statt dessen schoß mir ein anderer Gedanke durch den Kopf: Was Ossip passiert war, konnte mir genauso zustoßen.

»Okay«, sagte Giora, »ich bin zwar hundemüde, aber ich schaue mir deinen Ossip noch mal an. Erwarte aber keine schnellen Antworten.«

Ich schwieg immer noch.

Giora legte seine Hand auf meine Schulter. »Du mußt jetzt

nichts sagen. Es bleibt unter uns, darauf hast du mein Wort.« Er hielt kurz inne und fragte dann vorsichtig: »Läuft da was zwischen euch?«

Was für eine wunderbare Erklärung! Ein Verhältnis mit Ossip. Das erklärt, warum ich so hysterisch bin, und das garantiert auch, daß Giora die Sache für sich behält. Geradezu perfekt. Doch etwas in mir sträubte sich. Hier, sagte ich mir, ist echt die Grenze. Ich habe mich zu einigen Dingen verpflichtet, aber mein Privatleben umdichten? Und jedesmal, wenn Giora mit Ilan spricht, befürchten müssen, daß ihm etwas herausrutschen könnte? Nein, bis hierher und nicht weiter.

»Sei kein Idiot«, erwiderte ich nur.

»'tschuldige«, sagte er müde, »ich weiß einfach nicht mehr, was ich rede.«

»Ich möchte, daß du alle Möglichkeiten in Betracht ziehst«, drängte ich ihn. »Mein Gefühl sagt mir, daß an der Sache etwas faul ist.«

»Okay.« Er zuckte mit den Schultern, stellte aber keine weiteren Fragen.

»Und noch etwas, Giora«, sagte ich. »Ich habe kein Verhältnis mit Ossip, das kannst du mir glauben. Aber du mußt mir trotzdem einen Gefallen tun ...«

»Hör zu, ich werde schon nichts –«

»Nein, hör *mir* bitte zu«, unterbrach ich ihn, »es ist der größte Gefallen, um den dich je jemand gebeten hat. Behalte die Geschichte mit Ossip für dich. Und wenn du etwas herausfindest, erzähl es nur mir.«

»Irith«, sagte er sanft, »das kann ich nicht. Wenn ich etwas Unnatürliches finde, bin ich verpflichtet, darüber Bericht zu erstatten. Entweder der Krankenhausleitung oder der Polizei oder beiden.«

»Niemandem, Giora, niemandem. Nur mir. Versprich es.«

»Das kann ich nicht.«

»Aber du mußt. Ich kann dir nicht erklären, warum, und es ist mir egal, was du davon hältst. Du mußt einfach.«

Giora sank auf einen Plastikcontainer und schüttelte den Kopf. Ich wußte, daß ich ihn vor eine schwere Entscheidung stellte, aber das kümmerte mich im Augenblick wenig. Schweigend sahen wir uns an.

»Okay«, sagte er schließlich, immer noch kopfschüttelnd. »Keine Ahnung, warum ich das tue. Ich riskiere Kopf und Kragen. Vergiß das nicht, Irith. Nur ein Wort, und ich bin meinen Job los.«

»Danke.«

Das war alles, was ich sagen konnte. Ich mußte schnellstens zurück in die Kirche, die Nachricht finden, die Ossip für mich hinterlassen hatte. Alle anderen – Jochanan oder wer auch immer – mußten warten.

»Und noch etwas«, er stand hastig auf, »auch das darf ich dir eigentlich nicht sagen, aber wenn wir schon –«

»Was?«

»Ich glaube nicht, daß er die Sache übersteht«, sagte Giora leise.

»Du irrst dich«, sagte ich langsam, »du mußt dich irren.«

## 34

Gleich beim Betreten der Kirche entdeckte ich die beiden in der Eingangshalle. Die riesige Gestalt von Nikolai, der, wie immer ein wenig gebeugt, Michail zuhörte. Michail fuchtelte beim Sprechen aufgeregt mit den Händen, was sonst gar nicht seine Art war. Jetzt hatten auch sie mich gesehen. Michail sagte noch etwas, dann wandte er sich um und ging ins Kirchenschiff. Nikolai blieb allein zurück.

»Irina«, sagte er. Seine Stimme klang gequält.

»Nikolai.«

Er rang um Haltung. »Sie waren doch heute morgen schon hier.«

»Swetlana hat mir erzählt, Ossip sei krank.« Meinen Abstecher ins Krankenhaus behielt ich wohlweislich für mich.

»Wir rufen den Herrn an«, Nikolais Stimme schwankte, »trotzdem entscheidet er allein über Ossips Schicksal.«

»Dann ruft lauter.« Mein Zynismus traf den Falschen; über Ossips Schicksal entschieden andere.

»Irina, ich bitte um Verzeihung, aber ich muß ein paar organisatorische Dinge mit Ihnen besprechen. Sie haben sich in letzter Zeit viel mit Ossip unterhalten ...«

»Ja, er hat mir geholfen ... Sie selbst haben mich damals an ihn verwiesen.«

»Ja«, sagte er nur, »vielleicht unterbrechen Sie Ihre Arbeit, bis Ossip wiederkommt?«

»Ich will keine Zeit verlieren«, sagte ich verzweifelt. Ossip würde nicht wiederkommen, das stand fest, selbst wenn er wieder gesund würde. »Ich komme auch ohne ihn voran«, fügte ich schnell hinzu. »Wissen Sie, man hat mir die Publikation eines Artikels in einer amerikanischen Fachzeitschrift angeboten. Ich muß meine Arbeit schnellstens zum Abschluß bringen.«

»Trotzdem würde ich Ihnen vorschlagen, eine Pause einzulegen.« Er mied meinen Blick.

»Nikolai, was ist passiert?« flüsterte ich.

»Es liegt nicht in meiner Macht«, sagte er und starrte zu Boden.

»Das ist doch keine Übergangsregelung, bis Ossip zurückkommt. Das ist für immer«, sagte ich.

»Es liegt nicht in meiner Macht«, wiederholte Nikolai. »Sie müssen uns verlassen, noch heute.«

»Mit wem kann ich darüber reden? Oder vielleicht kann Professor Geller ein Wort für mich einlegen?«

»Hören Sie«, ein Anflug von Verzweiflung mischte sich in

seine Stimme, »ich habe es versucht ... Sie wissen doch, für mich gehören Sie zur Familie. Ich würde alles tun ... aber ich kann nicht. Es ist eine ausdrückliche Anweisung.«

»Aber *warum?* Sie wissen doch sicher, warum?«

»Im Augenblick sind wir alle sehr angespannt. Es ist nicht der Zeitpunkt für –«

»Nikolai, ich dachte, Sie hätten mehr für mich übrig. Einem Familienmitglied tischt man nicht solche Geschichten auf.«

Hilflos schaute er mich an. »Ich habe keine Ahnung«, sagte er in einem Ton, der keinen Zweifel offen ließ. Er wußte wirklich nichts.

»Ist es Michail?« Eine überflüssige Frage.

»Irina«, er schaute mich flehend an, »ich bitte Sie. Machen Sie es mir nicht noch schwerer. Sie müssen uns verlassen.«

»Heute?«

»Sofort. Es tut mir leid.« Dann fügte er hinzu: »Dieser Ort hier ... ist nicht gut. Ist nicht gut für Sie ...« Er wollte offensichtlich noch etwas sagen, schwieg aber.

»Ich habe verstanden«, sagte ich wütend, »ich hole meine Sachen und verschwinde.« Mein gespielter Zorn war nichts weiter als der Versuch, die in mir aufsteigende Angst zu überspielen, aber Nikolai würde mir nichts tun. Ich konnte sein Dilemma durchaus verstehen. Er mußte Moskaus Linie befolgen, die ihm Michail diktierte; und seine persönliche Sympathie für mich hatte in dem neuen Drehbuch keinen Platz.

Doch das erkannte ich erst im Rückblick. In diesem Moment, dort in der Eingangshalle, hatte ich nur einen Gedanken: Ich mußte sofort meine Sachen aus der Kammer holen. *Er hat gesagt, daß er dir eine Nachricht hinterlassen würde*, hörte ich Ilans Worte. Ich mußte diese Nachricht finden.

»Vielleicht gehen Sie besser gar nicht hinein«, murmelte Nikolai. »Wir werden Ihnen Ihre Sachen zuschicken.«

Ich hatte keine Zeit für lange Diskussionen. »In fünf Minuten bin ich weg.«

Nikolai wollte noch etwas erwidern, aber ich hastete an ihm vorbei den Gang entlang und die Treppe hinunter, die ins Untergeschoß führte. Die Tür zu meiner Kammer war verschlossen.

Zum ersten Mal, seit ich in der Kirche arbeitete, hatte jemand die Tür abgeschlossen! Dieses Hindernis hatte ich nicht eingeplant. Doch offenbar hatten sie auch nicht an alles gedacht. Nikolai hatte mir bei meinem ersten Besuch einen Schlüssel gegeben. »Sie werden ihn zwar nicht brauchen«, hatte er feierlich verkündet, »unsere Türen werden Ihnen immer offenstehen ...«

Hastig durchwühlte ich meine Tasche. Nach kurzem, nervenaufreibendem Suchen fand ich den Schlüssel in einem der hinteren Fächer und schloß erleichtert auf.

Das Zimmer war durchsucht worden, aber sie hatten sich sichtlich Mühe gegeben, es zu vertuschen. Meine Sinne waren aufs äußerste geschärft, sonst wären mir die Veränderungen auf dem Tisch nicht aufgefallen, aber den Ordner, den ich immer offenließ, hatte jemand zugeklappt. Hatten sie Ossips Nachricht vor mir gefunden?

Rasch stopfte ich die zwanzig Kassetten in meine Tasche. Ob Ossip seine Nachricht auf Band gesprochen hatte? Es würde schwierig werden, alle Ordner mitzunehmen. Höchstens zwei oder drei, die anderen mußte ich wohl oder übel hierlassen. Ich wußte, daß ich die Kirche nie wieder von innen sehen würde.

Ich ließ meinen Blick über die vielen Notenblätter gleiten. Über die vielen Abschriften. Das Material hatte ich zwar noch mal auf den Kassetten, die gerade aus meiner Tasche zu rutschen drohten, trotzdem blätterte ich die Seiten eilig durch. Sollte ich die auch noch in die Tasche stopfen? Es würde mich Stunden, wenn nicht Tage kosten, sie noch einmal zu kopieren, aber alle paßten nicht hinein. Ich mußte machen, daß ich hier wegkam.

Auf dem Weg zur Tür hielt ich plötzlich inne.

Kam es mir nur so vor, oder hatte ich in dem letzten Stapel ein Blatt mit einer anderen Handschrift gesehen? Ich ging zurück und beugte mich über die Notenblätter. So wie jeder Mensch eine eigene Schrift hat, verfügt er auch über eine individuelle Notenschrift. Die Dicke der Notenköpfe, die Zeichnung der Notenschlüssel, die Form der Notenfähnchen – alle sind individuell, genau wie Buchstaben. Und ich hatte das Gefühl, daß ich zwischen meiner pedantisch korrekten Notenschrift für einen Augenblick eine andere, temperamentvollere Schrift gesehen hatte.

Hastig ging ich den Stapel noch einmal durch, Blatt für Blatt, schnell, aber nicht zu schnell. Ich hörte auch nicht auf, als ich die leisen Schritte hörte, die sich vom Ende des Ganges näherten. Ein paar Meter vor meiner Kammer wurden sie langsamer. Über die Schulter warf ich einen Blick zu der offenen Tür, konnte aber niemanden sehen. Sollen sie doch Verstecken spielen, sagte ich mir. Ich habe keine Zeit zum Mitspielen.

Statt dessen überflog ich weiter die Notenblätter und versuchte, die aufsteigende Panik zu unterdrücken. Mein Besucher ließ jedoch nicht lange auf sich warten.

Michail kam ganz natürlich hereinspaziert, als hätte er nicht schon einige Augenblicke vor der Tür gelauert. »Doktor Dolev«, sagte er.

Ich widmete mich weiter den Noten, blätterte aber langsamer. Er sollte auf keinen Fall merken, daß ich nach etwas Bestimmtem suchte.

»Wie sind Sie hereingekommen?« fragte er. Ohne Einleitung. Ohne ein Wort über Ossip.

»Die Tür war offen«, log ich. Sollte er sich doch den Kopf zermartern.

»Natürlich«, sagte er, »natürlich. Eine dumme Frage.« Er hüstelte. »Pater Nikolai sagte mir, er hätte Sie wegen der Krankheit eines unserer Priester gebeten, Ihre Arbeit für eine Weile zu unterbrechen.« Seine Augen registrierten jede meiner Bewegungen. »Mit Ihrer freundlichen Erlaubnis werden wir die Noten und das übrige Material für Sie einpacken«, sagte er, »und es

Ihnen in die Universität schicken. Sie können doch unmöglich alles tragen.«

Nicht nötig, wollte ich antworten, nicht nötig, denn in genau dieser Sekunde fand ich, wonach ich gesucht hatte. Ossips Notenblatt lag mitten im Stapel versteckt! Ich legte es oben auf den zweiten Stapel und schielte zu Michail hinüber. Hatte er etwas gemerkt? Für einen Moment ruhte sein Blick auf den beiden Notenstapeln. Sie hatten alle Zeit der Welt gehabt, das Zimmer auf den Kopf zu stellen, jede Notiz durchzusehen, jedes Wort in jedem Ordner, jede Randbemerkung auf den Notenblättern. Doch Ossip hatte sie ausgetrickst! Eine Nachricht in Notenform – *daran* hatten sie nicht gedacht. Ich überflog das Blatt. Später. Später werde ich mir die Noten genauer ansehen, gründlich. Ich werde diese Mitteilung entschlüsseln, aber nicht jetzt.

»Also …«, sichtlich nervös trat Michail von einem Bein aufs andere, »wenn Sie mir erlauben, Ihnen behilflich zu sein …«

»Danke«, sagte ich, »ich weiß Ihr Angebot durchaus zu schätzen, aber jetzt muß ich wirklich los. Es wäre nett, wenn Sie mir die restlichen Sachen schicken.« Am liebsten hätte ich nur schnell nach dem Notenblatt gegriffen, alles andere stehen- und liegenlassen und wäre zum Auto gerannt.

»Ich würde Ihnen dennoch vorschlagen abzuwägen …«, sagte er noch, da war ich schon an ihm vorbei.

Ich konnte mir nur schwer vorstellen, daß sich mir jemand in den Weg stellen würde. Auch sie müssen gewisse Spielregeln einhalten, redete ich mir ein. Und trotzdem, als ich den Motor anwarf und vom *Russian Compound* herunterfuhr, überflutete mich ein Gefühl der Erleichterung, wie ich es noch nie erlebt hatte.

***

Ich landete im Jerusalemer Stadtzentrum, während ich versuchte, Ordnung in meine Gedanken zu bringen. Nach zehn Minuten ziellosen Umherfahrens beschloß ich, mir einen Parkplatz zu suchen, mich irgendwo hinzusetzen, in Ruhe nachzudenken und einige Leute anzurufen.

Ich nahm den erstbesten freien Parkplatz. Ich kannte die Straße nicht, aber sie schien mir laut und zentral genug, um mich sicher zu fühlen.

Ich schaute nach den Kassetten in meiner Tasche und steckte das Notenblatt dazu. Nach kurzem Nachdenken zog ich es wieder heraus, faltete es klein und steckte es in meine Hosentasche.

***

»Gibt es hier ein Telefon?«

Der Kellner deutete zum Ende der Bar.

»Einen Espresso«, sagte ich, setze mich neben das Telefon und rief Giora zu Hause an. Er war gerade aus dem Krankenhaus gekommen.

»Unverändert«, sagte er und unterdrückte ein Gähnen, »der Zustand deines Freundes ist unverändert.«

»Und was ist mit …« Ich schaute mich um. Der Kellner stand am Eingang und sah desinteressiert aus. »… mit meinen Fragen?«

»Ich habe ein paar dringende Untersuchungen aus dem Labor angefordert.«

»Was bedeutet ›dringend‹? Wann wirst du die Ergebnisse haben?«

»Zum Teil recht schnell. Tu mir nur einen Gefallen und laß mich jetzt schlafen.«

»Vergiß es, Giora.«

Schließlich ließ er sich breitschlagen. »Ruf in zehn Minuten wieder an.«

Der Kellner, der höflich gewartet hatte, bis ich mit Telefonieren fertig war, brachte mir den Kaffee. »Noch etwas?« fragte er. »Ein Stück Kuchen, ein Sandwich?«

Hunger hatte ich nicht direkt, aber ich bestellte ein Stück Hefekuchen.

Der nächste Anruf galt der Uni. Ich versuchte, Geller zu erreichen. Die Sekretärin sagte mir, er sei zu Hause, ihn hatte auch ein Virus erwischt. Ich rief bei ihm zu Hause an. Eigentlich, dachte ich, könnte ich auch zu ihm fahren. Er wohnte in Mewasseret Zion, einer kleinen Stadt gleich bei Jerusalem.

»Irina?« Die freudige Überraschung in seiner Stimme war das einzig Gute, was mir heute morgen widerfuhr. »Wieso bist du nicht zu Hause? Ich habe versucht, dich zu erreichen, in der Universität, zu Hause. Wo treibst du dich rum? Ich dachte, du bist krank?«

»Ich bin in Jerusalem.«

»Jerusalem?« brüllte Geller. »Du gehörst ins Bett! Ich hätte dir von Adams' Brief nichts erzählen sollen. Das setzt dich nur unnötig unter Druck.«

»Viktor«, sagte ich leise, »Ossip ist im Krankenhaus, und mich haben sie aus der Kirche geworfen.«

Geller schwieg, vielleicht hätte ich nicht gleich mit der Tür ins Haus fallen sollen.

»Eins nach dem anderen.« Seine Stimme kühlte merklich ab. »Erzähl mir erst mal von Ossip. Was ist passiert, wann und wo?«

»Herzinfarkt, heute morgen, er liegt auf der Intensivstation vom Hadassah.«

»Wie geht es ihm?«

»Sehr schlecht«, sagte ich, und zum ersten Mal stiegen mir Tränen in die Augen. »Ein Freund von mir behandelt ihn.«

»Was für ein Freund?«

»Ein gemeinsamer Freund von mir und Ilan.«

»Ist er Kardiologe? Wie heißt er?«

»Darum mach dir mal keine Sorgen, Viktor, er ist in guten Händen.«

»Ich verstehe«, er hustete, »und was sagtest du wegen der Kirche? Sie haben dich rausgeworfen?«

»Genau. Als ich aus dem Krankenhaus kam. Nikolai hat mir die Nachricht überbracht.« Unnötig hinzuzufügen, daß Michail die Sache veranlaßt hatte. Geller wußte das genausogut wie ich.

»Er hat dir sicher einen Grund genannt. Eine Erklärung.«

»Bis Ossip zurückkommt ... bis sich die Lage entspannt hat ... alles Quatsch. Sie werden mich nicht wieder reinlassen.«

»Was ist mit dem Material?«

»Einen Teil habe ich bei mir, ein Teil wird geschickt. Hoffe ich zumindest.«

»Das verstehe ich nicht«, murmelte er. »Begreifst du, was da los ist?«

»Keine Ahnung.« Geller war nun wirklich der letzte, der erfahren mußte, was los war.

»Gut, ich fühle mich heute auch nicht besonders, aber ich fahre sofort in die Kirche und verlange eine handfeste Erklärung.«

»Wenn du dich nicht gut fühlst, solltest du lieber zu Hause bleiben.«

»Zu Hause bleiben?« Geller wurde nur äußerst selten wütend, doch in diesem Moment kochte er regelrecht. »Zu Hause?! Meinst du, ich lasse unser Projekt einfach den Bach runtergehen? Wegen irgendwelcher hirnlosen Sowjets?« Seine Stimme wurde immer lauter, bis ich schließlich den Hörer vom Ohr weghalten mußte.

»Ich bin unter keinen Umständen bereit, diesen Unsinn zu akzeptieren.« Er war immer noch in Rage. »Und ich werde nicht zulassen, daß sich diese debilen Kommunisten einen verdammten Scheißdreck um deine Arbeit scheren.«

»Aber das kann warten.« Unter keinen Umständen durfte Geller jetzt in der Kirche auftauchen.

»Nein, kann es nicht. Wenn du willst, treffen wir uns in einer halben Stunde dort.«

»Viktor«, ich flehte ihn beinahe an, »das hat jetzt keinen Sinn. Die Lage muß sich erst mal beruhigen. Wenn du jetzt ein

Riesenfaß aufmachst, richtest du womöglich nur noch mehr Schaden an.«

»Meinst du?« Er schien zu überlegen.

»Ja, ja, da bin ich sicher. In ein, zwei Tagen sieht die Welt ganz anders aus, und dann wirst du Michail schon dahin steuern, wo du ihn hinhaben willst.«

»Meinst du?« fragte er wieder. Komplimente hatten bei ihm noch nie ihre Wirkung verfehlt.

»Ich kenne dich doch, Viktor«, sagte ich, »ich *weiß*, daß du das hinbiegen wirst.«

»Ja«, sagte Geller, »ja, vielleicht wäre das jetzt wirklich ein wenig voreilig.«

»Ich weiß dein Temperament zu schätzen.«

»Ja, immer wenn ich auf diese Kommunisten komme, geht es mit mir durch.« Es klang fast so, als kichere er. »Hör mal, ich schlage vor, du fährst jetzt nach Hause und legst dich hin. Ganz fit klingst du nicht.«

»Genau das werde ich tun«, log ich. Dabei war es das *letzte*, was ich jetzt vorhatte.

»Ausgezeichnet«, sagte Geller, »ruf mich an, wenn du zu Hause bist. Dann können wir in Ruhe und mit kühlem Kopf überlegen, wie wir weiter vorgehen.«

Gioras Leitung war besetzt, auch beim zweiten Versuch. Ich probierte den trockenen Kuchen und trank rasch meinen Espresso, bevor er völlig kalt wurde, und versuchte, an nichts zu denken. Ich war müde. Der Brechreiz von gestern war so gut wie verschwunden, trotzdem bat ich um ein Glas Wasser und suchte in meiner Tasche nach den Tabletten, die mir Ilan gegeben hatte.

Ein Latin Lover. Das war es also, was ihm Sorgen machte. Ein Latin Lover.

Ich lächelte, während ich die kleine weiße Tablette in meinen Fingern hielt, dann wählte ich wieder. Diesmal kam ich durch.

»Giora, hast du die Ergebnisse?«

»Gerade habe ich mit dem Labor gesprochen.« Aus irgendeinem Grund sprach er leiser. »Vielleicht kommst du besser her?«

»Geht nicht«, sagte ich und ließ meinen Blick erneut durch das leere Restaurant gleiten.

»Gut ...« Er atmete tief ein. »Sieh mal, Untersuchungen können nicht immer alles klären. Zum Beispiel gibt es keinen Anstieg bei den Enzymwerten oder chemische Veränderungen bei den Blutwerten. Außerdem ...«

»Das sagt mir überhaupt nichts«, unterbrach ich ihn. »Welche Schlußfolgerung ziehst du daraus?«

»Das Problem ist«, sagte er zögernd, »daß ich mir nicht vollkommen sicher bin.«

»Zum Teufel mit dir«, explodierte ich. Erstaunt hob der Kellner den Kopf. Ich gab ihm ein Zeichen, daß alles in Ordnung sei. »Hör zu, Giora«, sagte ich leise, »es geht hier nicht um eine eidesstattliche Erklärung, es geht auch nicht um deine Habilitation. Du weißt ganz genau, wonach ich suche. Also stell dich nicht so an.«

»Irith, kriegst du dich mal wieder ein?«

»Ich bin vollkommen ruhig«, sagte ich und biß mir auf die Lippe.

»Ich *nicht*. Ich denke, bin mir aber nicht sicher – also, ich denke, daß jemand diesen Infarkt organisiert hat. Es gibt keine natürliche Ursache.«

Meine Hand krampfte sich um den Hörer. »Bist du sicher?« Trotz des Verdachts, den ich hegte, hoffte ich, auf der falschen Fährte zu sein.

»Ich sagte bereits, daß ich das nicht bin.«

»Okay, okay, Verzeihung. Laß mich kurz nachdenken.«

»Während du nachdenkst, sage ich dir schon mal, daß die Sache nicht nur vom medizinischen Standpunkt aus merkwürdig ist.«

»Was willst du damit sagen?«

»Ich habe vorhin mit der Station telefoniert«, sagte Giora,

»und die Oberschwester erzählte mir, daß irgendwelche Priester ihn aus dem Krankenhaus holen wollen.«

»Rausholen?« sagte ich. »Wohin? Er wird sterben!«

»Zur Behandlung nach Moskau.«

»Das ist absolut verrückt.«

»Es kommt noch besser«, sagte Giora. »Sie haben sich bis zum Direktor durchgeschlagen und behauptet, er würde in Rußland in den Genuß ihrer Behandlungsmethoden kommen und damit bessere Chancen haben.«

In den Genuß ihrer Behandlungsmethoden, dachte ich, alles klar.

»Das darf auf keinen Fall passieren«, sagte ich, »auf keinen Fall.«

»Keine Sorge«, sagte Giora, »niemand wird ihn aus dem Hadassah rausbekommen, zumindest nicht in den nächsten Tagen.«

»Sag, wenn ich dich nicht darum gebeten hätte, ihn zu untersuchen – wäre die Sache dann ans Licht gekommen?«

»Niemals«, sagte er fest, »keine Chance.«

Ich überlegte kurz. Giora klang so müde. Ich wußte, daß er sich kaum noch auf den Beinen halten konnte. Trotzdem …

»Giora«, sagte ich, »ich möchte, daß du noch mal ins Krankenhaus fährst. Man darf ihn nicht aus den Augen lassen.«

»Ich dachte, du willst keine Aufmerksamkeit erregen …«

»Ich will, daß er *am Leben* bleibt. Das ist wichtiger.«

»Niemand darf das Behandlungszimmer betreten, erinnerst du dich?«

»Ja, ich erinnere mich.« Ich sah die Schwester bildlich vor mir. Das beruhigte mich etwas.

»Trotzdem rufe ich den diensthabenden Arzt an, er soll den Mann beobachten. Ich werde mir irgendeine Geschichte ausdenken.«

»Machst du das?«

»Wenn du mir versprichst, daß ich danach schlafen darf.«

»Danke, Giora. Schlaf gut.«

Er dachte kurz nach. »Und wann erzählst du mir, was hier eigentlich gespielt wird?«

»Jetzt nicht. Tut mir leid. Vielleicht später.«

»Na gut«, sagte er resigniert.

»Ich weiß, es hat den Anschein, als wäre ich völlig neben der Spur.« Um ehrlich zu sein, hatte es nicht nur den Anschein.

»Weiß Ilan, wo du bist?«

»Ja. Aber kein Wort zu ihm. Überhaupt – du hast nicht mit mir gesprochen, du hast mich nicht gesehen.«

»Schön wär's, dann wäre ich jetzt schon im Tiefschlaf.«

Wir legten auf. Ich zündete mir eine Zigarette an, vollkommen ruhig. Ich wußte, was ich tun mußte. Es gab keinen anderen Weg.

Ich wählte, wartete auf eine Antwort, zählte die Klingeltöne. Zwei. Drei. Fünf.

»Ja?« meldete sich eine Männerstimme.

»Sie sind der Dirigent«, sagte ich in der Hoffnung, daß ich das richtige Losungswort erwischt hatte.

»Worum geht es?« Die Stimme klang neutral.

Trotz der Vorbereitungstreffen spürte ich, wie mich mein Gedächtnis im Stich ließ. Zum Teufel noch mal, wie mußte jetzt die Antwort lauten?

»Worum geht es?« wiederholte die Stimme.

»Moment, Moment. Ja. Ein deutscher Flügel. Ich verkaufe einen deutschen Flügel.«

»Und wer sind Sie?«

»Tami.« Das war der Codename, den mir Jochanan für den Notfall gegeben hatte. Ich wollte einen exotischeren Namen, doch aus irgendeinem Grund hatte er auf Tami bestanden.

»Einen Moment.«

Ich wartete. Dachte an die ausgelassene Atmosphäre, in der Jochanan und ich uns die Codewörter ausgedacht hatten. Dirigent. Deutscher Flügel. Tami. Das war beim letzten Einweisungsgespräch gewesen. Wo bist du nur, Jochanan, dachte ich, ich brauche dich jetzt.

»Von wo rufen Sie an?«

Die Nummer des Telefons unter dem schmutzigen Plastikschild war kaum zu entziffern. Ich rubbelte sie mit der Serviette frei und las die Zahlen laut vor.

»Legen Sie auf. Ich rufe Sie zurück.«

Aber es ist dringend, wollte ich sagen, da war die Leitung schon tot.

»Wieviel schulde ich Ihnen?«

»Sind Sie fertig?« Der Kellner zog ein dickes Heft aus seiner Kellnerschürze.

»Ich hatte einen Espresso und ein Stück Kuchen.«

Im selben Moment, als ich ihm den Schein reichte, ließ das Klingeln des Telefons mich zusammenzucken. »Das ist für mich«, sagte ich eilig.

»Mit wem spreche ich?« Es war die trockene männliche Stimme von vorhin.

»Mit Tami.«

»Wo sind Sie?«

Ich las den Namen der Straße und die Hausnummer von dem Kaschruth-Zertifikat an der Wand ab.

»Sind Sie allein?«

»Nein.«

»Können Sie frei sprechen?«

Ich schaute mich um. Der Kellner spülte hinter der Theke Gläser. »Mehr oder weniger«, sagte ich.

»Sind Sie in Gefahr?«

»Nein.«

»Werden Sie verfolgt?«

»Ich denke nicht.« In Wahrheit hatte ich darauf überhaupt nicht geachtet.

»Okay, Tami. Ich verbinde Sie mit jemandem, der sich um Sie kümmert.«

Gott sei's gedankt, dachte ich, sie arbeiten schnell.

»Hallo? Hören Sie?« Eine angenehme weibliche Stimme.

»Ja, ich höre. Mit wem spreche ich?«

»Wir werden uns gleich treffen. Ich arbeite für den Chef, den Sie in dem Tel Aviver Hotel getroffen haben. Ich bin Osnat.«

Was für eine Erleichterung. Amnon? Der bloße Gedanke, ihn gleich zu sehen, beruhigte mich schon.

»Ich muß unbedingt mit ihm sprechen«, sagte ich.

»Er ist nicht im Büro. Haben Sie ein Auto?«

»Ja.«

»Okay, Irith. Ich gebe Ihnen jetzt eine Adresse. Notieren Sie nichts. Nicht mal auf einer Zigarettenschachtel. Sie brauchen zwanzig Minuten dorthin.«

»Verstehe.« Mir fiel auf, daß sie mich bei meinem richtigen Namen nannte. Tami hat ihre Schuldigkeit getan, Tami kann gehen.

»Kennen Sie Jerusalem gut?«

»Eher nicht.«

Osnat gab mir den Namen der Straße und die Hausnummer durch, auch die Etage und den Raum, in dem sie mich erwarten würden. Dann erklärte sie mir Schritt für Schritt den Weg.

»Haben Sie einen Ausweis dabei? Sie müssen ihn beim Pförtner vorzeigen und dann noch mal am Etageneingang.«

»Kein Problem.«

»Fahren Sie jetzt los?«

»Ja.«

»Irith, Sie klingen angespannt. Sollen wir Sie abholen?«

»Nein, ich schaffe das schon allein.«

»Sind Sie sicher?«

»Ich mache mich sofort auf den Weg«, sagte ich, »kein Problem.«

Im Rückblick betrachtet, war das übertriebener Optimismus, andererseits konnte ich beim besten Willen nicht ahnen, was mich erwartete.

## 35

Ich hielt mich genau an Osnats Wegbeschreibung, und während ich an einer roten Ampel wartete, ging ich in Gedanken noch einmal die Fakten durch und versuchte, die Ereignisse des gestrigen und heutigen Tages zusammenzufassen, denn ich wußte, daß man einen präzisen Bericht von mir erwartete.

Angefangen hatte alles mit Ossips Anruf und seinem Drängen, ich solle in die Kirche kommen. Dann meine Ankunft in der Kirche, die Nachricht von Ossips Herzinfarkt, seine Einlieferung ins Hadassah. Moment, vorher hatte Ossip Ilan am Telefon versichert, daß er mir eine Nachricht hinterlassen würde, falls unser Treffen nicht zustande käme.

Also gut. Ossip im Krankenhaus. Ein Arzt, ein Freund von mir, behandelt ihn. Irgend etwas an dem Herzinfarkt kommt ihm unnatürlich vor – und das war schon der erste Fehler! Wütend schlug ich aufs Lenkrad. Jochanan hatte mir eingeschärft, mich nicht an Fremde zu wenden, auch nicht an Freunde. Warum war ich überhaupt so überstürzt ins Hadassah gefahren, anstatt umgehend Bericht zu erstatten? Und die Heldin hätte ich auch nicht spielen müssen, das hatte sicher Verdacht erregt.

Dafür würden sie mich völlig zu Recht kritisieren, und ich dachte nicht einen Moment daran, diese Einzelheiten vor Amnon geheimzuhalten. Nein, ich wollte ganz offen sein: Ich war in Panik geraten. Doch ging es jetzt darum, mein Handeln zu analysieren? War nicht die Frage, wie es weitergehen würde, viel wichtiger? Ossip befand sich in einem kritischen Zustand. Und mich würden sie wahrscheinlich höflich in die Universität zurückschicken.

Doch die Hauptsache hatte ich vollkommen vergessen! Das Notenblatt mit Ossips Schrift. Ich mußte seine geheime Mitteilung entschlüsseln. Das konnten sie ohne meine Hilfe nicht! Immerhin etwas.

Ich war schon ein paar Straßen weiter und achtete überhaupt

nicht auf den Verkehr. Der Volvo hinter mir wäre mir eben fast reingefahren und das schon zum zweiten Mal. Es wurde Zeit, daß ich mich wieder auf die Straße konzentrierte.

*Zum zweiten Mal?*

Ohne zu überlegen, riß ich das Lenkrad herum und schaffte es links in die Straße, an der ich schon so gut wie vorüber war. Stolz warf ich einen Blick in den Rückspiegel, aber der Volvo war noch da, direkt hinter mir. Großer Gott! Werde ich verfolgt? Seit wann? Seit der Kirche? Schon vom Krankenhaus an? Oder kannten sie etwa meine Wohnung in Tel Aviv? Über diese Möglichkeit wollte ich nicht einmal nachdenken. Ganz zu schweigen davon, daß ich sie gerade zu einem der geheimsten Orte in Jerusalem führte.

Um mich zu beruhigen, rief ich mir Jochanans Worte ins Gedächtnis: Wenn du verfolgt wirst, hatte er in einem der Einweisungsgespräche gesagt, versuche gar nicht erst, vor ihnen abzuhauen. Du wirst es nicht schaffen. Das sind keine Anfänger. Du kannst davon ausgehen, daß hinter dem Steuer jemand sitzt, der besser fahren kann als du. Du mußt aber auch nicht hysterisch werden. Es gibt einen einfachen Weg, sie abzuhängen.

Ohne zu blinken, scherte ich nach links aus, überquerte die Fahrbahn und hielt vor dem großen Einkaufszentrum. Ich sprang aus dem Wagen, warf die Tür zu und rannte die Stufen zu der pompösen Eingangshalle hinauf. Vor mir öffneten sich zwei Türen aus dunklem Glas. Keuchend vor Aufregung, drehte ich mich um.

Jochanan hatte recht gehabt. Wer immer der Fahrer war, ein Anfänger war er nicht. Gerade hielt der weiße Volvo neben meinem Fiesta. Zwei Männer stiegen aus, der eine ziemlich groß, der zweite, noch größer, deutete nach oben. Sie konnten mich durch die dunkle Glasscheibe unmöglich sehen, doch instinktiv ging ich rückwärts.

Rasch sah ich mich um: Vor mir lag eine riesige, hell ausgeleuchtete Ladenpassage mit einer Boutique, einem Blumen-, einem Buch- und Zeitungsladen, dahinter ein Schokoladen- und ein Weingeschäft. Ob sie mir in eins der Geschäfte folgen würden? Es herrschte Hochbetrieb, doch ich wußte nicht, wie weit diese Leute gehen würden, und auf die Probe stellen wollte ich sie auch nicht unbedingt.

Da kam mir eine Idee. Das Café! Erstens standen die Tische ziemlich nah am Ausgang, zweitens lagen dort großformatige Zeitungen aus. Ich schnappte mir die *Jerusalem Post* und war zehn Sekunden später dahinter verschwunden. Keine Sekunde zu früh, eben kamen die beiden Typen durch die Glastüren. Aber ich legte es nicht darauf an, mich zu verstecken. Von der Titelseite nur halb verdeckt, studierte ich in aller Ruhe meine Zeitung. Die beiden Männer schauten sich um. Ich konnte förmlich spüren, wie sie mich ansahen – sie mußten mich sehen –, aber sie stellten keinen Zusammenhang her zwischen der gelassenen Zeitungsleserin dort im Korbstuhl und der Frau, die sie suchten. Schließlich gab der Größere dem anderen ein Zeichen, und sie trennten sich, jeder durchsuchte die Läden auf einer Seite.

Ich wartete noch einen Moment ab – es kam mir vor wie eine Ewigkeit –, bis ich mich traute, nach ihnen Ausschau zu halten. Einen entdeckte ich weiter hinten vorm Buchladen, den zweiten konnte ich nirgends sehen, wahrscheinlich war er in der Boutique links. Es wurde Zeit zu verschwinden.

Gemächlich stand ich auf, ließ die Zeitung aufgeschlagen auf dem Tisch liegen und schlenderte Richtung Ausgang. Jetzt war ich am Ausgang – und draußen. Kurz bevor sich die Tür hinter mir schloß, wandte ich vorsichtig den Kopf: Die Männer waren nicht zu sehen. Mein Herz raste, aber ich wußte, daß ich sie verladen hatte.

Ich konnte nicht ahnen, daß es noch einen dritten gab, der neben dem Volvo die Stellung hielt und mich ungläubig ansah. Er schien zu überlegen, ob seine Kollegen völlige Versager waren oder ob ich der anderen Frau lediglich verblüffend ähnlich sah. Jetzt hatte er sich entschieden: Zu meinem Entsetzen kam er mir mit langen, schnellen Schritten entgegen. Ich hätte am liebsten kehrtgemacht, zwang mich aber, unbekümmert die Treppe hinunterzugehen. Er kam direkt auf mich zu und schaute mir fest in die Augen. Als uns nur noch zwei Stufen trennten, sagte er in akzentfreiem Hebräisch: »Entschuldigen Sie, meine Dame.«

Überrascht schaute ich ihn an. »Ja?« fragte ich und trat ihm mit aller Kraft zwischen die Beine. Dann rannte ich an ihm vorbei, immer drei Stufen auf einmal die Treppe hinunter. Die Tür des Volvos stand offen, ich griff nach dem Zündschlüssel und sah im Augenwinkel, daß einer der Russen aus der Ladenpassage zurückgekommen war. Er kniete sich kurz neben den Fahrer, der zusammengekrümmt am Boden lag. Die ersten Passanten scharten sich um ihn. Ich warf das Volvo-Schlüsselbund mit aller Kraft auf die andere Straßenseite und rannte zu meinem Fiesta. Ich startete so schnell wie noch nie, trotzdem sah ich im Seitenspiegel den zweiten Russen näherkommen, hörte schon seine Schritte, aber da preschte ich im ersten Gang vom Bordstein auf die Straße. Mühsam bekam ich den Wagen wieder unter Kontrolle, da kam von rechts ein Bus. Ich gab noch mehr Gas, geriet fast auf die Gegenfahrbahn, aber der Bus bremste schon. Das Quietschen seiner blockierenden Räder war ohrenbetäubend. Ich hörte etwas krachen, aber da schaltete ich schon in den dritten Gang. Hoffentlich war niemand verletzt worden. Die nächste Ampel war rot, aber gegen die letzten Minuten war das schon ein Kinderspiel. Mein rechter Knöchel schmerzte von dem Tritt, und ich mußte an den Mann denken. Ich konnte mir vorstellen, was *er* durchmachte. Mein Puls raste immer noch, deshalb hielt ich wenig später mit laufendem Motor in einer ruhigen Seitenstraße. Für eine Amateurin, sagte ich mir, warst du gar nicht schlecht.

## 36

Der Pförtner war über mein Kommen informiert. Er begnügte sich mit einem flüchtigen Blick auf meinen Ausweis und deutete auf den Fahrstuhl. In der dritten Etage öffnete ein Sicherheitsbeamter die Stahltür. »Ich begleite Sie«, sagte er und nahm mir meine Tasche ab, die bis oben hin mit Kassetten und Notenblättern vollgestopft war. Um keinen Preis hätte ich irgend etwas im Auto zurückgelassen. Ich hatte den Fiesta auf einem bewachten Parkplatz abgestellt, gar nicht weit entfernt von dem kleinen Zwischenfall, und mir von dort ein Taxi fast bis vor die Tür genommen. Die ganze Fahrt über hatte ich meine Augen offengehalten, aber die Russen hatten es nicht geschafft, sich wieder an meine Fersen zu heften.

»Irith? Sehr angenehm. Ich bin Osnat.«

Die Frau vor mir schien etwa in meinem Alter zu sein, ich erkannte ihre Stimme wieder.

»Nehmen Sie Platz. Ihre Tasche können Sie hier abstellen.«

Osnat strahlte Liebenswürdigkeit aus. Ich hatte das Gefühl, an einem sicheren Ort angekommen zu sein. Endlich.

»Möchten Sie etwas trinken? Sie sehen müde aus.«

»Danke, später«, sagte ich. »Wo ist Amnon?«

»Er müßte in einer halben Stunde hier sein. Ich habe versucht, ihn per Telefon zu erreichen, aber er ist verschwunden.«

»Ich muß ihn unbedingt sehen«, sagte ich.

»Er verschwindet öfters«, beruhigte sie mich mit einem Lächeln, »trotzdem ist er immer pünktlich. Kaffee?«

»Danke«, sagte ich, »gern.« Ich war eine halbe Stunde zu früh, aber heute war schon einiges außerplanmäßig gelaufen, auf dreißig Minuten mehr oder weniger kam es da nicht mehr an.

»Haben Sie den Weg leicht gefunden?« Osnat verschwand in einer kleinen Küchennische, wahrscheinlich die Kaffee-Ecke.

»Um die Wahrheit zu sagen«, sagte ich, »gab es ein paar Schwierigkeiten.« Selbst der beherrschteste Brite hätte keine mildere Formulierung dafür gefunden. Ich wollte nicht gleich mit der Tür ins Haus fallen, die Details hob ich mir für Amnon auf.

»Na«, erwiderte Osnat nachsichtig, »Sie kommen ja auch nicht aus Jerusalem.«

»Nein.«

»Auf Jerusalem hacken immer alle rum.« Osnat kam mit einer Kaffeetasse zurück. »Diese Snobs aus Tel Aviv machen sich keinen Begriff davon, was hier los ist. In dieser Stadt passiert dauernd etwas.«

»Das kann ich mir vorstellen«, sagte ich trocken.

»Okay, Irith, ich muß mich jetzt leider wieder meinem Computer widmen. Hier sind Zeitungen von heute, wenn Sie möchten.«

»Nicht nötig, ich habe etwas zum Lesen dabei.«

Osnat lächelte und setzte sich an ihren Schreibtisch am Fenster.

Ich zog Ossips Notenblatt aus meiner Hosentasche und glättete es, so gut es ging. Auf dem Blatt waren in ungleichmäßiger Schrift eilig einige Notenzeilen hingekritzelt.

Zunächst ließ sich in den Noten überhaupt keine Logik erkennen. Ich versuchte, die Melodie zu pfeifen, nur war sie mir völlig unbekannt, außerdem klang sie merkwürdig, fern jeder musikalischen Vernunft. Kein Wunder, schließlich hatte Ossip kein Lied für mich komponiert, sondern eine *Nachricht* codiert. Und in diesem Augenblick, während Ossip bewußtlos auf der Intensivstation lag, war dieses Notenblatt in meiner Hand der einzige Schlüssel: Ein Geheimcode, den ich knacken mußte.

Wieder betrachtete ich die Notenfolge. Worauf konnte ihr Code basieren? Ob jeder Ton für einen Buchstaben stand? Und wenn ja – in welcher Sprache? Hebräisch? Russisch? Vielleicht hatte sich Ossip auch für Englisch entschieden? Nein, das schien mir nicht plausibel. So wie er unter Druck stand, als er die Noten aufschrieb, hatte er garantiert seine Muttersprache gewählt.

Also ging ich einmal davon aus, daß jede Note für einen Buchstaben aus dem Alphabet stand. Obwohl ich fließend Russisch sprach, hatte ich Lesen und Schreiben in Israel gelernt, also in hebräisch. So konnte ich einen russischen Text zwar lesen, aber nicht mühelos.

Ich bat Osnat um Schreibpapier und probierte einige Kombinationen mit der C-Dur-Tonleiter aus. Das C für den ersten Buchstaben, D für den zweiten, nur funktionierte das nicht. Die Tonleiter hatte nur sieben Töne, von C bis H, das russische Alphabet aber dreiunddreißig Buchstaben. Selbst wenn ich die vollständige Tonleiter mit zwölf Tönen zugrunde legte, kam ich beim besten Willen nicht auf dreiunddreißig. Auf dem Blatt kamen auch nur sieben Töne vor: C, D, E, F, G, A, H. Mir blieben sieben Buchstaben. Vielleicht stand ein C in der mittleren Oktave für den ersten Buchstaben und das C in der Oktave darüber für den achten Buchstaben? Vielleicht hatte Ossip eine zyklische Wiederholung im Sinn gehabt? Mit fünf Oktaven konnte er mindestens dreiunddreißig Buchstaben abdecken.

Fieberhaft entwarf ich eine Codiertabelle und versuchte anschließend, die Nachricht damit zu entschlüsseln. Das Ergebnis war gleich Null. Auch hebräische Buchstaben ergaben keinen Sinn. Ossip, zum Teufel. Offensichtlich war er nach einem anderen System vorgegangen. Möglicherweise viel komplizierter oder viel einfacher – jedenfalls anders, als ich vorging. Vielleicht sollten die Noten ja auch in ihrer umgekehrten Richtung gelesen werden? Oder ich sollte nur jeden geraden oder ungeraden Buchstaben nehmen oder nur jeden siebten? Als mir die mögliche Anzahl von Kombinationen bewußt wurde, verließ mich schlagartig der Mut. Das konnte Tage, wenn nicht Wochen dauern. Wütend zerriß ich meine Entwürfe.

Osnat warf mir einen besorgten Blick zu. »Irith, ist irgend etwas?«

»Wo bleibt Amnon?« Ich versuchte, sachlich zu klingen.

»Er müßte längst hier sein«, stimmte Osnat zu. »Vielleicht ist er beim Boß. Da weiß man nie, wann er wieder rauskommt.«

Wieder betrachtete ich Ossips Noten. Denk nach, wies ich mich zurecht, aber im Hintergrund klingelte das Telefon. Versuch, dich in Ossips Kopf hineinzuversetzen. Das Telefon klingelte weiter. Mein Gehirn war ein einziges Gewirr von Noten, Zahlen und Buchstaben.

»Wie soll man bei diesen ständigen Anrufen zum Arbeiten kommen«, brauste Osnat auf, trotzdem griff sie zum Hörer und hob ab. Dann sagte sie, Amnon sei nicht da, und legte auf.

»Diese Nervensägen«, murmelte sie teils zu mir, teils zu sich selbst.

Ich brummelte irgend etwas und versuchte es mit einer neuen Kombination. Das funktionierte auch nicht. Ich versuchte die nächste Variante, aber ich konnte mich nur schwer konzentrieren. Das war keine Müdigkeit. Zumindest nicht Müdigkeit *allein*. Da war noch etwas anderes. Ich merkte, wie meine Gedanken abschweiften und sich mit einer anderen Sache beschäftigten. Nur, was war es? ... Ein Detail, ein flüchtiges Detail, das in meinem Unterbewußtsein umherflatterte und darin zu verschwinden drohte. Ich mußte mich konzentrieren oder brauchte einen Geistesblitz, um es dort herauszulocken. Was war es ...

Genau eine Sekunde später kam Jochanan herein, und ich spürte eine Woge der Erleichterung. Nicht seinetwegen. Ich hatte es plötzlich begriffen.

## 37

# Jochanan

»Es ist soweit«, sagte ich laut.

Ich war allein in meinem Büro und meine gute Laune nicht mehr zu überbieten. Sämtliche Teile des Puzzles namens Duboux lagen vor mir. Welche Art von Material er übergab, wem er es übermittelte, wer ihn bezahlte und wieviel – einfach alles.

Lange betrachtete ich sein Foto, seine elegante Erscheinung, die Krawatte, den exakten Haarschnitt ... und seinen leicht herablassenden Blick. Ich konnte sein unaufdringlich teures Aftershave förmlich riechen. Jetzt mußte ich die Teile des Bildes nur noch zusammensetzen. Ich zwinkerte Duboux zu.

»Monsieur«, sagte ich streng, »ich werde Ihnen jetzt eine kleine Überraschung bereiten. *Une petite surprise, oui?*« Ich blätterte in seiner Akte und stieß auf das Foto von Sigal. Nichts für ungut, Sigal – äh, Verzeihung –, Nicole. Du wirst jemand anderen finden. Mit oder ohne Extras, sechshundert Dollar pro Nacht werden schon rausspringen.

Noch war ich aber nicht am Ziel, im Gegenteil – jedes Puzzle hatte auch seine Tücken. Vor allen Dingen mußte ich mir über mein weiteres Vorgehen klarwerden. Im Augenblick war ich allerdings viel zu aufgedreht. Bevor ich nicht Amnons Rat eingeholt hatte, wollte ich keine weiteren Schritte unternehmen.

Ein Kaffee mit Osnat, entschied ich, ein Kaffee und ein Schwätzchen, das war der angenehmste Weg, die Zeit totzuschlagen, bis Amnon eintreffen würde.

***

Ich brauchte zwei, drei Sekunden, um die Frau zu identifizieren, die bei Osnat saß.

»Irith?!« Was machte sie hier?

»Ich denke, Sie kennen sich, nicht?« sagte Osnat. Sie hatte die seltene Begabung, aus dem Nichts eine Stimmung zu erschaffen, die an einen gemütlichen Abend, einen Schabbath mit Freunden erinnerte. Nur war die Situation hier eine völlig andere.

Ich schaute Irith an. Sie sah verstört aus. Ihre rechte Hand spielte nervös mit zusammengeknülltem Papier. Seiten voller Tabellen, Buchstaben und Zahlen lagen über den Tisch verstreut. »Was geht hier vor?« fragte ich.

»Ich verkaufe einen deutschen Flügel«, sagte Irith mit ausdrucksloser Stimme, »und da habe ich den Dirigenten angerufen. Im Moment warte ich auf Amnon.«

Du lieber Gott, das war das Stichwort für den Notfall.

»Wie lange warten Sie schon hier? Warum haben Sie nicht nach mir verlangt? Egal. Kommen Sie.« Ich schob Irith in mein Büro und plazierte sie auf den Stuhl mir gegenüber. »Was ist los? Ist mit Ihnen alles in Ordnung?«

Unvermittelt brach sie in Lachen aus, es klang hohl, unnatürlich, dann sagte sie: »Bevor wir darüber sprechen, was ich heute durchgemacht habe, und über die fällige Gehaltserhöhung, möchte ich Ihnen sagen, wie froh ich bin, Sie zu sehen.« Und ehe ich reagieren konnte, beugte sie sich über den Tisch und küßte mich.

»Irith.« Ich wehrte vorsichtig ab. »Beruhigen Sie sich.«

»Ich bin ein bißchen hysterisch, ich weiß.«

»Was ist passiert?«

»Das glauben Sie mir sowieso nicht«, sagte sie.

»Keine Spielchen, Irith«, sagte ich.

»Hören Sie gut zu«, sagte sie. »Michail arbeitet für uns.«

»Ach so.« Sie war nicht nur hysterisch, sondern völlig von der Rolle.

Irith lachte wieder. »Er hat vor fünf Minuten angerufen und wollte Amnon sprechen.«

»Ich verstehe«, sagte ich. Sie war zu sehr unter Druck in letzter Zeit, dachte ich. Zu sehr unter Druck. Das hält nicht jeder aus.

»Ich habe mir das nicht ausgedacht!« Sie schlug mit der Hand auf den Tisch. »Hören Sie. Vor fünf Minuten klingelte bei Osnat das Telefon. Jemand verlangte Amnon.«

»Und …?«

»Und in meinem Kopf fingen die Rädchen an zu rattern. Ich kannte diese Stimme.«

»Michail?«

»Michail.«

»War das Telefon auf Lautsprecher gestellt?« fragte ich.

»Nein.«

»Das heißt, Sie haben ihn nicht über Lautsprecher gehört.«

»Richtig.«

»Irith«, sagte ich, »der Abstand zwischen Ihnen betrug gut drei Meter. Osnat hatte den Hörer am Ohr. Zudem läuft im Hintergrund immer das Radio. Was konnten Sie unter diesen Umständen schon aufschnappen? Und trotzdem glauben Sie –«

»Ich glaube es nicht«, sagte sie fest, »ich *weiß* es.«

Ich schaute sie lange an. Sie sah erschöpft aus, ihre Haare waren vollkommen zerzaust.

»Ich bin mir sicher, Jochanan«, sagte sie leise, beinahe flüsternd.

Ich drückte auf den Knopf der Sprechanlage. »Osnat, verbinde mich mit Amnon. Sofort.«

»Amnon ist nicht da«, sagte Osnat.

»Ist mir egal. Finde ihn und sag ihm, er soll herkommen.«

»Okay.« Osnat wußte, wann Fragen überflüssig waren.

»Sie hatten keine Ahnung«, sagte Irith leise.

»Ich habe noch immer keine Ahnung«, sagte ich, »und Sie auch nicht. Das ist doch alles reine Spekulation. Ich glaube nicht daran, aber ich bin bereit, es zu überprüfen. Das ist alles.«

»Das ist nicht alles.«

»Was noch? Arbeitet Nikolai für den Mossad? Gibt Ossip Informationen an den CIA weiter?«

Irith schwieg.

»Okay«, sagte ich, »Entschuldigung. Ich bin ganz Ohr.«

Irith erzählte mir von Ossip. Von dem hastigen Anruf bei ihr zu Hause. Ihre Stimme zitterte, als sie von seinem Herzinfarkt berichtete, aber sie fing sich wieder. Sie erzählte mir von der Diagnose, die ein befreundeter Arzt gestellt hatte. Wie sie aus der Kirche geschmissen wurde. Ihre Stimme wurde wieder fest, als sie die Einzelheiten der Verfolgung beschrieb.

»Was soll ich sagen«, begann ich, als sie fertig war. »Sie … ich weiß nicht, Sie müssen eine Medaille oder so bekommen. Sie sind einfach phantastisch.«

Irith breitete ein Notenblatt vor mir aus. »Die Medaille können Sie mir verleihen, wenn ich *das* gelöst habe.«

»Sind Sie sicher, daß sich dahinter eine Nachricht verbirgt?«

»Unbedingt. Die Noten entbehren jeder musikalischen Logik.«

»Haben Sie eine andere Logik gefunden?«

»Ich habe es versucht, ein paar einfache Ideen durchprobiert. Das Problem ist, daß Ossip viel zu pfiffig ist.«

»Nein. Das Problem ist, daß er uns viel zu schnell wegstirbt.«

Ich sah ihren Blick und wußte, daß ich mir das hätte verkneifen sollen. »Tut mir leid«, sagte ich leise. »Sie wissen, daß ich es nicht so gemeint habe. Ich … gut, ich bin auch nervös.«

»Ich würde mich sehr wundern, wenn Sie es nicht wären«, sagte sie schlicht.

»Ich muß erst mal darüber nachdenken«, sagte ich, legte meinen Kopf an die Sessellehne und starrte an die Decke. Ich schloß die Augen und überlegte eine ganze Weile, aber je länger ich darüber nachdachte, desto komplizierter wurden die Dinge.

Wenn Ossip bemerkt hatte, daß es irgendwo brannte, warum hatte er dann nicht über den Notruf mich oder Amnon informiert? Genau wie Irith kannte auch er die Zugangsnummer und die Losung. Er hätte anrufen müssen. Und wie waren sie auf ihn gekommen? Ossip wäre niemals das Risiko eingegangen, aus der Kirche anzurufen. Zweifellos hatte er eine Telefonzelle benutzt. Hörten sie Iriths privates Telefon ab? Übertrieben, aber nicht unmöglich. Diese Jungs waren mit allen Wassern gewaschen, und Hemmungen hatten sie so gut wie keine.

Und wenn der KGB Ossip wirklich vergiftet hatte, wer hatte es getan? Michail, klar. Nur er war dazu fähig.

Das ist verrückt, dachte ich, das ist dermaßen verrückt. Und wenn Iriths Analyse richtig war, dann kooperierte Michail womöglich mit uns. Falls das so war, stimmte ja vorn und hinten nichts mehr. Andererseits ... Mein Kopf begann zu schmerzen.

»Sie sehen gar nicht gut aus«, sagte Irith.

»Unsinn.«

Nein, das ergibt alles keinen Sinn. Mir fehlt irgendein Detail. Es gibt einen Unbekannten, der im Verborgenen ein Spiel mit uns treibt. Und auch noch Spaß daran hat.

»Verraten Sie mir Ihre Gedanken?«

Ich machte die Augen wieder auf und schaute Irith an. Sie war so schön und wieder völlig beherrscht. Ihr Blick wirkte sogar ein wenig herausfordernd, fast amüsiert.

»Ich muß los«, sagte ich schon im Aufstehen. »Warten Sie bei Osnat auf mich. Laufen Sie ja nicht weg.«

***

Unten am Eingang stürzte ich mich auf das Telefon des Pförtners.

»Sarah? Schalom. Ist Dov zu Hause?«

»Er schläft. Ist es was Wichtiges?«

»Weck ihn bitte. Ich bin in zehn Minuten bei euch.«

## 38

Dov war immer noch völlig verschlafen, als ich bei ihm ankam.

»Was gibt's denn?« sagte er gähnend. »Das Heft über die Basken –«

»Es geht nicht um die Basken.«

»Worum dann?« Er gähnte schon wieder. »Kann man nicht mal mehr ein Nickerchen machen, ohne gestört zu werden?«

»Kann es sein, daß Michail für uns arbeitet?« fragte ich.

Überrascht schaute er mich an. Dann heftete er seinen Blick auf die hohe Zimmerdecke. »Ich schlafe bestimmt noch«, sagte er, »das muß ein Traum sein.«

»Kann es sein, daß Michail für uns arbeitet?« wiederholte ich.

»Unsinn«, wehrte er ab.

»Kann es sein, daß er Amnon angerufen hat?«

»Bestimmt«, sagte Dov. »Sie wollten zusammen ins Kino gehen. Das tun sie jede Woche, weißt du.« Er rieb sich die Augen. »Und wegen solchem Unsinn weckst du mich?«

»Kann es sein, daß Michail versucht hat, Ossip zu liquidieren?«

Dovs gleichgültiger Gesichtsausdruck war schlagartig verschwunden. Er setzte sich kerzengerade hin, mit zwei gesunden Beinen wäre er sicher aufgesprungen.

»Was ist mit Ossip?« fragte er rauh.

»Er liegt im Hadassah auf der Intensivstation. Herzinfarkt.«

Dov war wie ausgewechselt. »Wann ist das passiert?«

Sarah kam herein. »Vorsicht, ich bin's. Jetzt bloß keine Geheimnisse lüften …« Das berühmte Tablett mit Kaffee und Kuchen landete auf dem Tisch.

Nachdem Sarah wieder hinausgegangen war, erzählte ich Dov die ganze Geschichte. Er steckte sich eine Zigarette an und hörte mir mit ausdrucksloser Miene zu.

»Und wie ist Ossips Zustand?« war seine einzige Frage.

»Kritisch.«

»Scheiße«, sagte er zu sich selbst, »was für eine verrückte Geschichte.«

»Ich denke, ich weiß, wer hinter dieser verrückten Geschichte steckt«, sagte ich.

»Eine Frau?« schlug Dov vor.

Ich warf ihm einen erstaunten Blick zu, er lächelte nur.

»Ich weiß doch, wie dein Gehirn funktioniert.«

»Ja«, sagte ich, »langsam.«

»Die Probleme haben mehr oder weniger begonnen, als *sie* den Job übernommen hat. Richtig?«

»Ja«, sagte ich.

»Gehen wir weiter. Sie hat einen Arzt zu Hause. Hat Zugang zu Medikamenten, die einen Herzinfarkt verursachen können. Daß sie jetzt diesen Auftritt inszeniert, sagt noch gar nichts.«

»Du hast recht«, sagte ich. »Angeblich hat Irith heute drei Profis abgehängt. Wäre ihr das gelungen, wenn die Russen nicht mitgespielt hätten?«

»Niemals«, sagte Dov.

»Das heißt ...«, sagte ich.

Dov lächelte in sich hinein, dann schüttelte er den Kopf. »Nein«, sagte er, »nein.«

»Nein was?«

»Sie ist es nicht«, sagte er. »Deine Phantasie geht mit dir durch. Eine kleine intellektuelle Übung, mehr war das nicht.«

»Was denn jetzt wieder?« protestierte ich. »Das paßt doch alles zusammen.«

»Nein, das paßt nicht zusammen«, sagte Dov, »du machst es *passend.*«

»Laß uns noch mal die Einzelheiten durchgehen –«

»Vergiß die Einzelheiten«, sagte Dov. »Du bist so sehr mit den Details beschäftigt, daß du die Dinge nicht mehr in ihrer Gesamtheit sehen kannst. Du merkst gar nicht, wie verrückt es ist, Irith zu beschuldigen. Außerdem verläßt du dich zu sehr auf deinen Eindruck.«

»Du nicht?« erwiderte ich.

»Doch, aber mein Eindruck gründet sich auf alle Seiten ihrer Persönlichkeit«, sagte Dov, »und genau da ist dir der Blick verstellt.«

»Und du nimmst ihr ab, daß Michail bei Amnon angerufen hat?«

»Nein«, sagte Dov, »das ist absurd. Aber ich glaube, daß sie es glaubt. Vergiß nicht, wie aufgewühlt sie ist.«

»Ja«, sagte ich. Wenigstens darin waren wir uns einig.

»Die Sache ist einfach die ...«, Dov machte eine kleine Pause, »ich bin in diesem Fall nicht emotional involviert.«

»Und ich?«

»Und du?«

Ich schwieg und trank einen Schluck von meinem Kaffee. Einige Minuten herrschte Stille.

»Apropos Michail«, sagte Dov, »du wolltest mir die Fotos von Wien zeigen.«

»Hier, Itamar hat sie gemacht.« Ich reichte ihm den Umschlag.

Dov kniff die Augen zusammen, als er das erste Foto sah. Er sagte nur ein Wort: »Tschernjew.«

»Tschernjew?«

Ohne zu antworten, sah Dov die Bilder weiter durch. »Du großer Gott«, er war sichtlich überrascht, »es ist tatsächlich Tschernjew.«

»Wer ist das?«

Dov starrte immer noch auf die Fotos. Dann deutete er auf den großen, schnurrbärtigen Mann, der sich mit Michail unterhielt. »Du kennst diesen Freund von Michail nicht?«, fragte er.

»Wundert dich das?«

»Großer Gott, was für eine Scheiße. Tu mir einen Gefallen und treib Amnon auf.«

Ich hörte das leise Klicken sofort, als ich den Hörer abnahm. Ich legte auf und hob erneut ab. Das gleiche Geräusch, zart, fast unhörbar. Ich legte wieder auf.

»Hast du die Nummer vergessen?« fragte Dov.

»Hör selbst.« Aus irgendeinem Grund flüsterte ich. Und reichte ihm das Telefon.

Jetzt hob Dov den Hörer ab und lauschte. Er kniff die Augen zusammen. Auch er legte auf und probierte es noch einmal. Dann schaute er mich ausdruckslos an. »Zum Teufel«, sagte er, »was geht hier vor?«

## 39

Ich hielt neben der ersten Telefonzelle, die ich fand. Alex nahm schon nach kurzem Klingeln ab.

»Jochanan«, er keuchte wie ein Marathonläufer, der gerade ins Stadion einlief, »seit einer halben Stunde renne ich wie ein Verrückter zwischen Büro und Archiv hin und her. Aber es hat sich gelohnt. Hast du mein Fax bekommen?«

»Ich habe kaum noch Telefonmünzen«, unterbrach ich ihn, »notier dir die Nummer.«

Eine halbe Minute später kam sein Rückruf. »Wo bist du?«

»In einer Telefonzelle in der Nähe von Dov.«

»Seit wann erlaubt dir der alte Geizhals nicht mehr, bei ihm zu telefonieren?«

»Seine Leitung wird abgehört.«

»Was?!«

»Ist jetzt nicht wichtig. Schreib mit.«

»Ja …«

»Tschernjew«, las ich langsam von Dovs Zettel ab, »Alexander Iljitsch Tschernjew. Ich muß wissen, wo er sich die letzten Wochen aufgehalten hat und wo er jetzt steckt.«

»Ist das zufällig Michails Kumpel aus Wien?« Schön, daß auch Alex über so etwas wie Intuition verfügte.

»Zufällig ja. Ist übrigens auch Oberst. Abteilung Spezialeinsätze. Erinnerst du dich an die Explosion in Rom vor zwei Jahren? Im Justizministerium?«

»Ja.«

»Und an das Zugunglück in der Schweiz?«

»April '85«, sagte Alex, »ein Zug, der UNO-Botschafter aus Großbritannien, Frankreich und Italien und von wer weiß wo noch in den Skiurlaub bringen sollte. Nur durch einen Zufall waren sie nicht eingestiegen.«

»Du verstehst also, über wen wir reden«, sagte ich.

»Und ich verstehe, warum du dir Sorgen machst«, sagte Alex. Er klang nachdenklich.

»Also, wenn Michail nach Wien fährt, nur um ›Towarischtsch‹ Tschernjew für eine halbe Stunde auf dem Flughafen zu treffen, dann bestimmt nicht, weil er Toblerone aus dem Duty-free schmuggeln will. Sie wollen uns eine Überraschung bereiten. Eine echte Überraschung.«

»Ja«, sagte Alex verdutzt, »das paßt alles zusammen.«

»Was meinst du damit?« fragte ich.

»Viktor Geller ist tot.«

»Was?!«

»Du hast richtig gehört«, sagte Alex.

»Wie ...?« Michail ist zu weit gegangen, dachte ich. Erst Ossip. Jetzt Geller.

»Selbstmord.«

»Alex, was redest du da?«

»Er hat sich erhängt.«

»Wann?«

»Am 5. März 1957.«

»Aber ...« Mir fehlten die Worte.

»Am 5. März 1957«, wiederholte Alex, »in einem Arbeitslager in Sibirien ... Bist du noch da?«

»Ich glaube ja.«

»Ich habe dir eine Kopie des russischen Originals gefaxt –«

»Moment«, unterbrach ich ihn, *»wann* hast du das Fax geschickt?«

»Sagte ich doch«, erwiderte Alex geduldig, »gerade eben.«

»Verdammt. Leg auf.«

»Was?«

»Leg auf«, schrie ich, »ich muß telefonieren.« Hastig wählte ich die Nummer vom Büro. »Osnat, gib mir Irith.«

»Wo bist du? Ich suche dich schon –«

»Wo ist Irith?«

»Das ist es ja, sie ist verschwunden.«

»Was heißt das, sie ist verschwunden?« Verdammt noch mal, genau das hatte ich befürchtet.

»Ich war kurz auf Toilette. Auf dem Rückweg sind wir auf dem Gang fast zusammengeprallt. Dann ist sie an mir vorbei die Treppe runtergerannt. Ich habe versucht, dich bei Dov zu erreichen, und Sarah sagte mir –«

»Okay«, ich versuchte, mich zu beherrschen, »ist ein Fax für mich gekommen?«

»Ich habe keins gesehen.«

»Schau mal nach.«

»Ja«, sagte sie kurz darauf, »du hast ein Fax von Alex, in russisch.«

Wunderbar.

Irith konnte Russisch. Sie hatte das Fax gesehen und war aus dem Haus gerannt. Der Teufel wußte, was sie jetzt wieder vorhatte.

»Gut, Osnat«, sagte ich langsam, »ich habe zwei Bitten. Erstens: Wenn du den Hörer aufgelegt hast, vernichte sofort das Fax.«

»Das darf ich nicht«, sagte Osnat, »du weißt ganz genau, daß das verboten ist.«

»Dann versteck es, Hauptsache, es liest niemand.«

»Okay.«

»Und zweitens«, sagte ich, »besorg mir die Adresse von Professor Geller. Viktor Geller. Ich glaube, er wohnt in Mewasseret Zion.«

## 40

## Irith

Glücklicherweise kam gleich ein Taxi, als ich unten am Pförtner vorbeirannte. Ich nannte dem Fahrer die Adresse und ließ mich auf den Rücksitz fallen.

Geller. Eine einzige große Lüge. Vorbildlich geplant und makellos ausgeführt. Ich mußte beinahe lachen angesichts der Schuldgefühle, die mich in den letzten Wochen geplagt hatten. Ich dachte an unser letztes Treffen im Institut und spürte, wie sich meine Fäuste ballten.

Geller, der immer so verständnisvoll, fast väterlich gewesen war. Den alles, was ich machte, interessierte. Dieser Mann sollte nichts weiter sein als ein Heuchler? Aus einer naiven, verzweifelten Hoffnung heraus wünschte ich immer noch, daß das alles ein Irrtum war. Vielleicht hatte ich das Fax falsch verstanden – ich hätte es ja nicht einmal lesen dürfen. Und was ich jetzt vorhatte, verstieß schon wieder gegen die Regeln.

»Wir sind da«, sagte der Fahrer.

Ich gab ihm einen Zwanzig-Schekel-Schein und stieg aus.

»Ist mit Ihnen alles in Ordnung?«

»Nein. Ja. Ach, lassen Sie mich.«

Geller wohnte in einem kleinen Einfamilienhaus, umgeben von einem sehr gepflegten Garten. Ich holte tief Luft und drückte auf die Klingel.

Meine Gedanken rasten. Was sollte ich sagen? Wie reagieren, wenn er vor mir stand? Vor allem mußte ich mich beherrschen. Ich war auf dem besten Weg, einen Riesenblödsinn zu machen.

Ich drückte wieder auf die Klingel. Nichts geschah. Für einen Moment stand ich hilflos da. Was jetzt? Warum hatte ich den Fahrer nicht gebeten, kurz zu warten?

Ich klingelte zum dritten Mal, aber als sich im Haus wieder nichts rührte, folgte ich einer kühlen, klaren Logik: Wenn ich schon hier war, konnte ich die Sache genausogut zu Ende bringen.

Ich ging den gepflasterten Weg um das Haus herum, unbewußt darauf achtend, nicht in die Blumenbeete zu treten. Geller schwärmte immer von seinem Garten, und diese Hingabe war den Pflanzen anzusehen. Zu jedem Geburtstag hatte er mir einen Strauß Blumen mitgebracht, spezielle Sorten, die er »mit seinen eigenen Händen« gezüchtet hatte. Das kann alles nicht wahr sein, dachte ich immer wieder.

Ich betrat die hintere Terrasse, von der eine gläserne Schiebetür ins Haus führte. Zögernd klopfte ich an die Scheibe und versuchte, die Tür beiseite zu schieben. Doch sie war von innen verriegelt, und ein dicker Vorhang verdeckte jede Sicht. Ratlos drehte ich mich um, als mein Blick auf die kleine Schubkarre neben den Rabatten fiel, in der irgendwelche Gartengeräte lagen.

Jetzt gehst du zu weit, sagte ich mir, als ich eine kleine Hacke herausnahm. Doch mir war schon alles egal. Das Glas der Schiebetür splitterte heftig, und ich schaute mich nach allen Seiten um, bevor ich vorsichtig durch die entstandene Öffnung faßte und die Verriegelung löste. Noch immer rührte sich nichts. Langsam durchquerte ich die Veranda und näherte mich der Wohnzimmertür. Ich öffnete sie nur einen Spalt.

»Viktor«, rief ich, doch aus meiner Kehle drang nur ein heiseres Flüstern.

Wieder rief ich seinen Namen, lauter diesmal. Dann stieß ich die Tür auf und trat ein. Auch hier war es dunkel, auch hier waren die Vorhänge zugezogen. Ich schob sie beiseite, und gelbliches Licht fiel herein.

Im Rückblick denke ich, daß ich ahnte, was kommen würde. Mir ist nicht klar, warum, aber ich war darauf gefaßt – ich war *auf alles* gefaßt.

Geller lag auf dem Teppich, auf dem Bauch. Ich wußte, daß er tot war.

Wie versteinert stand ich da. Ich hatte weder Angst, noch verfiel ich in Hysterie, ich war nur merkwürdig gelähmt. Telefonieren, ich muß telefonieren, dachte ich. Ich schaltete das Licht an und suchte das Zimmer nach einem Telefon ab. Neben der Tür zum Korridor hing eins an der Wand. Ich nahm den Hörer ab, bis ich merkte, daß ich nicht wußte, wen ich eigentlich anrufen sollte. Einen Krankenwagen? Die Polizei? Jochanan?

Während meine Gedanken Karrussel fuhren, fiel mein Blick erneut auf die Leiche. Erst jetzt, im hellen Licht, bemerkte ich meinen Irrtum. Der Hörer glitt mir aus der Hand. Der Mann auf dem Boden war viel zu groß und zu dünn, um Geller ähnlich zu sehen. Geller war klein und untersetzt, und auch seine Haare fielen ganz anders.

Vorsichtig näherte ich mich dem Toten und kniete mich neben ihn. Mit beiden Händen griff ich nach seiner steifen Schulter und drehte ihn sanft um. Die Augen waren offen, aber sie blickten ins Leere, etwas Elitäres, leicht Zynisches lag noch darin.

Wie in Zeitlupe erhob ich mich von meinen Knien und kauerte mich hin. Ich schaute ihn lange an, prägte mir jede Linie seines Gesichtsausdrucks ein. Dann faßte ich Amnon am Haarschopf und zog seinen Kopf auf meinen Schoß. Wieder und wieder preßte ich meine Lippen auf seinen kalten Mund.

Vor mir entstand ein klares Bild. Gestochen scharf. Geller, Ossip, Amnon, Michail. Die Guten, die Bösen, auch die Unschuldigen. Ich verstand die Zusammenhänge in einer Schnelligkeit, die keinen Zweifel offenließ, doch ich verlor sofort jegliches Interesse. Alles schien meilenweit weg. Ganz so, als hätte ich alles in einer Zeitung oder in einem Buch gelesen. Die Ereignisse schrumpften auf Zwergengröße und verschwanden, verschwanden zusammen mit dem Mann, den ich geliebt hatte.

Wenig später fand mich Jochanan, Amnons Kopf immer noch auf meinem Schoß. Ich machte mir nicht die Mühe aufzustehen. In mir war alles leer.

Er kniete sich neben mich, löste meine Hände von Amnons kalten Wangen und tastete nach seinem Puls. »Er ist tot«, sagte er.

»Ich weiß.« Meine Stimme klang hohl, wie ein Echo.

»Haben Sie ihn umgebracht?« fragte er leise.

»Nein.«

»Kommen Sie.« Er stand auf und reichte mir die Hand.

»Lassen Sie mich.«

Zärtlich befreite Jochanan Amnons Kopf aus meiner Umklammerung und bettete ihn auf den Teppich. Ich wehrte mich nicht.

»Ich parke fünfzig Meter links von der Haustür. Ein weißer Subaru mit Sonnenschutz, warten Sie dort auf mich.«

Ich stand auf wie ein ferngesteuerter Roboter. Auf dem Weg nach draußen hörte ich Jochanan telefonieren.

»Ein Mann. Identität unklar. Ohne Papiere. Nein, nein, keinen Krankenwagen. Schicken Sie einen normalen Wagen …«

***

Wir fuhren gemeinsam zurück. Jochanan schwieg lange, auch ich sagte nichts. Ich ging der lächerlichsten Beschäftigung nach, die einem unter diesen Umständen nur einfallen konnte – ich frischte mein Make-up auf.

Ich wußte, daß Jochanan überrascht war. Viel überraschter als ich, doch er ließ sich nichts anmerken. Ich warf ihm einen Blick zu. Das war nicht der verlegene, der immer leicht verwirrte Jochanan, den schon ein provokativer Satz zum Stottern bringen konnte. Er wirkte verändert. Auf seinem Gesicht lag kühle stille Entschlossenheit. Kein Zorn, keine Aufregung. Er ist erwachsener geworden, dachte ich.

»Wohin fahren wir?« fragte ich, als wir den Ortseingang von Jerusalem erreichten.

»Zu mir.« Seine Stimme klang ruhig, beruhigend.

»Ich muß zu Hause anrufen.«

»Wenn wir da sind. In fünf Minuten.«

»Kann ich eine Zigarette haben?«

Er reichte mir das Päckchen und drückte den Zigarettenanzünder. Ich rauchte stumm. Ich hatte keine Ahnung, wann alles aus mir herausbrechen würde. Ich hatte viel zu viel in mich hineingefressen. Aber vorläufig hatte ich mich noch im Griff.

»Wußten Sie von Amnon?«

»Der Verdacht kam mir erst heute«, sagte Jochanan.

»Ich meine, von Amnon und mir.«

»Nein.«

Ich drückte meine Zigarette aus und zündete die nächste an. »Ich habe ihn geliebt. Wir waren ...« Jetzt fühlte ich die Tränen in meiner Kehle.

»Sie müssen nicht darüber reden.«

»Ich muß es aber loswerden.« Ich versuchte, meine Stimme in den Griff zu bekommen, doch sie zitterte trotzdem.

Jochanan sagte nichts.

»Ich wußte nicht, wer er in Wirklichkeit war. Ich wußte nicht, daß er für ...«

»Schon okay«, sagte Jochanan, »wir haben momentan größere Sorgen.«

»Was für Sorgen?«

»Nicht jetzt.« Er hatte ein Papiertaschentuch hervorgezogen und reichte es mir.

»Wann erfahre ich es?«

»Vielleicht später.«

Doch ich wußte, daß er log.

Als wir in seiner Wohnung ankamen, bat er mich, uns einen

Kaffee zu machen. Ich war ihm dankbar. Er unterzog mich keinem Verhör, sondern verschwand mit dem Telefon im Schlafzimmer. Ich ließ mir Zeit, maß jede Bewegung ab, spürte eine seltsame Ruhe. Dann wusch ich das Geschirr ab, und als ich nichts mehr zu tun fand, setzte ich mich auf den Balkon und starrte vor mich hin. Ich mußte Ilan anrufen, aber ich fühlte mich nicht in der Lage dazu. Ich saß auf diesem Balkon, vollkommen gefühllos, gedankenlos, und schaute in die Landschaft.

Gedämpft vernahm ich Jochanans Stimme aus dem Schlafzimmer. Man muß Ossip besuchen, dachte ich. Auch die verschlüsselte Notenschrift fiel mir wieder ein. Ich spürte, wie meine Gedanken immer tiefer versackten.

Irgendwann weckte mich Jochanan und brachte mich in sein Bett. »Hier ist es bequemer.«

Ich wehrte mich nicht, als er mich auszog und zudeckte. »Sie gehen?« murmelte ich.

»Ich muß weg. Versuchen Sie zu schlafen. Niemand wird Sie stören.«

»Wann kommen Sie zurück?«

»Weiß ich noch nicht.«

## 41

## Jochanan

Ich wußte nicht, ob es Osnat gelungen war, so schnell einen Termin zu vereinbaren. Ehrlich gesagt war es mir auch egal, sie hatten die Nachricht über Amnons Tod und Ossips verschlüsselte Botschaft erhalten, das mußte als Grund genügen. Wenn ich zu dem grauen Gebäude neben dem Büro des Ministerpräsidenten kam, wollte ich vom Boß empfangen werden.

Und der Boß empfing mich. War höchstpersönlich aus seinem unterirdischen Büro heraufgekommen, um mir die übliche Prozedur der Leibesvisitation zu ersparen.

»Schon gut, er kommt zu mir«, rief er dem Sicherheitsbeamten ungeduldig zu.

Wir stiegen in den Express-Fahrstuhl und fuhren schweigend die acht Etagen hinunter in »die tiefstgelegene Empfangshalle Israels«, wie Amnon das Allerheiligste des Schin Beth immer genannt hatte. Dabei war es nichts Besonderes. Auch das Büro, in das wir gingen, beeindruckte weder durch seine Größe noch durch besondere Ausstattung – es war einfach ein Büro.

Ganz wie der Mann, dachte ich. Auch an ihm war auf den ersten Blick nichts Besonderes zu erkennen. Ich wußte, daß er aus dem Kibbuz kam, bevor er bei der Marine Froschmann wurde, doch in diesem Moment saß da einfach nur ein Mann, knapp über vierzig, nicht groß, nicht klein, mit schwarzen Haaren und Brille.

Der Boß schaltete das Licht und das Aufnahmegerät auf seinem Schreibtisch ein. »Rede«, sagte er nur.

»Moment«, erwiderte ich, »was ist mit Ossips Nachricht?«

»Ist in Arbeit. Bereitet uns ordentlich Kopfzerbrechen. Jetzt erzähl schon.«

Ich berichtete, was vorgefallen war, bis auf die Geschichte zwischen Amnon und Irith, die ließ ich aus.

Als ich fertig war, schaltete der Boß das Gerät aus. »Amnon war Nummer zwei«, sagte er und beschriftete die Kassette, auf der mein Bericht aufgezeichnet war. »In einem Jahr sollte er meine Position übernehmen.«

»Ich denke, es lohnt sich, einen Ersatz zu suchen«, bemerkte ich trocken.

Der Boß lachte nervös auf. »Ein Ersatz ist gut. Machst du dir überhaupt einen Begriff, was für ein Schlag das für uns ist? Um ein Haar wäre ein Doppelagent Chef des israelischen Inlandsgeheimdienstes geworden ...« Er holte zwei Büchsen Cola aus dem kleinen Kühlschrank, der in der Ecke des Raumes stand.

»Außer uns beiden«, begann ich vorsichtig, »weiß noch niemand –«

Der Boß verstand sofort. »Er hat sein Leben dem Vaterland geopfert ...«

Besser hätte es ein offizieller Trauerredner auch nicht formulieren können.

»Möge seine Seele in Frieden ruhen«, ergänzte ich.

Der Boß hielt immer noch die beiden Dosen in der Hand, jetzt klopfte er mit einer auf den Tisch, um seinen Worten Nachdruck zu verleihen. »Weißt du, was mich fertigmacht? Dieser Hurensohn schickt Dov nach Spanien, läßt ihn fast abknallen, und wir verleihen ihm noch eine Medaille.«

Ich zuckte die Achseln. Mir war längst klar, daß Amnons wahre Identität wohl kaum an die große Glocke gehängt werden würde.

»Egal. Willst du eine Cola?« Dann drückte er auf den Knopf seiner Sprechanlage und brüllte: »Secharija?«

»Noch nichts«, kam nach einer Weile die Antwort aus der Dechiffrierabteilung.

»Wie lange dauert das noch ...«

»Woher soll ich das wissen? Ein äußerst komplizierter Code. Ich weiß nicht mal, ob wir der Lösung näher kommen oder uns davon entfernen.« Secharijas amerikanischer Akzent war unüberhörbar, aber er klang auch sichtlich erschöpft.

»Ein Tag? Eine Woche? Zwei Monate?« fragte der Boß ungeduldig.

»Vielleicht.«

»Macht weiter.«

»Es ist übrigens ein höchst interessanter Code ...«

»Zum Teufel noch mal«, der Boß schlug auf die Sprechanlage, »mich interessiert nicht, ob er interessant ist. Ich will wissen, was er bedeutet, verstehst du?« Nervös steckte er sich eine Zigarette an. »Wir wissen nicht, ob wir den Dritten Weltkrieg anfangen sollen, und dieser Kerl erfreut sich an Ossips intellektuellen Fähigkeiten.«

»Wir sollten im Krankenhaus nachfragen«, schlug ich vor, »vielleicht geht es Ossip inzwischen besser.«

»Sie halten uns auf dem laufenden. Er wird gleich operiert. Vor morgen früh bekommen wir aus ihm kein Wort heraus. Die Zeit rast, und ich werde immer nervöser. Wir haben keine Wahl, Jochanan, wir müssen da rein.«

»In die Kirche?«

»Großeinsatz. Wir werden Michail und noch ein paar andere festnehmen und die Kirche systematisch durchkämmen. Es muß einen schriftlichen Anhaltspunkt geben, und selbst wenn nicht, wird sich ein Grund finden, Michail, Nikolai und Konsorten in hohem Bogen nach Moskau zurückzubefördern.«

»Nikolai ist sauber.«

»Dann ist er eben sauber, na und.«

»Wie lange dauert die Vorbereitung?«

»Minutensache. Sobald ich das Zeichen gebe. Denkst du, ich warte auf die Entschlüsselung der Nachricht? Genausowenig wie ich bei Ossip auf ein medizinisches Wunder hoffe. Aber der schwierige Teil ist nicht, in die Kirche vorzudringen, sondern vom Ministerpräsidenten das O. K. dafür zu bekommen.«

»Wo liegt das Problem?«

»Erstens sitzt er gerade beim botswanischen Botschafter oder was, und zweitens ist nicht sicher, ob er überhaupt zustimmt.«

»Mußt du ihn denn fragen?«

»Die Kirche ist exterritoriales Gebiet. Das ist, als würdest du mitten in Moskau eine Straße besetzen. Wir dürfen die Kirche nicht betreten.«

»Vielleicht solltest du nicht um Genehmigung bitten.«

Er schüttelte mißbilligend den Kopf, konnte sich aber ein Lächeln nicht verkneifen. »Darauf hätte ich nicht übel Lust, aber eigentlich wollte ich mein letztes Jahr auch noch durchstehen. Ich wollte eine Ausnahme sein und endlich etwas Ruhe in den Laden bringen.«

Tatsächlich galt der Chefsessel des Schin Beth wie der des Militärgeheimdienstes als ziemlich heißer Stuhl, und es gab Zeiten, da war es in diesem Büro zugegangen wie in einem Taubenschlag.

»Und wenn er nein sagt?«

»Der Ministerpräsident ist auf Leitung fünf«, kündigte die Sekretärin über die Sprechanlage an.

»Werden wir gleich sehen«, erwiderte der Boß und drückte auf die Lautsprechertaste des Telefons.

»Micky, du wolltest mich sprechen ...«

Der Ministerpräsident klang müde, aber er klang immer müde. Schließlich war er auch schon über siebzig.

»Ich muß dich unter vier Augen sprechen.«

»Heute noch? Ich habe Termine, eine Rede im *Center for Strategic Studies* in Tel Aviv und dann noch dieses Interview im Ersten –«

»Bitte, verschone mich damit«, unterbrach ihn Micky. »Ich muß in die Kirche. Ein paar Leute festnehmen, das Haus auf den Kopf stellen.«

»Was planen sie?« Die Stimme des Ministerpräsidenten klang verändert, wacher. Mir fiel auf, daß er nicht mal nach dem Namen der Kirche fragte. Natürlich nicht, er war ein paar Jahre beim Mossad gewesen.

»Etwas Ernstes«, antwortete Micky.

»Termin?«

»Keine Ahnung.«

»Wann wirst du die haben?«

»Nachdem wir die Kirche auf den Kopf gestellt haben. Vielleicht.«

Der Ministerpräsident seufzte. »Vielleicht findest du einen weniger extravaganten Weg? Aufruhr kann ich jetzt überhaupt nicht brauchen.«

»Sie planen eine große Sache.« Micky versuchte nicht, den feindseligen Ton in seiner Stimme zu verbergen. »Soviel steht fest. Willst du warten, bis es zu spät ist?«

»Du versuchst, mir Angst zu machen? Ich muß schon sagen. Besorge mehr Informationen, dann reden wir weiter. Ich will wissen, was sie planen, bevor wir Porzellan zerschlagen. Das ist nicht zuviel verlangt, hoffe ich.«

»Wir gehen ein zu großes Risiko ein«, erwiderte Micky. »Hör auf, immer an die Presse zu denken. Denk an die Ergebnisse.«

Keine Chance, dachte ich. Lange bevor ich geboren wurde, sogar noch vor der Staatsgründung hatte der Ministerpräsident schon als Guerilla die britische Mandatsmacht bekämpft. Gerüchten zufolge hatte er damals etliche Leute umgebracht. Vor und nach der Staatsgründung, von seiner Zeit beim Mossad ganz zu schweigen. Wenn er nein sagte, sagte er nein. Außerdem war die Sache politisch hochsensibel.

»Micky«, sagte er gerade betulich, »tu mir den Gefallen und laß gut sein. Komm mit konkreten Informationen, dann sehen wir weiter, okay?«

»Okay«, erwiderte Micky und biß sich auf die Lippe.

»Und denk daran, daß ich heute abend um halb zehn im Fernsehen bin. Wie geht es deiner Frau?«

»Woher soll ich das wissen?« antwortete Micky. »Ich habe sie seit vier Tagen nicht gesehen.«

Der Ministerpräsident lachte. »Halt mich auf dem laufenden«, sagte er und legte auf.

»Du Flasche«, schrie Micky in den Hörer, »früher hattest du wenigstens noch einen Arsch in der Hose ...«

»Du *wußtest* doch, daß er nicht zustimmen würde«, sagte ich.

Micky zuckte die Achseln. »Wir gehen rein«, sagte er. »Habe ich eine Wahl? Nein. Ich darf kein Risiko eingehen. Bis sie den Code entschlüsselt haben, wenn sie es überhaupt schaffen, ist es vielleicht schon zu spät. Es kann jede Minute knallen.«

»Aber du wolltest doch deine Amtszeit noch beenden«, erinnerte ich ihn.

»Ist das wichtig?« brüllte er. »Wenn Tschernjew den Staatspräsidenten umbringen will? Oder die Knesseth in die Luft jagt? Dann fliege ich auch aus dem Amt. Aber mit einem Unterschied: *Dann* ist es gerechtfertigt.«

»Wieso?« fragte ich. »Du hast doch mit dem Ministerpräsidenten gesprochen und um Erlaubnis gebeten. Er hat nein gesagt. Von diesem Moment an ist er verantwortlich.«

»Jochanan, enttäusch mich nicht. Und ihn auch nicht. Meinst du, er wird sich auch nur an ein einziges Wort erinnern? Vergiß nicht, daß er an chronischer Gedächtnisschwäche leidet, es wäre nicht das erste Mal. Wenn sie mich rausschmeißen, gehe ich zurück in den Kibbuz. Was soll's.«

»Wenn du nur ein paar Russen festnehmen willst, mußt du die Kirche nicht stürmen.«

»Ich will auch eine Durchsuchung.«

»Das ist nicht zwingend«, sagte ich.

»Ist es nicht?«

»Nein. Ich würde es nicht darauf anlegen.« Ich war selber erstaunt, mich reden zu hören. »Vorrangig geht es doch jetzt darum, *Schaden zu verhindern*, weniger darum, *Bescheid zu wissen.*«

»Ich höre«, sagte der Boß, »rede weiter.«

»Wir brauchen nur Michail, damit durchkreuzen wir ihre gesamten Pläne. Und Secharija wird deine Neugier befriedigen, sobald er Ossips Noten entschlüsselt hat.«

»Da ist was dran. Die Frage ist, wie wir Michail dazu bringen, die Kirche zu verlassen. Er weiß doch genau, daß wir auf ihn warten. Er sitzt sicher in irgendeinem Kellergewölbe.«

»Dann müssen wir ihn rausholen«, sagte ich.

»Sage ich doch«, er trommelte ungeduldig mit den Fingern, »das Problem ist nur, *wie*.«

»Ganz einfach«, sagte ich. »Es gibt eine Sache, die ihn aus seinem Versteck lockt – direkt in unsere Arme.«

## 42

# Irith

Schweißgebadet wachte ich auf. Es wurde Zeit, daß ich Ilan anrief, aber ich brauchte noch ein paar Minuten, um mir die richtigen Worte zurechtzulegen. Ich ging ins Bad und schluckte die letzten beiden Tabletten, die er mir gegeben hatte. Das Wasser im Boiler war nicht mehr warm, aber ich mußte dringend duschen.

In ein großes Badetuch gehüllt, setzte ich mich kurz darauf neben das Telefon. Ich hatte mich mittlerweile ein wenig beruhigt, im Gegensatz zu Ilan.

»Was ist passiert?« schrie er vom anderen Ende der Leitung. »Weißt du überhaupt, wie spät es ist?«

»Es hat ein paar Komplikationen gegeben«, sagte ich. »In der Kirche hat jemand einen Herzinfarkt bekommen, und ich war bis vor wenigen Minuten bei ihm im Krankenhaus. Die Leute aus der Kirche sprechen kein Hebräisch, und ich mußte dolmetschen.«

»In welchem Krankenhaus?«

Ich wußte, daß er diese Frage stellen würde.

»Im Hadassah.«

»Hast du Giora getroffen?«

»Ja, ich soll dich grüßen.« Ich biß mir auf die Lippe, Giora mußte schnellstens von der neuen Version in Kenntnis gesetzt werden.

»Machen wir es kurz. Ist mit dir alles in Ordnung?«

»Mehr oder weniger.« Ich hatte nicht damit gerechnet, daß es so einfach sein würde. »In einer Stunde bin ich da. Wo sind die Kinder?«

»Bei meiner Mutter. Erinnerst du dich nicht an unsere Abmachung?« Seine Stimme ging eine Oktave nach unten. »Ich jedenfalls erinnere mich daran, daß wir etwas geplant hatten …«

»Aber, Ilan …«, nur mit Mühe konnte ich einen Brechreiz unterdrücken, »wir haben doch erst vorgestern miteinander …«

»Ahh!« hörte ich ihn sagen. »Alles klar! Du hast also doch einen Liebhaber in Jerusalem.«

Ich schloß die Augen.

»Irith?«

»Ich liebe dich«, flüsterte ich.

»Erzähl mir von Ilan«, sagte Amnon, kurz nachdem wir das erste Mal zusammen geschlafen hatten.

»Ich will nicht. Du kannst sowieso alles über ihn in Erfahrung bringen.«

»Nicht alles«, Amnon lächelte, »nicht die wirklich interessanten Details.«

»Zum Beispiel?«

»Egal …« Er schaute mich an und zog langsam das Laken von meinem nackten Körper.

»Merkwürdig«, sagte ich.

»Was?« Er strich mit der Hand zu meinem Hals hinauf.

»Merkwürdig. Das ist das erste Mal, daß ich Ilan betrüge. Und ich kann nicht einmal so tun, als hätte ich Gewissensbisse … deine Hand …«

»Ich wußte es vom ersten Augenblick an … schon im Hotel …« Sein ruhiger Ton veränderte sich kein bißchen, als seine Hände begannen, meinen Körper zu erforschen. »Ich wußte, daß ich dich will.«

»Warum?« Mein Körper belebte sich zum zweiten Mal.

»Keine Ahnung.«

Wie aus weiter Ferne drang seine Stimme zu mir. Dann ließ seine Hand plötzlich von mir ab. Er lehnte sich ein wenig zurück und betrachtete meinen schwer atmenden, naßgeschwitzten Körper.

»Komm«, bat ich ihn.

Amnon beugte sich über mich. »Und bei deinem ersten Liebhaber gibst du dich mit ziemlich wenig zufrieden«, sagte er. »Ein in die Jahre gekommener, humpelnder Familienhasser, der nie ausgeht …«

»… und ein ziemlicher Idiot ist.« Ich streichelte sein glattes Gesicht.

»Das auch noch«, stimmte er zu.

»Du Dummer.« Ich richtete mich auf und preßte meine Lippen auf seinen Mund. »Das ist alles nicht wichtig. Nichts ist wichtig. Verstehst du nicht, daß wir enger zusammen waren, als ich mir je vorstellen konnte?« Und aus einem mir unbekannten Grund begann ich zu schluchzen. Ich legte meinen Kopf an seinen Hals und gab mich den Tränen hin. Er hielt mich fest, strich mir übers Haar und küßte mich sanft, bevor er mich langsam zurück in die Kissen drückte.

Gut, daß er tot ist, dachte ich. Die ganze Affäre schien auf einmal einer Phantasiewelt anzugehören, in der ich einige Monate zu Gast gewesen war. Die hastigen Treffen in Jerusalem, die Anrufe zu Hause, in der Universität, die nur aus wenigen Wörtern bestanden. Die völlige Hingabe und die ständige Angst, jemand könnte dahinterkommen: Jochanan, Ilan, Ossip mit seinem Scharfsinn … Ossip! Er holte mich in die Realität zurück.

Ich rief in der Kardiologie an und war nicht erstaunt, Gioras Stimme zu hören. Heute konnte mich nichts mehr überraschen.

»Ich dachte, du schläfst. Was ist passiert?« Noch bevor er antwortete, wußte ich es.

»Ich hatte doch den diensthabenden Arzt gebeten anzurufen, falls etwas passiert«, begann Giora. »Und dann …«

»Er ist gestorben.« Das war keine Frage.

»Vor zehn Minuten. Sie wollten gerade mit der Operation beginnen. Herzstillstand während der Vorbereitungen zur OP.«

»Konnte er noch etwas sagen?«

»Er ist nicht wieder zu Bewußtsein gekommen.«

Giora hatte mich zwar schon am Morgen darauf vorbereitet, trotzdem spürte ich, wie mir Tränen in die Augen stiegen.

»Alles okay bei dir?«

»Gleich«, sagte ich und unterdrückte mit aller Gewalt ein Schluchzen.

»Wo bist du? Zu Hause?«

»In Jerusalem. Hör zu, Giora, ich mußte Ilan erzählen, daß ich heute bei dir im Krankenhaus war, aber mehr weiß er nicht.«

»Du kannst dich auf mich verlassen.«

»Danke.«

»Übrigens bin ich mir mittlerweile ziemlich sicher, daß er keines natürlichen Todes gestorben ist. Es gibt zwei stichhaltige Beweise.«

»Ich will es nicht wissen.« Wieder spürte ich, wie die Tränen meine Augen überfluteten.

»Und es gibt da noch eine Kleinigkeit«, sagte Giora, »ich weiß nicht, ob es von Belang ist. Aber es ... wie soll ich sagen ... ja, es ist *merkwürdig*.«

»Wovon redest du?«, fragte ich.

»Ossip ist beschnitten«, sagte Giora.

Ich schwieg. Nicht vor Überraschung, denn ich war nicht *wirklich* überrascht. Ich brachte nur einfach kein Wort heraus.

»Ich habe dir versprochen, von all den Informationen nichts durchsickern zu lassen«, sprach Giora weiter. »Es kann jetzt aber sein, daß sie die wahre Todesursache in der pathologischen Untersuchung herausfinden.«

»Das ist schon nicht mehr wichtig.« Ich wischte meine Nase mit dem Handrücken ab. »Du kannst darüber sprechen, mit wem du willst.«

»Irith«, irgendein Ton in meiner Stimme ließ ihn aufhorchen, »willst du für ein paar Stunden zu uns nach Hause kommen?«

»Ich kann nicht«, sagte ich.

»Du klingst wie jemand, der eine Dummheit vorhat.«

»Genau.«

»Grund, sich Sorgen zu machen?« fragte Giora.

»Wenn ich mich in den nächsten zwei Stunden nicht bei dir melde, ja.«

»Und dann?«

Ich gab ihm die Telefonnummer von Osnats Büro. »Ruf dort an und sag, daß ich in der Kirche bin. Aber nur dann, hörst du?«

»Was?«

»Melde dich nicht mit Namen. Und laß dich nicht in lange Gespräche verwickeln. Überhaupt, ruf von einer Telefonzelle an.« Das wird nichts nutzen, dachte ich. Es ist kein Problem für sie, ihn zu lokalisieren, wenn sie wollen. Aber Giora hat nichts Kriminelles getan, ihm wird nichts passieren.

»Irith«, sagte Giora müde, »was hast du vor?«

Gute Frage. Ehrlich gesagt wußte ich es selbst nicht.

## 43

## Jochanan

Es ging los. Auf der Fahrt zum Hadassah erteilte Micky über Funk letzte Anweisungen und organisierte die Einsatzkommandos auf der Strecke zwischen Kirche und Krankenhaus.

Nebenbei hatte er es auch noch geschafft, uns im Krankenhaus einen Büroraum zu organisieren. Der Direktor erwartete uns schon. Nach einer kurzen Unterhaltung bat Micky ihn, Stillschweigen über die Sache zu bewahren, aber der Direktor stellte ohnehin keine Fragen. Er versicherte nur, daß uns niemand stören würde, und ließ uns allein.

»Worauf wartest du?« Micky deutete auf das Telefon.

»Mit Vergnügen.« Ich setzte mich hin und wählte die Nummer der Kirche.

»Hier spricht Doktor Raviv vom Hadassah-Krankenhaus …«, ich bemerkte, wie Micky ein Lächeln unterdrückte, »der Arzt von Ossip Lichodow. Ich möchte dringend mit Herrn Michail Wladimirowitsch Romanow sprechen.« Ich wußte nicht, ob der Mensch am anderen Ende Hebräisch sprach, aber ich war sicher, daß er die Wörter »Doktor«, »Ossip« oder »Michail« aufschnappen würde.

Und richtig, in weniger als einer Minute hatte ich Michail in der Leitung.

»Hier spricht Doktor Raviv aus dem Hadassah-Krankenhaus«, wiederholte ich. »Bei uns auf der Station liegt ein Ossip Lichodow.«

»Ja«, sagte Michail, »ja.«

Ich atmete tief durch. Ich durfte jetzt keinen Fehler machen. »Er wird in wenigen Minuten operiert, aber er hat dringend darum gebeten, vorher noch mit Ihnen zu sprechen.«

Ich hörte Michails schweren Atem. Ich konnte mir gut vorstellen, welche Gedanken ihm durch den Kopf schossen. Einerseits wollte er die Kirche um keinen Preis verlassen. Andererseits …

»Er will sprechen mit mir?« fragte er in gebrochenem Hebräisch.

»Ja«, sagte ich, »er war bis jetzt bewußtlos und muß gleich in den OP. Wir haben also nicht viel Zeit.«

»Nu, verstehe ich …«

Mir schien, Michail schöpfte bereits Verdacht.

»Ich kann versuchen, den Anruf in sein Zimmer durchzustellen.« Das war die gefährlichste Komponente im ganzen Plan. Wenn er jetzt einwilligte …

»Nicht Telefon«, erwiderte Michail prompt, »nicht Telefon. Ich gleich kommen vorbei.«

Micky hielt den rechten Daumen nach oben und grinste.

»Sie kommen ins Krankenhaus?« fragte ich, nur um auf Nummer Sicher zu gehen.

»Krankenhaus. Ja. Fahren schnell.«

»In der Kardiologie.«

»Kardiologie, ja. Werd' ich mit Ossip bereden persönlich, ja?«

Ich legte auf. Verwundert stellte ich fest, daß mir der Schweiß die Schläfen hinunterrann.

Micky klopfte mir auf die Schulter. »Du bist ein echtes Schlitzohr, weißt du das?«

»Danke.« Ich lächelte ihn an, schließlich galt das in seiner Begriffswelt als großes Kompliment.

Micky warf einen Blick auf seine Uhr. »Noch dreißig Sekunden, und er kommt aus der Kirche.«

Eine Minute später summte das Funkgerät. »Engel an Chef. Der Gast verläßt das Haus. Wiederhole: Gast verläßt das Haus. Roger.«

»Engel« war das Codewort für die Leute, die an der Kirche postiert waren.

»Chef an Engel«, sprach Micky ins Funkgerät, »bleibt auf Position, bis andere Anweisung kommt. Ende.« Er ballte die Fäuste. »Sehr gut«, sagte er wie zu sich selbst, »die Kirche wird er nicht noch mal von innen sehen, das verspreche ich dir.«

Ich steckte mir eine Zigarette an, während Micky den nächsten Streckenposten rief. »Wie sieht's aus, Roni?«

Roni war der Kommandeur der Einheit, die Michail auf dem Parkplatz des Krankenhauses erwartete.

»Wir warten«, antwortete gleichgültig eine Stimme. Ich weiß nicht, warum, aber ich hätte schwören können, daß auch Roni aus einem Kibbuz stammte.

»Er ist auf dem Weg zu dir, Roni. Sobald er eintrifft, verfrachtet ihr ihn in den Transporter. Wie besprochen. Wenn er grob wird, macht kurzen Prozeß.«

»Kein Problem, wann kommst du runter?«

»Später. Ich fahre mit euch zum Flughafen, setze ihn ins Flugzeug und winke zum Abschied.«

»Okay, kein Problem.«

»Und falls euch einer von diesen Spinnern dazwischenkommt, egal ob von der Zeitung oder vom Fernsehen, kümmert euch um ihn.«

»Kein Problem.« Ronis Wortschatz war anscheinend besonders reich, zumindest bei solchen Operationen.

»Ich will deine Fratze nicht zusammen mit Michail auf dem Titelblatt der *Times* sehen.«

»Seit wann liest du die *Times*.«

»Idiot«, erwiderte Micky nur und beendete das Gespräch.

»Wie viele Leute haben wir unten?« fragte ich.

»Sechs auf der Intensivstation, fünf auf dem Parkplatz und fünf vorm Eingang. Das muß reichen.«

»Und wenn Michail ausrastet?«

»Das wird er nicht. Er ist nicht erst seit gestern beim KGB. Er kennt die Spielregeln. Außerdem kann er sich keinen Skandal leisten, er hat jetzt schon genug Ärger am Hals.«

»Was werden sie mit ihm machen?«

»In Moskau?«

»Ja.«

»Keine Ahnung. Wenn sie eine große Sache geplant haben, sitzen er und Tschernjew ordentlich in der Scheiße.«

»Und wenn nicht?«

»Dann kann es sein, daß *ich* bald in der Scheiße sitze«, antwortete Micky ungerührt.

»Und was wird dann aus dir?« fragte ich.

»Was soll's, ich gehe zurück in meinen Kibbuz nach Beth Alpha. Ich hab' mich ohnehin schon oft gefragt, was der ganze Terz hier eigentlich soll.«

»Ich denke, ich kenne die Antwort.«

»Da sei dir mal nicht so sicher.« Ohne es zu merken, hob Micky die Stimme. »Das ist auch nicht mehr, was es mal war.« Er lachte auf. »Nun hör dir das an, ich klinge wie ein Siebzigjähriger.«

»Und war es mal was?«

»Nichts Tolles«, meinte er, »aber auf alle Fälle besser als heute. Keine Ahnung, vielleicht ist es nur ein Mythos, diese Fassade mit dem ganzen Drumherum. Drinnen gibt es nur wenig gute Leute, sagen wir von der Sorte eines Dov Rivlin. Dafür um so mehr kleine Taktierer, Kriecher, Impotente, deren Instinkt nur darauf ausgerichtet ist, wie sie mit ihrem Arsch an die Wand kommen. Genau wie der Kerl, der heute abend im Ersten interviewt wird. Und gibt es zwischendrin wirklich mal einen brillanten Typen, einen, der etwas bewegt hat, wie es in den Trauerreden immer heißt, dann stellt sich raus, daß er ein Amnon Lev ist.«

»Das kommt vor«, sagte ich.

»Amnon ist kein Einzelfall«, sagte Micky, »diese Kombination von Genie und Verrat wiederholt sich zu oft. Nimm Philby. Oder Burgess, oder Maclean. Auf unserer Seite gab es ebenso viele.«

»Israel Beer«, sagte ich. »Er war brillant.«

»Zum Beispiel. Oder Professor Markus Klinberg, wie lange hat der alle zum Narren gehalten? Zwanzig Jahre? Und es gibt noch einige, die wir erfolgreich unter den Teppich gekehrt haben. Das Muster ist immer ähnlich.«

»Hast du eine Ahnung, woran das liegt?«

Micky rieb sich die Schläfen. »Ja, über dieses Phänomen habe ich mir schon oft den Kopf zerbrochen. Wie sagt man so schön: Ich habe eine Theorie.«

»Kann ich sie hören?«

»Es ist gar nicht so kompliziert. Das Problem ergibt sich ja nur bei genialen Leuten. Je intelligenter ein Mensch ist, um so höher steigt er die Karriereleiter hinauf. Nehmen wir mal Amnon.«

»Mit ein bißchen Hilfe von seinen Freunden«, fügte ich hinzu.

»Klar, Moskau hat ihm geholfen. Inzwischen wissen wir, daß einige seiner Erfolge von vorn bis hinten inszeniert waren.« Micky mußte gähnen. »Von wegen Intuition«, er schüttelte den Kopf, »seine verfluchte Intuition ... aber glaub mir, um uns alle jahrelang zu täuschen – selbst mit den ganzen Informationen, die er über Moskau erhalten hat –, braucht man mehr als Verstand. Von einem starken Nervenkostüm gar nicht zu reden.«

»Okay«, sagte ich, »Genialität ist also zwingende Voraussetzung. Etwas anderes tut es nicht?«

»Verstehst du nicht, daß es einfach so kommen muß?« Micky sprang auf und begann, durchs Zimmer zu wandern. »Die Wurzel des Problems ist doch einfach: Je weiter einer kommt, desto schneller fängt er an, alle Werte zu entwerten. Patriotismus? Das ist eine Nummer zu mickrig für ihn, etwas für kleine Leute ohne Verstand, ohne Vision. Statt dessen beginnt unser Typ, sich in seinen Beruf zu verlieben, in die Technik, in die Werkzeuge des Spiels. Das ist wie beim Fußball. Ein mittelmäßiger Spieler spielt zehn Jahre bei seiner Heimmannschaft und spricht von seinem ›Zuhause‹, während ein richtig guter Spieler seine Mannschaft verläßt, um auf einem anderen Kontinent zu spielen. Oder nehmen wir Secharija. Sein IQ liegt bei 300. Er hat zwei Doktortitel, einen in Mathe und einen in Physik. Ich wäre schon glücklich, wenn ich nur die Hälfte von seinem Grips hätte. Meinst du, ihn interessieren Michails Pläne? Den kümmert nicht mal, wer hier gegen wen ist! Das geht ihm am Arsch vorbei. Das einzige, was ihn interessiert, ist dieser knifflige Code. Der Wettkampf, das hat er mal wörtlich gesagt, der Wettkampf gegen das andere Gehirn, das diesen Code hervorgebracht hat. Das allein, ansonsten können sie von ihm aus alle den Jordan runtergehen. Und mit Amnon war es ähnlich.«

»Vielleicht haben sie ihn in der ägyptischen Kriegsgefangenschaft umgedreht?«

»Das glaube ich nicht«, meinte Micky. »Ich denke Amnon hat ein konkretes Motiv gehabt. Er hatte einfach Spaß am *Spielen.«*

»Haben sie ihn bezahlt?«

»Davon können wir ausgehen. Aber das ist nicht der springende Punkt. Er hatte einfach Spaß am Spielen. Das ist alles.

Geld hat ihn nicht interessiert. Status, Mädels, Bettgeschichten – nicht mehr als dich und mich. Und ich glaube auch nicht, daß er von der guten alten kommunistischen Ideologie infiltriert war. Davon ist doch heute sowieso nichts mehr übrig. Alles Quatsch. Ihm ist einfach langweilig geworden. Und dann –«

»Straße an Chef«, drang es aus dem Funkgerät, »der Gast trifft in einer Minute ein. Roger.«

»Chef an Straße. Verstanden, danke«, erwiderte Micky. Er steckte sich eine Zigarette an und drückte wieder auf den Knopf am Funkgerät. »Roni, hast du gehört?«

»Habe verstanden«, es klang, als würde er gähnen, »wir sind startklar.«

»Okay, gib mir Bescheid, wenn er im Transporter sitzt.« Auch Micky wirkte vollkommen ruhig. »Wir haben zusammen Grundausbildung gemacht, Roni und ich«, sagte er, als würde das alles erklären.

Ich zündete mir noch eine Zigarette an.

»Nervös?« fragte Micky.

»In zwei Tagen starte ich eine ähnliche Operation mit Duboux.«

»Ah, der Franzose.«

»Ja.«

Micky dachte kurz nach. »Warte ein paar Tage damit«, sagte er schließlich.

»Warum?« Aber ich kannte die Antwort schon.

»Weil wir jetzt jede Sache von Grund auf überprüfen müssen, die Amnon –«

»Engel an Chef, eilt. Engel an Chef, eilt. Roger«, kam es aus dem Funkgerät.

»Ich höre. Was ist los, Engel?«

Die Kirche? Michail hat sie vor zehn Minuten verlassen, dachte ich. Und in wenigen Sekunden wird er im Krankenhaus eintreffen. Was kann jetzt noch –

»Der Gast nähert sich«, mischte sich Roni über Funk ein, »wir sehen ihn.«

»Engel, wir sind beschäftigt«, sagte der Boß, »mach den Kanal frei.«

Doch Engel weigerte sich. »Vor einer halben Minute ist eine Frau in die Kirche gerannt. Wir haben sie vor einigen Monaten fotografiert …«

»Irith!« Ich sprang vom Stuhl auf. »Die ist doch bescheuert«, und lief zur Tür.

»Wir greifen ihn«, sagte Roni. »Ich schalte aus.«

»Wohin?«

»Zur Kirche.«

Er warf mir sein Schlüsselbund zu. »Du weißt, wo ich parke.«

»Danke.«

»Komm hinterher in mein Büro, egal wann. Sie werden dich schon reinlassen. Und sorge dafür, daß Osnat weiß, wo man dich erreicht.«

Ich schloß gerade die Tür, als Roni sich wieder meldete. Er klang, als sei nichts gewesen.

»Gast ist im Transporter, alles ruhig. Kommst du auf einen Sprung vorbei?«

## 44

## Irith

Der Eingang der Kirche wirkte verlassen. Kein Mensch war zu sehen, und niemand versuchte, mich aufzuhalten. Was ging hier vor?

Ich huschte den langen Gang entlang, erst an der Treppe blieb ich lauschend stehen. Diese Stille war bedrückend, aber Geller versteckte sich hier, da war ich sicher.

Ich ging hinunter ins Kellergeschoß. Vielleicht war er sogar in der Kammer, die bis heute morgen noch meine gewesen war. Aber nein. Die Tür stand offen, und der kleine Raum war wie leergefegt. Mein gesamtes Material war verschwunden. Nichts, aber auch gar nichts erinnerte an meine Anwesenheit.

Dann hörte ich plötzlich Musik.

Zuerst drangen die Klänge undeutlich, wie aus weiter Ferne zu mir. Langsam ging ich den Kellergang entlang, um zu ergründen, woher sie kamen, und mußte unweigerlich an Odysseus und die Sirenen denken. Doch mich hatte niemand gefesselt, und niemand hinderte mich daran näherzukommen, während das Credo aus Bachs Messe mir den Weg wies. Die Klänge kamen aus einem Raum am Ende des Ganges. Dort saß Geller in einem Sessel, sein Kopf ruhte schwer auf seiner Brust; er schien zu schlafen. Die Messe erklang aus einem Kassettenrekorder.

»Et exspecto resurrectionem mortuorum«, sang der Chor. *Und ich erwarte die Auferstehung der Toten.*

»Viktor«, sagte ich.

Geller erwachte und hob den Kopf. »Benedictus qui venit in nomine domini«, sagte er. *Hochgelobt sei, der da kommt im Namen des Herrn.*

»Ich wußte, daß du hier sein würdest.«

Er lächelte müde. »Und ich wußte, daß du kommen würdest. Ich habe sogar die Interpretation aufgelegt, die du magst.« Er deutete auf den Rekorder.

»Herbert von Karajan mit den Berliner Philharmonikern.«

»Eine wunderbare Version«, sagte Geller, »obwohl ich persönlich Scherchen mit der Wiener Staatsoper noch lieber mag. Du mußt hören, wie Nan Merriman den Alt singt. Und erst der Baß! Gustav Neidlinger! Einfach herausragend.«

»Für einen Spion bist du ein außergewöhnlicher Musiker«, sagte ich.

Geller zuckte mit den Schultern. »Für eine Musikerin«, sagte er, »warst du keine schlechte Spionin.«

»Wer bist du?«

Er rieb sich die Stirn. »Ich habe es in den letzten dreißig Jahren fast vergessen.«

»Wie bist du zu der Rolle gekommen?«

»Es war ein Angebot, das ich nicht ausschlagen konnte.«

»Hast du Geller gekannt?«

»Nur kurz. Ich habe Viktor Geller 1957 kennengelernt. Im Januar, wenn ich mich recht erinnere.«

Das war mein Geburtsjahr. »Und wo?« fragte ich weiter.

Geller lachte. »An einem seinerzeit stark frequentierten Ort – im Gefängnis. Wir waren beide am gleichen Tag verhaftet und vom gleichen Richter verurteilt worden. Natürlich bekamen wir auch das gleiche Strafmaß. Zehn Jahre Arbeitslager.«

»Wofür?«

»Sie nannten es ›geistige Sabotage‹, offiziell waren wir eine Gefahr für die öffentliche Ordnung und Sicherheit. Eine wunderbare Bezeichnung. Kannst du dir vorstellen, wie viele zehntausend Menschen wegen des Vorwurfs der geistigen Sabotage in den Lagern starben?«

»Ja, aber das interessiert mich jetzt nicht.«

»Natürlich nicht.« Geller sah mich durchdringend an. »Entschuldige, wenn ich abschweife …«

Ich wartete, daß er fortfuhr.

»Jedenfalls landeten Geller und ich in Sibirien in der gleichen Zelle, im Arbeitslager 41. Man kann sogar sagen, daß wir beinahe Freunde wurden.«

»Wieso nur beinahe?«

»Ganz einfach. Eines Morgens war Viktor Geller tot.«

»Wurde er umgebracht?«

»Nein, er war zu zartbesaitet für dieses Sanatorium und hat sich erhängt.«

»Und dann haben sie dir angeboten, seinen Platz einzunehmen.«

»Wie gesagt: ein Angebot, das ich nicht ausschlagen konnte.

Ja. Der KGB denkt langfristig. Und Geller war Jude. Das war *die* Möglichkeit für eine langfristige Investition: ein jüdischer, zionistischer Musikwissenschaftler, der hartnäckig gegen das Regime aufbegehrt hatte. Wie Anatoli Scharanski. Einer, der erst nach langwierigen Auseinandersetzungen die Genehmigung zur Ausreise nach Israel erhielt – so einen Lockvogel zu haben konnte nicht schaden.«

»Und warum haben sie das Angebot nicht Geller unterbreitet?«

»Aus zwei Gründen. Zum einen hätte er nicht eingewilligt, zum anderen kam ihnen dieser Gedanke wohl erst nach seinem Tod.«

»Vielleicht haben sie ihm das Angebot gemacht, und er hat sich daraufhin das Leben genommen?«

»Der Gedanke ist mir damals auch gekommen«, sagte Geller.

»Und dann sind sie an dich herangetreten«, sagte ich.

»Was hatte ich zu verlieren? Wäre ich auf ihr Angebot nicht eingegangen, hätte ich Geller bald Gesellschaft geleistet. Dafür hätten sie schon gesorgt.«

»War er wirklich Musikwissenschaftler?«

»Ja, ein sehr junger. Er kam aus der Ukraine und hatte gerade sein Studium beendet. Seine Familie hatte er bei der Bombardierung durch die Deutschen verloren, die restlichen Verwandten bei den stalinistischen Säuberungen. Niemand hatte je etwas von ihm gehört. Der kometenhafte Aufstieg des Viktor Geller begann faktisch erst nach seinem Tod.«

»Und wie konntest du seine Rolle übernehmen? Warst du auch Musiker?«

»Nein.« Geller machte eine theatralische Verbeugung. »Schauspieler. Wassili Alexejewitsch Kusnezow, zu Ihren Diensten. Schauspieler am Karl-Marx-Theater in Leningrad.«

»Und wie kommt ein Schauspieler dazu, ideologische Unterminierung zu betreiben?«

»Na, hör mal. Wir Schauspieler sind die gefährlichsten Saboteure, die wahren Umstürzler! Der Staatsanwalt in meinem Prozeß fand sogar das schöne Wort ›Brunnenvergifter‹.«

»Ihr habt nicht das korrekte Stück auf die Bühne gebracht«, riet ich.

»Genau. Das heißt, bei den ersten Aufführungen fiel es noch unter korrekt. Aber nach dem nächsten Parteikongreß stellte sich plötzlich heraus, daß unser Stück prowestliche Propaganda enthielt, das war dekadent und gefährlich ... der Autor, der Regisseur, alle Schauspieler ...«

»Geistige Sabotage.«

»Sogar der Bühnenbildner! Es hätte nicht viel gefehlt, und sie hätten auch alle Zuschauer ins Gefängnis geworfen, die sich diesem unglaublichen Schmutz ausgesetzt hatten.«

»Nach Gellers Tod«, unterbrach ich ihn, »bekamst du also als Schauspieler eine zweite Chance.«

»Chance? Es war eine Lebensaufgabe! Nenne mir einen Schauspieler, der so eine hohe Gage bezieht.«

»Und wie kamst du mit der neuen Rolle klar?« Ich konnte ihn verstehen, verzeihen konnte ich ihm nicht.

»Wenn man sich die Alternative vor Augen hält«, er richtete seinen Zeigefinger als imaginären Revolver auf seine Schläfe, »kommt man sehr schnell klar. Glücklicherweise komme ich aus einer musikalischen Familie und hatte als Kind ein wenig privaten Klavierunterricht, so daß ich die Noten und die Grundlagen beherrschte. Und natürlich hat der KGB investiert. Von 1957 bis 1961 habe ich Musikwissenschaften studiert und täglich mindestens zehn Stunden bei den besten Professoren gepaukt. Es war kein Problem, sie dafür zu gewinnen ...«

»Auch sie hatten Angebote bekommen, die sie unmöglich ablehnen konnten«, schlußfolgerte ich.

Er lachte. »In jenen Tagen waren alle Professoren von Rang und Namen in Sibirien. Das ist die Wahrheit, Irina.«

»1961 wurde Viktor Geller aus dem Arbeitslager entlassen ...«

»So heißt es in der offiziellen Biographie, ja. In Wahrheit

habe ich diese vier Jahre in Moskau verbracht. Mit dem Studium.«

»Und was ist mit all den Häftlingen, die Geller im Arbeitslager kennengelernt haben? Mit den Häftlingen, die dich kennengelernt haben?«

Er seufzte. »Irina«, sagte er, »woher kommst du? Aus der Schweiz? Was stellst du für Fragen?«

»Sie haben also alle ...?«

»... alle Spuren getilgt«, vollendete Geller meinen Satz. »Natürlich hat der KGB sichergestellt, daß Viktor Gellers Karriere keine Lücke aufweist. Seine lästige zionistische Tätigkeit ausgenommen ... Jedenfalls bekam ich in Leningrad eine Stelle am Institut zur Erforschung der Volksmusik, während eine ganze Batterie echter Professoren mich mit wissenschaftlichen Artikeln versorgte. Die Promotion ließ nicht lange auf sich warten. Dann folgte die Professur.«

»Ich verstehe das einfach nicht ...«

»Was verstehst du nicht?«

»Ich war in deinen Vorlesungen. Du bist der beste Dozent, der mir je über den Weg gelaufen ist.«

Er lächelte. »Das ist der erstaunlichste Teil an der ganzen Geschichte. Mit der Zeit habe ich mich in meinen Beruf verliebt – um die Sache durchzustehen, würde ein Psychologe sagen. Aber als ich nach ein paar Jahren in fachlicher Hinsicht selbständig war, stellte ich fest, daß mir die Sache Spaß machte. Außerdem stellte ich fest, daß ich *gut* war. Und schließlich hatte ich meinem Beruf mein Leben zu verdanken.«

»Der vollendete Schauspieler«, sagte ich, »Stanislawski wäre stolz auf dich.«

»Danke«, er deutete eine Verbeugung an, »aber vergiß nicht, daß ich nicht nur Schauspieler, sondern auch Dramatiker war. Ich mußte mir den Großteil meiner Texte selbst ausdenken. Das ist viel schwieriger, als auf der Bühne zu stehen und ›Sein oder Nichtsein‹ zu deklamieren.«

»Und die Artikel, in denen du die Partei angegriffen hast?«

»Das war der zweite Teil des Planes: Es galt, meinen Ruf als Systemgegner aufzubauen. Unter meinem richtigen Namen genoß ich zwar schon den Ruf eines geistigen Saboteurs, aber das genügte nicht. Ich mußte erneut verurteilt werden, für das Interview, das ich einer amerikanischen Zeitung gegeben hatte. 1969 bekam ich ein weiteres Jahr Haft aufgebrummt.«

»Geistige Sabotage?«

»Nein, zur Abwechslung war es diesmal Volksverhetzung.«

»Und das Lager war ein gemütliches Moskauer Hotel?«

»Es war in Taschkent, aber es war sehr gemütlich, da hast du recht. Sofort nach meiner Rückkehr nach Leningrad reichte ich meinen ersten Antrag auf Ausreise ein. Ich wurde natürlich gefeuert, schließlich mußten wir uns an die Spielregeln halten. Alles in allem ein perfekter Plan.«

»Hat es sich gelohnt?«

»Natürlich, es hat wunderbar funktioniert. Der Mossad wurde tätig, und zwar gründlich. Aber meine Identität war wasserdicht, wer verdächtigt schon den berühmten Professor Geller? Und als ich das dritte Mal inhaftiert wurde, du erinnerst dich, wandten sich beinahe alle Regierungschefs der westlichen Welt mit der Forderung an Moskau, den ›Freiheitskämpfer‹ Viktor Geller endlich ausreisen zu lassen. Den Mann, der seine glänzende berufliche Karriere auf dem Altar der freiheitlichen Prinzipien geopfert hatte …«

Ich hatte genug von seinen Anekdoten. »Viktor«, schaltete ich um, »worum geht es hier eigentlich?«

Er schüttelte den Kopf. »Keine Ahnung, wirklich. Es ist lange nicht so, daß ich in alles eingeweiht werde. Meine Aufgabe war darauf beschränkt, dich von dem Projekt in der Kirche zu überzeugen.«

»Aber warum ausgerechnet mich?«

»Wir haben einen Amateur gesucht. Einen, der die Zeichen nicht deuten kann. Außerdem mußte deine Anwesenheit in der

Kirche plausibel zu erklären sein und durfte keinen Verdacht erregen.«

»Ein Forschungsprojekt«, dachte ich laut, »das erregte keinen Verdacht – nicht einmal bei mir.«

»Aber das Wichtigste war«, fuhr er fort, als hätte er mich nicht gehört, »daß wir jemand finden mußten, der das Angebot, auf keinen Fall ausschlagen würde.«

»Und wie konntest du dir da bei mir so sicher sein?«

»Du spielst gern«, sagte Geller schlicht, »im Sinne von: Du bist geistig beweglich. Musikwissenschaften? Ein wunderbares Fachgebiet, eine Welt für sich, monumental. Doch das genügt dir nicht, nein, du brauchst andere Anreize. Ich wußte, daß du nicht ablehnen würdest.«

Zum Teufel. Da erzählte er mir nichts Neues, aber das aus seinem Mund zu hören war unerträglich. Ich fühlte mich wie ein kleines Kind: durchschaubar und berechenbar.

»Es tut mir leid«, sagte Geller.

»Schon gut.« Ich schüttelte den Kopf, um die Gedanken zu vertreiben. »Und wie hast du es arrangiert, daß … die Regierung mir anbietet, für sie zu arbeiten?«

»Das war schon Amnons Job. Du hattest einen Vorgänger. Ein erstklassiger Profi. Amnon hat dafür gesorgt, daß er … aus dem Weg geräumt wurde.«

»Wie?«

Geller lachte traurig. »Das willst du nicht wissen.«

Er hatte recht. Ich wollte es nicht wissen. Ich wollte auch nicht wahrhaben, daß mich Amnon schon damals belogen hatte, bei unserem ersten Treffen im *Hotel Royal.*

»Wer hat Amnon umgebracht, du?«

»Das spielt keine Rolle. Amnon mußte sterben. Auch Ossip. Nein, ich war es nicht.«

»Stehe ich auch auf der Liste?« fragte ich.

»Soweit hätte ich es nicht kommen lassen.«

»Dann *stand* ich auf der Liste?«

»Es gab keine Liste«, sagte Geller. »Das hier ist kein Krimi. Die Umstände bestimmen die Ereignisse.«

»Dann habe ich Glück gehabt.«

»Irina, du bist so naiv«, sagte Geller leise.

»Naiv?«

»Wenn du es gestern in die Kirche geschafft hättest, hätte dich alles Glück der Welt nicht retten können.«

»Was?!«

»Irina, dies ist kein Kindergarten. Es ist der Spielplatz von den Großen.«

»Moment mal. Du meinst, wenn ich gestern in die Kirche gekommen wäre, um Ossip zu treffen ...«

»Du hast mich verstanden. Warum soll ich es wiederholen?«

»Was wäre mir passiert?« Ich war wie erstarrt.

Er wich aus. »Wie gut, daß du krank warst.«

»Was wäre passiert?« blieb ich hartnäckig. »Hätten sie mich auch umgebracht?«

Geller schaltete den Rekorder aus. »Auf Wiedersehen, Irina«, sagte er, »meine Zeit ist abgelaufen.«

»Nein«, schrie ich, »du mußt mir antworten.«

»Ich muß gar nichts mehr«, sagte Geller und schloß die Augen.

»Dann hättest du gar nicht davon anfangen sollen. Aber du hast es getan. Warum?«

»Ich bin müde, Irina.« Geller klang plötzlich wütend. »Nicht nur müde – geschafft. Vielleicht ist es kein überzeugender Grund, aber einmal alle vierzig Jahre habe ich auch das Recht zu beichten.«

»Und warum gerade mir?«

»Weißt du das nicht?« fragte Geller leise. »Schuldgefühle, Rechtfertigungsdrang, emotionale Nähe. Vatergefühle, vielleicht. Die Dosierung kannst du dir selbst aussuchen. Und«, fügte er hinzu, »Liebe.«

»Vatergefühle ...«, sagte ich, »Liebe ... wie geht das mit dem zusammen, was du mir angetan hast?«

»Nun rede nicht wie ein kleines Mädchen. Soll ich sagen, daß es mir leid tut? Wie hätte ich mich anders verhalten können?«

Geller hatte tatsächlich keine Wahl gehabt. Aber ich? Ich hatte die Wahl gehabt, *ich* hätte das Angebot ablehnen können. Statt dessen hatte ich es begeistert angenommen. Komisch. Geller hatte keinen Verrat begangen. Wog meine Schuld nicht viel schwerer?

»Was wird jetzt aus dir?« fragte ich.

»Keine Ahnung. Ich gehe zurück nach Rußland. Dort löst sich alles auf ...«

Ich stand auf und fühlte mich plötzlich wie zerschlagen. »Als ich hier reinkam, wollte ich dich umbringen.«

Er zuckte mit den Schultern. »Warum?«

»Ich bin mir schon nicht mehr sicher.«

Geller lächelte traurig und legte seine Hand auf meine Schulter. Die Berührung fühlte sich warm an und liebevoll.

»Irina«, sagte er sanft, »ob du es willst oder nicht, zwischen uns gab es immer ein geheimes Band – diese innige Verbundenheit, wie sie nur zwischen Schauspielern besteht.«

Ich ging hinaus. Ich wußte, ich würde Geller nie wiedersehen.

## 45

## Jochanan

Durchs Küchenfenster sah ich Alex' BMW in die Gasse einbiegen. Als er klingelte, war ich mit Rasieren fertig und hatte auch schon Kaffeewasser aufgesetzt.

»Gesegnet sei seine Heimkehr aus der Heiligen Stadt in die Hauptstadt Tel Aviv.« Alex verneigte sich theatralisch.

»Das Vergnügen und die Ehre sind ganz meinerseits.«

Alex warf einen anzüglichen Blick durchs Zimmer. »Verzichtest du hier auch auf Möbel?«

»Die Wohnzimmermöbel kommen erst in ein paar Tagen, du Nervensäge.«

»Wie hoch ist der Kredit?«

»Achthunderttausend.« Ich würde zwanzig Jahre brauchen, um die Eigentumswohnung abzuzahlen.

»Na, dann viel Spaß. Ich glaube, das Wasser kocht.«

Wir nahmen unsere Kaffeetassen mit auf den Balkon. Hinterm Haus lag ein kleiner Garten, winzig, aber immerhin ein ruhiger, grüner Fleck.

Alex las meine Gedanken. »Fehlt dir die Jerusalemer Landschaft?«

»Na ja«, sagte ich. Es war eher so, daß ich von Jerusalem eine längere Pause brauchte.

»Ich freue mich, daß du wieder da bist«, sagte er unvermittelt.

»So eine Scheiße, mußt du ausgerechnet jetzt weggehen?«

»Diese Stadt ist nicht groß genug für uns beide«, sagte er dramatisch.

»Okay, aber gleich Italien? Ist das nicht ein bißchen übertrieben?«

In den zwei Wochen seit Amnons Tod war eine Menge passiert. Dov hatte Amnons Stelle in Jerusalem bekommen, obwohl er sich mit Händen und Füßen dagegen gewehrt hatte. Er wollte einfach keinen Schreibtischjob, aber Micky hatte so lange auf ihn eingeredet, bis er sich breitschlagen ließ. Mit tatkräftiger Unterstützung von Sarah, versteht sich.

Zu gern hätte ich den alten Dov hinter einem Schreibtisch gesehen, aber das würde so schnell nicht gehen. Ich hatte beschlossen, Jerusalem zu verlassen. Der Grund war mein neuer Job, ich wurde Ephraims Stellvertreter – ein ziemlicher Karrieresprung. Auch Alex hatte neue Pläne. Eigentlich war es ein ziemlich alter Plan, und er fand, es war an der Zeit, ihn endlich in die Tat umzusetzen. Er hatte seine Kündigung eingereicht und einen guten Job bei einem italienischen Mineralwasser-Produzenten gefunden.

»Also wenn du mich fragst, ist das nicht übertrieben«, sagte Alex, »ich habe Lust auf die große weite Welt.«

»Und nebenbei noch einen Haufen Geld zu verdienen«, sagte ich.

»Du hast es erfaßt«, sagte Alex. »Ich war schon immer ein stinkender Kapitalist.«

»Du hättest nicht kündigen müssen«, sagte ich. »Warum nicht ein Jahr unbezahlten Urlaub. Sie hätten ihn dir genehmigt.«

»Versteh doch«, sagte Alex, »ich habe nicht vor, wieder hier anzufangen. Ich möchte eine solche Option gar nicht erst im Hinterkopf haben.«

»Falls du es dir doch anders überlegst, kannst du bei mir angekrochen kommen. Ich werde dann an der richtigen Stelle etwas für dich drehen.«

Er lachte. »Wann kommst du ins Büro?«

»Nächsten Sonntag. Bis dahin habe ich Urlaub.«

»Du und Ephraim, ihr werdet euch gut verstehen«, sagte er. »Er schätzt dich. Mit Dov wärst du genauso gut ausgekommen.«

»Dov ist in Ordnung«, sagte ich, »er ist der richtige Mann zur richtigen Zeit.«

»Ja«, sagte Alex. »Kann sein, daß er am Anfang nicht Amnons Autorität hat, aber er hat jede Menge Ahnung.«

»Er hat noch einen anderen Vorteil«, sagte ich. »Ich glaube nicht, daß er für die Russen spionieren wird.«

»Das ist nicht zu unterschätzen«, stimmte Alex mir zu. »Bekommst du eigentlich einen Dienstwagen?«

»Ja, einen Automatik.«

»Da mag dich jemand«, sagte Alex, »ich glaube, er heißt Micky. Stimmt es, daß er dich für immer in sein Herz geschlossen hat?«

»Unsinn. Wir haben nicht vor, uns zu verloben.«

»Aber er gibt seinen Posten ab.«

»Das schon«, sagte ich. »Er macht seine Amtszeit noch zu Ende, aber dann ist Schluß.«

»Ich kann mir gut vorstellen, wie er sich fühlt«, sagte Alex. »Der Ministerpräsident steht nicht hinter ihm, Ossips Code ist noch immer nicht entschlüsselt, und seine Nummer zwei entpuppt sich als Maulwurf.«

»Hat sein Leben dem Vaterland geopfert«, deklamierte ich die offizielle Fassung.

»Darauf eine Schweigeminute.« Alex hob die Kaffeetasse.

»Übrigens war ich letztes Wochenende bei Micky in Beth Alpha. Wir haben eine ganze Nacht über dem Jerusalemer Kreuzworträtsel gebrütet.«

»Mit Erfolg?«

»Wir konnten fast alle Fragen beantworten«, sagte ich, »offen geblieben sind nur die wichtigen.«

Alex lächelte.

»Das allgemeine Drumherum ist ja ziemlich klar«, fuhr ich fort. »Geller war viele Jahre ein Schläfer. Er saß in seiner Universität, erforschte alte Musik und wartete auf einen Anruf von Michail. Und dann, als die in der Kirche ihren Plan zusammenbrauten –«

»Welchen Plan?« fragte Alex.

»Nur Geduld, Alex. Auf einmal merkten sie, daß es ein ernsthaftes Problem gab.«

»Dov Rivlin«, sagte Alex.

»Genau. Sie mußten ihn loswerden. Er war zu gut. Dov hätte sofort mitbekommen, daß irgendwas im Busch ist.«

»Also«, spann Alex den Faden weiter, »bauscht Amnon irgendein idiotisches Gerücht über eine Verbindung von Basken und Palästinensern auf und schickt Dov nach Spanien.«

»Weil Dov spanisch spricht«, sagte ich höhnisch. Mein Gott,

hatte uns Amnon verarscht. Uns alle, auch ich sollte mein Fett noch wegbekommen.

»Und dann bereiten Amnon und seine Freunde ein kleines Attentat auf den General vor. Dov wird verwundet. Jemand muß ihn ablösen. Und Amnon hat eine geniale Idee: Irith Dolev.«

»Man achte darauf, wie lange im voraus das schon geplant war«, sagte ich. »Geller hatte Irith schon Monate zuvor in die Kirche eingeführt. Und noch etwas: Sie waren auch professionell genug, um Dov zu verwunden, aber nicht zu töten. Das hätte zu viel Staub aufgewirbelt. Viel zuviel Presserummel.«

Vielleicht hatte es noch einen anderen Grund gegeben. Auch Amnon hatte sich Grenzen gesetzt, schließlich hatte er jahrelang mit Dov gearbeitet. Er konnte ihn nicht einfach umbringen lassen; das hoffte ich zumindest.

»Klingt nahezu perfekt«, sagte Alex. »Bleibt nur eine Frage: Was hat ihnen den Plan vermasselt?«

»Nichts Dramatisches«, sagte ich, »eine Kombination vieler Kleinigkeiten. Jedenfalls hat Amnon hervorragende Arbeit geleistet, um mich von der Kirche abzulenken und nach Tel Aviv zu schicken, wo ich diesen jämmerlichen kleinen Fisch Duboux beschatten sollte. Er war kaum den Film wert, den wir verknipst haben. Und Amnon stilisiert ihn hoch zu einem zweiten Israel Beer, sülzt mich mit Politik voll und eröffnet mir eine strahlende Zukunft, läßt mich Material über die Basken übersetzen ...«

»Ein Bumerang«, stellte Alex fest.

»Er hätte es einkalkulieren müssen«, sagte ich. »Die Motivation, die er in mir aufgebaut hat, lenkte mich nicht ab, im Gegenteil: Ich habe mich um jedes Detail gekümmert, auch und erst recht um die Kirche. Das war ein taktischer Fehler von ihm.«

»Es war wohl eher Irith, die dich motiviert hat«, bemerkte Alex wie nebenbei.

»Ihr zweiter Fehler war Ossip«, ich überging die Anspielung,

»sie hätten ihn sich schon lange vom Hals schaffen müssen. Noch bevor Irith auf die Bildfläche trat. Dov aus dem Verkehr zu ziehen und Ossip in der Kirche zu lassen war nur halbe Arbeit.«

»Da unterschätzt du Amnon jetzt aber«, sagte Alex. »Es ist sehr wahrscheinlich, daß er sich über dieses Detail ausführlich Gedanken gemacht hat. Mit Sicherheit hat er die Möglichkeit, Ossip zu neutralisieren, mit einbezogen, aber dann entschieden, daß es nicht notwendig sei. Amnon wußte: Sollte Ossip etwas auffallen, würde er es Irith mitteilen, die es wiederum Amnon übermittelte. Und wenn Ossip etwas Unvorhergesehenes auffiel, konnte er Amnon per Notruf informieren.«

»Ossip hat mit Amnon tatsächlich über den Notruf gesprochen«, sagte ich, »aber das wurde mir erst hinterher klar. Ich saß bei ihm im Büro, als Ossip anrief. Amnon schickte mich nicht aus dem Raum, obwohl ich merkte, daß er nicht frei sprechen konnte. Er wollte kein Aufsehen erregen, statt dessen setzte er sein Poker-Face auf, beruhigte Ossip und verschwand anschließend mit irgendeiner Ausrede aus dem Büro.«

»Und organisierte mit Michail die Ausschaltung von Ossip«, vollendete Alex.

»Dabei entging ihm aber die Hauptsache.«

»Und das wäre?«

»Die Hauptsache«, wiederholte ich, »war doch, daß es Ossip sehr wohl gelungen ist, mit Irith zu sprechen. Warum hat er nicht verhindert, daß Ossip sie zu Hause anruft? Wenigstens Geller hat mitgedacht.«

»Und Irith am Tag zuvor zu einer Tasse Kaffee eingeladen?«

»Mit der gewissen Extraportion zum Ruhigstellen, so konnte sie erst einen Tag später in der Kirche auftauchen. Nachweisen läßt sich das jetzt aber ohnehin nicht mehr. Außerdem sitzt Geller garantiert im Kreml vor einem Gläschen Wodka und lacht über uns.«

»Wie ist er überhaupt aus Israel rausgekommen?«

»Er hat es jedenfalls geschafft.« Noch so ein Vorfall, für den wir keine Erklärung hatten.

»Verflucht noch mal. Es kann sein, daß er unsere einzige Chance war, Ossips Code zu knacken.«

»Womit wir bei den leeren Feldern im Kreuzworträtsel sind«, sagte ich und verstummte.

Secharija und sein Team saßen seit zwei Wochen an dem Notenblatt und hatten sich einer Lösung nicht einmal angenähert.

»Da kann man nichts machen«, sagte ich, »wir haben sie an der Ausführung eines Plans gehindert, dessen Inhalt wir überhaupt nicht kennen.«

»Wir werden ihn in Erfahrung bringen«, sagte Alex. »Irgendwann.«

»Glaubst du, daß Secharija den Code noch entschlüsseln wird?«

»Das ist eine Möglichkeit«, sagte Alex, »aber es gibt noch eine andere. Einer wird den Mund aufmachen. Michail, Tschernjew ... solche Dinge kommen am Ende immer raus, auch wenn es Jahre dauert.«

»Und wie lange, meinst du, wird es dauern, bis wir Amnons Motiv erfahren?« sagte ich.

»Oder wer ihn umgebracht hat«, sagte Alex. »Geller? Glaube ich nicht.«

»Ich auch nicht«, sagte ich. Geller war ein Schauspieler, ein Gaukler, Spion – aber war er auch dazu fähig, einen Revolver in die Hand zu nehmen und Amnon zu erschießen?

»Und *warum* er umgebracht wurde«, setzte Alex die Reihe der unbeantworteten Fragen fort. »Oder hat er Schiß bekommen? Im letzten Moment alles bereut?«

Dieser Gedanke war mir auch schon durch den Kopf gegangen, aber ich wollte lieber nicht weiter darüber nachgrübeln, schon gar nicht über seine Beziehung zu Irith.

»Vielleicht«, sagte ich.

»Das einzig Gute an der Sache ist«, faßte Alex zusammen,

»daß die Affäre in Jerusalem für reinen Tisch gesorgt hat. Sowohl in der Kirche als auch hinter der eigenen Haustür.«

»Und sie hat meine Rückkehr nach Tel Aviv bewirkt!«

»Das werden wir noch gebührend feiern. Nur muß ich heute abend erst mal für drei Tage nach Rom ...«

»Kommt Ricky mit?«

»Ja.« Er wirkte plötzlich verlegen.

»Keine Sorge, dein Image wird deshalb keinen Schaden nehmen.«

»Wir haben sogar überlegt, eine Woche in Paris zu bleiben und über die Riviera nach Italien zu fahren.«

»Bevor ich es vergesse, was ist eigentlich mit ihrer Freundin?«

»Ihrer Freundin?«

»Na, ihrer Freundin. Die sie zum Bartók-Konzert mitbringen wollte ...«

»Ah, die.« Alex sprang auf. »Hast du Interesse? Ich glaube, sie ist momentan schon wieder vergeben, aber kein Problem. Du hast ja keine Ahnung, wie viele Single-Freundinnen Ricky hat. Überhaupt kannst du dich in Tel Aviv vor geilen Mädels nicht retten.«

»Eine reicht mir für den Anfang«, sagte ich.

»Wird bearbeitet«, sagte Alex, »wird vorrangig bearbeitet. Und was ist mit Tami?«

»Heiratet wieder. Hab' sogar eine Einladung bekommen.«

»Herzlichen Glückwunsch. Geh auf jeden Fall hin. Sieh dir mit eigenen Augen an, wie er ihr den Ring ansteckt. Vielleicht schaffst du es dann, sie aus deinem Gedächtnis zu streichen.«

»Wieviel nehmen Sie eigentlich für Ihre Beratungsstunden, Doktor?«

»Apropos Doktor. Was ist mit Irith?«

»Ja, was ist mit Irith?« fragte ich.

Alex blickte hinunter in den Garten. »Da war doch etwas zwischen ihr und Amnon, oder?« fragte er.

»Ich dachte, du hast gekündigt, weil du diese Arbeit komplett satt hast«, erwiderte ich.

Alex lachte. Er hatte seine Antwort bekommen, aber neugierig war er immer noch.

»Ich habe den Untersuchungsbericht über den Tag gelesen, an dem Amnon ermordet wurde. Eine Sache ist mir aufgefallen.«

»So, was denn?«

»Sieh mal«, er zündete sich eine Zigarette an, »Irith war in der Kirche, dann im Krankenhaus, dann in Amnons Büro.«

»Bis hierher stimmt alles.«

»Schön«, sagte Alex, »aber was passierte im Anschluß?«

»Stimmt, was war da?«

»Keine Ahnung«, sagte Alex. »Das nächste Mal taucht Irith erst Stunden später auf, als über Funk mitgeteilt wird, daß sie sich in die Kirche begibt.«

»Ja«, sagte ich, »und?«

»Zwischen Amnons Büro und der Kirche gibt es eine zeitliche Lücke von mehreren Stunden. Hast du eine Ahnung, wo sie in der Zeit war?«

»Wer weiß«, sagte ich, »vielleicht war sie an der Klagemauer, um einen Zettel zwischen die Steine zu stecken. Dafür kommen viele von weither.«

Alex schlug sich an die Stirn. »Warum bin ich nicht selbst darauf gekommen?«

»Jedenfalls«, sagte ich, »nimmt sie ein Sabbatjahr und geht für ein neues Projekt nach New York.«

»Über amerikanische Kirchenmusik?« fragte Alex und hob die Brauen.

»Diesmal geht es um elektronische Musik«, sagte ich, »und es hat mit keiner Kirche zu tun.«

»Hast du das Buch über Bach noch zu Ende gelesen?«

»Versprichst du mir, nicht zu lachen?«

»Ich verspreche gar nichts.«

»Ich habe mich an der *Open University* für ein paar Musik-Kurse eingeschrieben.«

»Das ist alles?« entgegnete Alex erleichtert. »Ich hatte schon befürchtet, du wärst in einen Chor eingetreten oder so.«

»Allgemeine Einführung in die klassische Musik und noch ein Kurs über Bach.«

»Und was ist mit Bartók?« fragte Alex.

»Im Sommersemester.«

# GLOSSAR

*Beer, Israel*
(1912–1966) War Oberstleutnant in der israelischen Armee, später hochrangiger Militärjournalist und Berater des israelischen Ministerpräsidenten Ben Gurion. Wurde 1961 festgenommen und wegen Spionage für die Sowjetunion zu 15 Jahren Haft verurteilt.

*»Benedictus qui venit in nomine domini«*
(lat.) »Hochgelobt sei, der da kommt im Namen des Herrn.«

*Beth Alpha*
Kibbuz im Norden Israels

*Beth ha-Lochem*
Schwimmbad für Invaliden, die während des Militärdienstes verletzt wurden

*Burgess, Guy Francis de Moncy*
Wurde in den 30er Jahren zusammen mit seinen Kommilitonen Blunt, Maclean und Philby vom KGB rekrutiert. Die sogenannten »Cambridge Spies« waren 30 Jahre in hohen Positionen in der britischen Regierung und ihrer Spionageeinrichtung tätig. Alle wurden enttarnt, doch niemals gefaßt. Burgess flüchtete nach seiner Enttarnung 1951 in die Sowjetunion.

*Charedim*
ultraorthodoxe Juden, vor allem in Jerusalem

*»Et exspecto resurrectionem mortuorum«*
(lat.) »Und ich erwarte die Auferstehung der Toten.«

*Jeschiwa* (Pl.: Jeschiwot)
Jüdisches, religiöses Lehrhaus. Viele ultraorthodoxe Männer verbringen einen Großteil ihres Lebens mit religiösen Studien, Studienort ist die jeweilige Jeschiwa.

*Kaschruth-Zertifikat*
In Israel durch das Oberrabbinat ausgestelltes Zertifikat für Restaurants, Cafés, Lebensmittelbetriebe usw., in denen die jüdischen Speisegesetze strikt befolgt werden.

*Kibbuz*
landwirtschaftliche Kollektivsiedlung in Palästina/Israel mit gemeinsamem Eigentum und dessen Bewirtschaftung

*Klinberg, Professor Avraham Markus*
War stellvertretender Direktor des »Institute for Biological Research« in Ness-Ziona und jahrelange Informationsquelle des KGB. Wurde 1985 gefaßt und verurteilt; der durch ihn entstandene wirtschaftliche Schaden ist bis heute einmalig.

*koscher*
(hebr.: rein) den jüdischen Speisegesetzen entsprechend

*Maclean, Donald*
Zählt zur Gruppe der »Cambridge Spies« (vgl. Burgess, Philby). Maclean flüchtete 1951 in die Sowjetunion.

*Militärdienst*
Im Staat Israel gilt die allgemeine Wehrpflicht. Für Frauen sind zwei Jahre, für Männer drei Jahre Grundwehrdienst obligatorisch, hinzu kommt jährlich durchschnittlich ein Monat Reservedienst für alle männlichen Soldaten und Offiziere.

*Mossad*
israelischer Auslandsgeheimdienst, gegründet 1951

*»Pax hominibus bonae voluntatis«*
(lat.) »Friede den Menschen auf Erden, die guten Willens sind.«

*Philby, Kim*
Der berühmteste Spion der »Cambridge Spies« (vgl. Burgess, Maclean). Flüchtete nach seiner Enttarnung 1963 in die Sowjetunion.

*Schabbath*
siebter Tag der Schöpfung, daraus abgeleiteter Ruhetag der jüdischen Woche, fällt auf den christlichen Samstag

*Schin Beth*
*(hebr.)* israelischer Inlandsgeheimdienst, gegründet 1948, wird in Israel als Schabak bezeichnet; ebenfalls zuständig für israelische Auslandsbotschaften

*Ulpan*
*(hebr.)* Hebräisch-Sprachkurs, auch Bezeichnung für die gesamte Bildungseinrichtung, auch: Studio